D0317555

# LA VILLA DES OMBRES

DAVID LAING DAWSON

# LA VILLA
# DES OMBRES

roman

TRADUIT DE L'ANGLAIS (CANADA)
PAR JEAN ESCH

*ÉDITIONS DU SEUIL*
*27, rue Jacob, Paris VI*$^e$

COLLECTION DIRIGÉE PAR ROBERT PÉPIN

Titre original : *Last Rights*
Éditeur original : Macmillan of Canada
Division of Canada Publishing Corporation
ISBN original : 0-7715-9428-3
© original : David Laing Dawson, 1990

ISBN 2-02-018407-9

© Éditions du Seuil, janvier 1994, pour la traduction française

*pour Frances*

# 1

Il se réveilla enfin, il en avait ras le bol de ces demi-réveils, de ces instants lugubres de confusion entre veille et sommeil ; timidement, il tâtonna autour de lui pour vérifier qu'il ne s'était pas oublié durant la nuit, comme cela lui était arrivé une fois, même s'il était convaincu que la faute en incombait aux médicaments qu'ils lui donnaient et non pas à des ennuis de vessie – il avait une prostate en parfait état pour un homme de son âge, c'est en tout cas ce qu'avait dit le docteur Bennet, en lui enfonçant un doigt dans le cul.

Tiens, les rideaux étaient encore tirés autour du vieux Mac. Mauvais, très mauvais signe.

Son vieux radio-réveil indiquait sept heures dix. De l'eau coulait quelque part, des roues grinçaient, il entendait des voix dans le couloir devant sa chambre. Ce serait tellement agréable de rester un petit moment au lit, mais bon sang, cette eau qui coulait donnait envie de pisser.

Il se redressa, balança ses jambes maigres au bord du lit, chercha ses pantoufles du bout du pied, les trouva enfin et se leva. Il était suffisamment malin pour ça, il resta immobile une minute, le temps que son cœur envoie une maigre ration d'oxygène aux cellules affaiblies de son cerveau, avant de lui imposer un autre effort. Puis il se rendit rapidement aux toilettes, enfin... rapidement pour un homme de soixante-seize ans.

Il prit le temps de contempler sa barbe naissante dans la

glace, de se gratter un bouton sur le nez et, là, l'épais poil noir qui persistait à y pousser, et puis zut, il se laisserait pousser la barbe, tant pis si les infirmières n'étaient pas contentes, et revint dans la chambre sur la pointe des pieds pour jeter un œil à Mac derrière les rideaux.

Oh, il ne fut pas vraiment stupéfait de voir une jolie petite aide soignante fourrer des boules de coton dans la bouche béante de Mac, sauf que celui-ci avait les yeux ouverts, et là, dans le regard, une expression de terreur à rendre jalouse Mme Tussaud. Il laissa échapper un soupir.

– Henry ! Vous m'avez fait peur. Retournez dans votre lit. Vous n'avez rien à faire ici.

Il était bien persuadé du contraire : un homme était mort, avec lequel il avait partagé une chambre pendant environ un an, même si, la plupart du temps, le vieux Mac partait dans de vagues délires paranoïaques sur les Russes. Il pivota sur ses talons, regagna son lit d'un pas traînant et remonta ses couvertures jusqu'au menton.

Il porterait le deuil du vieux Mac ; peut-être resterait-il au lit toute la journée, à repenser à leurs parties de dames, à regretter les fois où il le battait en jouant deux fois de suite, le pauvre Mac oubliant tout d'une minute sur l'autre. Il regarda fixement le plafond. Un rien de culpabilité le submergea lorsqu'il repensa à ces dernières semaines, aux colères contre Mac lorsque celui-ci marchait de long en large toute la nuit, sans savoir où il était, et grimpait dans tous les lits, même le sien. Nom de Dieu. Une fois, il s'était réveillé et avait découvert Mac recroquevillé contre lui ; encore à moitié endormi lui-même, il n'avait pas compris ce qui se passait. Tout d'un coup, en reprenant ses esprits, il s'était mis à donner des coups de pied, à le pousser en hurlant, et les infirmières étaient intervenues pour reconduire Mac dans son lit ; enfin parfaitement éveillé et furax, Henry avait déclaré qu'il refusait de partager sa chambre avec une saleté de vieux pédé. Pauvre Mac. Ce n'était pas sa faute. Sans doute celui-ci cherchait-il, dans le noir, quelque chose de chaud et qui respire, quelque chose de vivant, comme l'aurait fait n'importe quel animal. Merde.

– C'est l'heure du petit déjeuner, Henry. Vous ne vous levez pas aujourd'hui ?

L'aide soignante Z, celle qui n'avait aucune voyelle dans son nom, ni dans sa personnalité, soit dit en passant, se tenait au pied de son lit.

– Quel jour sommes-nous ?

– Lundi, 27 mars. Nous devrions peut-être vous inscrire à notre programme d'orientation.

– Pouvez toujours vous gratter.

– N'oubliez pas que vous avez promis de surveiller votre langage.

– Qu'est-il arrivé à Mac ?

– C'est l'heure de vous lever, Henry.

– Mac est mort, hein ?

Elle s'assit sur son lit.

– Il est décédé dans son sommeil, très tôt ce matin.

– Ils l'ont travaillé toute la nuit.

– Oh non. Ça s'est passé en douceur. Nous ne l'avons découvert que ce matin.

– Les rideaux étaient tirés, cette nuit. Et il y avait quelqu'un auprès de lui. J'ai tout vu.

– Vous vous trompez, Henry. Il est décédé ce matin dans son sommeil.

– J'ai regardé mon réveil. A deux heures et demie, ils étaient en train de lui faire des trucs.

– Vous avez certainement rêvé, Henry. C'est l'équipe du matin qui l'a découvert. Allez, le petit déjeuner se termine dans vingt minutes.

– Bon, d'accord.

Il savait quand ses questions resteraient sans réponse, quand une infirmière faisait semblant de l'écouter, comme s'il était une chose honteuse qu'il fallait faire disparaître sous le tapis le plus vite possible. Mais c'était aussi clair que tout le reste ces derniers temps, les paravents autour du lit de Mac, quelqu'un qui bouge derrière les rideaux, un coude qui pointe, des pieds qui dépassent en dessous. Il ne

11

voulait pas y penser. Il voulait croire l'aide soignante Z. Mais nom de Dieu, quand même… Pourquoi lui mentir ? Quelle importance que le vieux Mac soit mort à deux heures ou à six heures du matin ?

Lundi. Jolie façon de débuter une nouvelle semaine. Une nouvelle semaine ? Jours de semaine et week-ends, tout se ressemblait ici.

Evidemment, ça meurt, les gens, dans les maisons de retraite. Bon Dieu, pour quelle raison étaient-ils là, à part se faire soigner les pieds gratis, jouer au bowling, se taper des ateliers de travaux pratiques, l'apéro, et se faire frotter le dos de temps en temps par cette folle d'Italienne, hein ?

Henry se leva et retourna à la salle de bains, d'où il ressortit quelques minutes plus tard, peigné et coiffé, moustache taillée, barbe rasée, son demi-dentier en place. Il enfila son pantalon, le grand exercice de la journée, glissa sa chemise dedans, prit ses lunettes, les remit sur son nez, choisit une canne et, après avoir porté cette dernière à son front dans un geste d'adieu affectueux au vieux Mac, s'éloigna d'un pas nonchalant dans le couloir, en direction de l'ascenseur. Et voilà, il n'avait plus qu'à se trouver un nouveau camarade de chambre le temps qu'ils changent les draps, enterrent le pauvre vieux et l'oublient.

Mais la vision des rideaux tirés, de ces mouvements, de ces gens qui faisaient des trucs à Mac à deux heures et demie du matin, ne cessait d'envahir ses pensées. Plusieurs possibilités. Le vieux Mac était mort durant la nuit, mais l'équipe de nuit avait laissé la corvée à l'équipe de jour. Ou bien l'aide soignante Z s'était trompée d'heure. Ou alors elle ne voulait pas lui dire qu'il avait dormi à côté d'un cadavre. Elles raisonnaient comme ça, les infirmières. Ou alors on lui cachait des choses. C'était plus vraisemblable. Dans l'ascenseur, Henry ajouta un élément à la longue liste des désagréments de la vieillesse.

La mort.

Non, se dit-il, c'était moins terrible que d'être traité comme un enfant, que d'être ignoré.

# 2

Henry évitait le nouveau qu'ils avaient installé dans la chambre à deux lits. Pas seulement parce que celui-ci était un peu bizarre, aucun doute là-dessus : il pissait dans un coin de la chambre dès que l'aide soignante avait le dos tourné et il appelait sans cesse une certaine Sylvia. Il y avait aussi que Henry ne trouvait pas correct de sympathiser avec lui alors que le lit de Mac était encore chaud. Non, ça ne serait pas correct. Mais très bientôt, parce que le temps presse quand on a soixante-seize ans, il devrait faire sa connaissance, peut-être même l'aider à terminer son puzzle ou autre.

Allongé dans la piscine d'eau tiède, la tête maintenue au-dessus de la surface par une bouée qu'il s'était passée autour du cou, Henry dérivait et réfléchissait, accordant une oreille distraite à la kiné qui leur enseignait, à lui et à une douzaine d'autres arthritiques, à fléchir les genoux et à plier les coudes. Il ne recevait que des réponses évasives au sujet de Mac. C'était ça qu'il détestait le plus, dans les maisons de retraite et les hôpitaux. On n'y disait jamais la vérité. Il pensa à Marion, et aux longues semaines passées à l'hôpital, quand il allait la voir : son état qui empirait, les médecins jamais disponibles, les infirmières lui disant d'interroger les médecins. Il savait qu'ils ne faisaient qu'aggraver les choses avec leur saloperie de chimiothérapie, et, en affirmant que c'était sa seule chance, ils racontaient des conneries. Il aurait dû la ramener à la maison. Mais il n'en avait pas eu le courage, ou bien il avait eu peur d'assumer cette responsabilité. Pardonne-moi, Marion.

– La tête en arrière. Les bras écartés… Voilà, comme ça. Bougez les poignets, d'avant en arrière. C'est ça…

Que pouvait-on faire ? Il avait demandé à l'infirmière Janet ce qui était arrivé à Mac. « J'en sais rien, lui avait-elle répondu. J'avais trois jours de congé. – La veille de sa mort, il avait l'air en pleine forme », lui avait-il rétorqué. « Ça arrive », lui avait-elle renvoyé en s'affairant dans la chambre, arrangeant les oreillers, les rideaux. « Mais quelqu'un était auprès de lui à deux heures et demie du matin. Et ils disent qu'il est mort beaucoup plus tard, dans son sommeil… » Janet s'était arrêtée ; elle le regardait. « Et alors ? – Y a quelqu'un qui ment. Je n'ai pas rêvé. » Elle s'était assise sur son lit, avec un sourire. « Je ne vois pas où vous voulez en venir. »

Lui non plus ne voyait pas. Il savait seulement que quelque chose clochait et se souvenait du pétrin dans lequel il s'était fourré, vieil imbécile qu'il était, à la mort de Marion. Accuser les médecins de l'avoir tuée ! Et cette sympathique assistante sociale qui lui avait fait un cours sur les différents stades du chagrin avant de le renvoyer dans sa maison vide. Refus, colère, tristesse, résignation. Les trois premiers, il était d'accord, mais le dernier, c'étaient des paroles en l'air ; et l'assistante sociale avait oublié d'ajouter : ne rien manger, baver, picoler et devenir cinglé.

– Monsieur Thornton. Remuez les poignets, comme un papillon.

De l'eau jusqu'à la taille. La kiné se tenait au-dessus de lui, ses énormes mamelles menaçant de jaillir de son maillot de bain pour l'étouffer. Henry agita ses mains dans l'eau.

Il aimait bien Janet, son rire, ses yeux marron intense. Elle n'y était pour rien s'il ne parvenait pas à se faire comprendre clairement, à lui avouer ce qu'il ressentait réellement. Mais la vérité, c'était que… c'était qu'il s'en voulait à mort de les avoir laissés injecter toute cette merde dans le corps de Marion au cours des six derniers mois de sa vie, ces saloperies qui lui donnaient des nausées, envie de vomir, qui lui faisaient perdre ses cheveux. Il n'avait pas eu le cran de s'opposer aux médecins et de la ramener à la maison, de la soigner dans son lit à elle. Mais il n'y avait pas que les médecins. Brian lui aussi avait gobé leur baratin comme quoi il y avait toujours un espoir. Et voilà que ça recommençait, des gens mouraient autour de lui et personne ne disait la vérité.

Sentant quelque chose frotter contre sa jambe, Henry ouvrit les yeux et découvrit Mme Brown qui faisait la planche : ses cheveux roux dissimulés sous un bonnet de bain, petit sourire aux lèvres, yeux fermés, dérivant comme si elle ne le voyait pas. Pauvre idiote. Se donner tant de mal pour paraître jeune. La première fois qu'il l'avait rencontrée : atelier de chant choral, l'animateur essayant de l'obliger à se balancer au rythme de *Roll out the Barrel* et lui, lui répondant qu'il pouvait toujours courir, que c'était déjà bien qu'il chante cette chanson ridicule. Elle lui avait adressé un clin d'œil à l'autre bout de la salle. Du moins le croyait-il. Difficile à dire parfois, avec ces vieilles peaux pleines de tics et de grimaces.

– La tête en arrière. Les bras écartés. Oui, comme ça. Faites tourner les poignets, dans les deux sens. Oui, très bien.

Plusieurs fois, ils avaient pris le thé ensemble l'après-midi, mais Henry n'arrivait pas à s'y faire, ce genre de rendez-vous à son âge ! Ça menait à quoi ? thé à l'apéro, puis parties de cartes et rocking-chairs côte à côte ? Depuis quinze jours, il l'évitait. Malgré tout, force lui était de reconnaître qu'il aimait bien qu'une femme s'intéresse à lui, même avec un nom comme Dixie Brown.

– Et maintenant, on soulève et on baisse les jambes. Oui, comme si vous marchiez.

C'était ainsi qu'on appelait de pauvres bébés innocents il y a longtemps. Mais ce nom lui allait bien, avec ses cheveux d'un roux flamboyant, ses ongles rongés, son fume-cigarette et son goût pour le Martini. Elle disait qu'elle n'attendait rien d'autre de la vie que de pouvoir s'asseoir encore une fois à la terrasse d'un café pour siroter des Martini et fumer des Player en regardant passer les culs. Des culs bien hauts et bien fermes, précisait-elle.

Sans doute l'aurait-il prise pour une ancienne pute s'il n'avait appris il y a bien longtemps qu'on ne peut jamais juger une femme d'après l'emballage. Certaines, très collet monté et comme il faut, étaient de véritables bêtes au lit, d'autres, plus tapageuses, ne tenaient pas leurs promesses. Même s'il ne pensait plus tellement à ça, à son âge. Mais cette Dixie, ç'avait certainement été un sacré numéro dans le temps.

– Monsieur Thornton, est-ce que vous faites vos exercices ?

Et comment ! Sans conviction, il exécuta quelques torsions du coude, quelques flexions du genou, quelques étirements de doigts, puis il pataugea jusqu'au bord du petit bassin et sortit de l'eau.

Il s'essuyait encore lorsqu'il repensa au vieux Mac. Vieux ? Plus jeune que Ronald Reagan. Henry avait demandé au docteur Bennet de quoi était mort Mac, et le docteur avait répondu : « Du cœur, mais ne vous en faites pas, le vôtre est en parfait état. Aucun problème du côté du palpitant. C'est votre tension qu'il faut surveiller. » Ce qui n'était pas ce qu'il avait voulu savoir.

Il reprit l'ascenseur pour remonter au cinquième étage afin de faire un petit somme avant l'apéro. Une heure, deux bières sans alcool au maximum. Dès qu'il ferait meilleur, il traînerait sa vieille carcasse jusqu'en ville et se prendrait une bonne cuite, peut-être même qu'il emmènerait Dixie, mais ils devraient réussir à rentrer et à ne pas se faire repérer par les infirmières qui piquaient une crise quand leur haleine empestait l'alcool. Comme s'ils avaient seize ans.

Son nouveau camarade de chambre dormait encore. Et l'odeur était épouvantable. Henry poussa un soupir ; l'autre avait certainement chié dans son lit.

Malgré la puanteur, il s'approcha, poussé par une sorte de

pressentiment indéfinissable. Penché au-dessus du lit, il contempla les yeux profondément enfoncés et fermés, les poils de barbe clairsemés, la bouche édentée, les tempes bleuies, le front tavelé.

Nom de Dieu ! Il était mort.

Peut-être pas encore complètement. Il approcha son oreille de la bouche de l'homme. Il se redressa et chercha le pouls quelque part dans le cou.

Le bouche-à-bouche. Ah non, mon Dieu. Il n'en avait pas le courage. D'ailleurs, c'était inutile.

Il appuya sur le bouton d'appel au-dessus du lit. Ça irait plus vite s'il se déplaçait pour transmettre le message. Mais il longea lentement le couloir, préoccupé, sans prêter attention à Mary, qui se balançait dans son rocking-chair, ni au vieux Silbert, qui, debout sur le seuil de sa chambre, se frottait l'entrejambe ; là, une vieille bique se plaignait parce qu'on l'avait attachée sur son fauteuil ; elle avait de la nourriture plein son bavoir. Les moins séniles du lot étaient en promenade, à la piscine ou en train de faire du crochet dans la salle de travaux manuels. Ah, les deux vieux dans la salle de télévision, absorbés par *The Young and the Restless*[1], s'imaginant sans doute qu'ils regardaient ça dans leur salon. Puis ce fut le poste principal, là où le bâtiment se divisait en trois ailes, astucieusement nommées A, B et C, et peintes de la même couleur, si bien que les aides soignantes passaient leurs journées à ramener des explorateurs insouciants dans leur chambre.

— Infirmière, il y a un problème dans ma chambre.

— Plus tard, Henry. Il faut encore que je rédige tous ces rapports.

— Je crois que mon camarade de chambre est mort.

— Oui, oui, c'est très bien, Henry.

— Décédé.

— Oui, oui, répéta-t-elle en fouillant dans une pile d'imprimés.

1. Soit : « Jeunes et pleins de fougue ».

17

— Raide. Refroidi. Clamsé.

— Plus tard, Henry. Un garçon de salle va venir s'occuper de vous dans une minute.

Il la regarda, ébahi. C'était une grosse femme qui respirait par la bouche et avait toujours l'air de se faire marcher sur les pieds. Il fit le tour de façon à venir se placer juste devant elle et vérifia son nom sur son badge.

— Greta...

Elle leva les yeux.

— Il est mort. Mon camarade de chambre vient de mourir.

— Mort ?

— Il ne respire plus et, bien que je ne sois pas médecin, je pense que ça indique un sérieux...

— Pourquoi vous ne l'avez pas dit plus tôt !

Lâchant ses rapports, elle s'empara d'un stéthoscope, souleva le dessus du comptoir et se dirigea vers la chambre de Henry. Celui-ci lui emboîta le pas.

— Je veux déménager ! lui cria-t-il. Cette saloperie de chambre porte la poisse. Je veux qu'on me mette au quatrième.

Depuis le seuil de la chambre, il regarda l'infirmière aérer les rideaux autour du nouveau. A pas lents, il regagna la salle de télévision et s'assit pour regarder la fin de *The Young and the Restless*. Il serait mieux tout seul dans un endroit bien à lui, même à la vieille maison de Markham où il vivait avant de manquer y foutre le feu en oubliant un toast dans le grille-pain manuel et que Brian le persuade de venir s'installer dans cette foutue maison de retraite de Shelburne Villa. Riche idée. Maintenant, il lui faudrait au moins trois avocats pour le sortir d'ici, et ses économies seraient bloquées sous seing privé ou un truc dans le genre afin de payer son gîte et son couvert au cours des vingt années à venir au cas où, manque de chance pour la Villa, il vivrait jusque-là.

Et, s'il habitait seul, il tomberait certainement raide mort un jour ou l'autre, et on ne découvrirait pas son corps avant une semaine ou plus, et l'odeur serait tellement épouvantable que son fils se sentirait coupable toute sa vie.

18

– Hé, « les vieux pleins de fougue », ça baigne ? lança-t-il à voix haute.

Personne ne lui prêta la moindre attention.

Un de ses compagnons faisait le piège à mouche mongolien, la tête renversée, bouche grande ouverte dans le vent.

Ce connard de Victor avait remis ça. C'était ça, le scénario ? La sénilité était un curieux processus, insidieux… La mémoire se détériorait comme une voiture dans l'air salé. Ah oui. Victor et Machine, la strip-teaseuse aux gros nichons, vivaient ensemble maintenant, mais Victor en pinçait pour la grande blonde élégante qui dirigeait l'entreprise de parfum ; ça marchait pour lui, mais il n'arrivait toujours pas à se décider, et le psy qui s'en mêlait.

– Qu'est-ce qu'il a dit ? Qu'est-ce qu'il a dit ? (C'était l'autre téléspectateur.) Qu'est-ce qui se passe maintenant ?

– Vous n'allez pas à l'apéritif, Henry ?

C'était Mme Swickis. Cheveux noirs, yeux fatigués, une aide soignante.

L'apéro. Henry consulta sa montre. C'était presque l'heure. Il avait oublié.

# 3

Ce soir-là, en pyjama et robe de chambre, assis dans le fauteuil près de son lit, ses lunettes posées sur son nez, Henry essayait de lire un numéro de *Time Magazine* ; s'il réussissait à assimiler les sections « Société » et « Evénements », il perdait sa concentration dès que ça devenait plus complexe, notant comme toujours le nombre de décès chez les gens de son âge, ou plus jeunes, sans compter les accidents ou les suicides. Cependant, son regard ne cessait de dériver vers le lit qui, vide et débarrassé de ses draps, attendait. Il envoya promener l'aide soignante lorsqu'elle lui proposa un jus de fruit en lui rappelant qu'il était grand temps de se mettre au lit ; comme prévu, une infirmière arriva donc une demi-heure plus tard. Déçu, il vit que ce n'était pas Janet, mais Ann. Grande, quarante-cinq ans environ, osseuse, un sourire doux en permanence sur les lèvres, la coiffe bien droite, la blouse d'une blancheur immaculée. Il n'aimait pas toujours son sourire. Parfois, oui, évidemment, mais pas toujours. L'endroit était trop déprimant pour qu'on puisse y être heureux tout le temps. D'un autre côté, peut-être n'était-il qu'un vieux rouspéteur.

Ann se planta devant lui. Elle ne s'asseyait jamais sur le lit, comme le faisait Janet.

— Alors, on ne veut pas se coucher ce soir ?

Henry baissa les yeux sur son magazine.

— Allez, monsieur Thornton, il est grand temps d'éteindre la lumière.

Il la regarda par-dessus ses lunettes de vue.

– Je n'arriverai pas à dormir.

– Voulez-vous un somnifère ?

– Non.

– Quelque chose vous tracasse ?

– Evidemment que quelque chose me tracasse !

L'infirmière vit son regard se porter vers le lit vide.

– Il était très malade, monsieur Thornton ; il n'avait plus sa tête. C'est mieux ainsi.

– Oui, peut-être.

– C'est certain. Allez, soyez gentil, sautez dans votre lit.

– Et si ce n'était pas normal ?

– Je ne comprends pas.

– Si ce n'était pas normal que tant de gens meurent ici ? Et s'ils mouraient par manque de soins, à cause d'erreurs de médicaments, ou par négligence ?

– C'est ce que vous pensez ?

– Il y a eu trop de morts dernièrement, et subitement.

– Nos pensionnaires reçoivent les meilleurs soins possible, monsieur Thornton.

– Evidemment.

– Nous faisons de notre mieux.

Il regarda son sourire doux, posa ses lunettes et le magazine sur la table de chevet, et marmonna :

– Que répondre à ça ?

– Alors, mettez-vous au lit.

Il se leva du fauteuil et se dirigea vers le cabinet de toilette.

– Le problème là-dedans, c'est comment le savoir ?

– Comment le savoir quoi, monsieur Thornton ?

Arrivé à la porte, Henry s'arrêta.

– Si la mort est due à des causes naturelles ou aux médicaments du docteur Bennet.

Il referma la porte derrière lui et s'assit sur le couvercle des toilettes.

Elle était passable. Juste un peu collet monté. Le problème c'était que... C'était quoi, le problème ? Il était tota-

21

lement seul, sans personne à qui parler. Personne qui ne le prît aussitôt pour un fou.

Il dormit très mal cette nuit-là, faisant deux ou trois fois l'aller-retour en trébuchant entre son lit et le cabinet de toilette ; les bruits qui l'entouraient lui paraissaient plus inquiétants qu'avant. A trois heures du matin, il se surprit à envisager une cause autre que la négligence médicale pour expliquer tous ces décès ; mais, pour avoir été pendant de longues années concessionnaire American Motors jusqu'à l'effondrement de l'entreprise et le rachat par les Japonais, il savait que la bêtise, l'incompétence et la négligence étaient choses beaucoup plus répandues que le complot et la malveillance, et donc, malgré son envie de tout faire péter...

Le lendemain, il fit la sieste toute l'après-midi, jusqu'à ce que Janet vienne le réveiller pour l'apéro.

— Je savais que vous ne voudriez pas manquer ça...

Elle lui sourit. Il n'y avait pas de quoi sauter au plafond, mais une simple bière suffisait parfois à le soulager du poids de sa solitude. Il remarqua que Janet avait perdu un peu de poids en l'espace d'une semaine ou deux, bien qu'il soit difficile de se faire une idée sous ces blouses blanches.

— Vous avez recommencé un régime ?

— Vous trouvez que j'en ai besoin, Henry ?

— Non. Moi, j'aime les femmes bien charpentées.

— Dixie vous attend, dit-elle.

— Zut.

— Je trouve ça adorable.

— Ben voyons. Bon sang, où sont mes chaussures ?

En entrant dans l'auditorium-gymnase qu'on transformait en pub une heure par jour, il aperçut Dixie, assise seule à une table. Maintenant que Mac n'était plus là, il n'avait plus beaucoup le choix. Il accrocha sa canne au dossier d'une chaise vide et s'assit en face d'elle, en se demandant si c'était elle qui avait envoyé Janet le chercher.

— Bonjour, Henry.

Il était encore un peu somnolent d'avoir dormi toute l'après-midi. Un employé des cuisines déposa un verre devant chacun d'eux et deux bouteilles de Blue Light. Henry remplit son verre.

— J'ai eu tort de laisser mon fils me mettre dans cette maison.

Il but une gorgée et regarda autour de lui : des tables à jouer ici et là, le plafond haut, des objets d'artisanat à vendre dans un coin, vingt-cinq ou trente pensionnaires.

— On n'est pas si mal, Henry.

— C'est le deuxième en quinze jours.

— Le deuxième quoi ?

— Le deuxième qui claque.

— Pour ici, un par semaine, c'est pas mal.

— Un par semaine dans ma chambre !

— Oh, Henry, pas étonnant que tu aies l'air si déprimé.

— A mon avis, c'est de la négligence. C'est les médicaments du docteur Bennet ou quelque chose comme ça.

— Tu te souviens que je t'ai parlé de Mme Johnson, qui avait tout bonnement disparu une nuit ? Et que personne voulait dire où on l'avait emmenée ? Si elle était morte ou si on l'avait expédiée à l'hôpital ? Je les ai entendus qui parlaient d'elle hier. Ils disaient qu'elle se promenait dehors en pleine nuit et qu'elle est morte gelée, dans le parc, en janvier dernier.

— Comment qu'elle aurait fait pour sortir ?

— C'est justement ce que disaient les infirmières. Ils la retrouvaient sans cesse au milieu de l'allée, mais c'est seulement lorsqu'ils l'ont perdue pour de bon que quelqu'un s'est enfin préoccupé de leurs réclamations concernant la serrure de la porte de derrière.

— Qu'est-ce que je te disais ? De la négligence.

— Y a sûrement eu autre chose. C'est seulement un truc que j'ai entendu.

— Ça se produit tout le temps. Mac avait vraiment l'air bien avant de mourir.

— Je suis désolée pour Mac.

– Ouais, bon, il est mort…

– Parlons de choses plus gaies.

– Personne ne nous écoute, Dixie, tu as remarqué ?

– Tu t'apitoies sur ton sort ?

– Non. Je parle sérieusement. Supposons qu'il y ait réellement un problème. Supposons qu'un truc les tue pour de bon. Ils disent qu'ils l'ont trouvé mort à six heures du matin, mais moi je sais qu'il s'est passé quelque chose à deux heures et demie. Pourquoi mentiraient-ils s'ils n'avaient rien à cacher ?

– Peut-être que tu t'es trompé…

– Non, je ne me suis pas trompé. Ils ont fait quelque chose à Mac à deux heures et demie du matin.

– D'accord, je te crois. Ne nous disputons pas. C'est la saison, voilà tout. Nous sommes enfermés ici depuis des mois.

Elle lui caressa la main par-dessus la table.

Henry se servit de son autre main pour boire une longue gorgée de bière. Bon sang, qu'il aimait sentir sa main sur lui ! Il regarda ses yeux rieurs et espiègles, essaya d'ignorer les rides et les plis, les cernes légers qui les soulignaient, le poireau sur le côté droit de la mâchoire, les joues flasques, les efforts courageux et excessifs qu'elle faisait pour rester une jeune fille, malgré ses lèvres trop rouges, ses cheveux trop roux, trop fins et trop crépelés, de voir uniquement ses yeux, ses yeux mauves, sans doute d'un bleu intense autrefois, ses yeux de femme de vingt, trente ou quarante ans, là, quelque part derrière ce visage, ne voir que celle qui faisait jouer ses muscles faciaux dans une grimace exprimant d'abord la tristesse et l'inquiétude, puis se transformant en un grand sourire aguichant.

Les femmes. Elles lui avaient pris un temps fou dans sa vie, depuis les premières excitations précoces de ses hormones de garçon de dix ans jusqu'à aujourd'hui, où, à plus de soixante-dix ans, normalement, il ne devrait plus s'intéresser qu'à son transit intestinal. Et voilà un roman de plus qui s'en va, disait Balzac. Ou une promotion. Ou dix points de moins à l'indice Dow Jones. Les femmes, ça nuisait à la concentration.

Les lumières s'éteignirent et se rallumèrent. Ce n'était pas exactement « On ferme, m'sieurs dames », mais le message était le même. En y réfléchissant, Henry s'aperçut qu'il n'avait pas entendu un barman prononcer cette phrase depuis vingt ans. Il aida Dixie à se lever. Elle faisait attention à son pied gauche.

– Il te fait toujours mal ?

– Les pieds et les dents, Henry. Hélas, on ne remplace pas les pieds.

Ensemble, ils longèrent le couloir jusqu'au grand réfectoire bruyant, accompagnés par une file de fauteuils roulants, d'individus qui traînaient les pieds et de déambulateurs en aluminium. Le vacarme du réfectoire lui fit mal aux oreilles ; raclement des chaises et des tables, brouhaha, assiettes qui s'entrechoquent. Il pignocha sa nourriture, le visage de son ancien camarade de chambre lui apparaissant dans la sauce qui nappait sa côte de porc.

– Allez, mange, Henry.

Levant les yeux, il s'aperçut que Dixie avait déjà vidé son assiette ; elle prit une cigarette et réclama une allumette à un employé des cuisines.

– Bon Dieu, c'est bruyant ici, dit-il.

Assis bêtement sur sa chaise, il regarda un homme, deux tables plus loin, se lever en titubant et s'étranglant tandis qu'une aide soignante se précipitait pour lui taper dans le dos et le ramener à sa place. Puis ce fut Borowski, le plus grossier de tous les pensionnaires, il était assis à la même table, qui s'offusqua et cracha un chapelet d'injures à faire pâlir d'envie Eddie Murphy. Une deuxième aide soignante arriva rapidement pour lui demander de se calmer et de surveiller son langage, en utilisant ce ton mielleux qu'elles emploient toutes quand elles veulent tuer, et lui, Borowski, bon sang ! voilà qu'il lui répond qu'il va lui enfoncer la tête jusqu'à ce que son machin lui serve de col roulé. Le rouge aux joues, l'aide soignante lui ordonna de retourner immédiatement dans sa chambre.

– Bon Dieu, dit Henry en se tournant vers Dixie. Les vieux n'ont plus le droit de manger en paix ?

– Tu as entendu ce langage ?

Dixie sourit en faisant semblant d'être choquée.

– J'envisage de prendre un appartement. Dans le centre ville de Shelburne ou Orangeville, près des boutiques.

Elle cracha un rond de fumée parfait.

– Qui te fera à manger, Henry ?

– Qu'est-ce qui te dit que je sais pas cuisiner ?

– Tu sais ?

– Je peux me faire mon petit déjeuner. Le midi, je pourrai me faire livrer un plat et, le soir, j'irai dîner dehors.

– Tu oublies la vaisselle, la lessive, les courses, le ménage.

– Je peux me débrouiller.

– Alors pourquoi es-tu ici ?

– J'ai eu des problèmes après la mort de Marion.

– Maladie ?

– Je me laissais aller. Je n'arrivais pas à reprendre le dessus, un truc comme ça.

Il n'aimait pas repenser à ces mois de solitude remplis de confusion. Et il ne voulait pas réveiller la culpabilité qui le rongeait et lui reprochait les souffrances de Marion.

De toute façon, il savait que ce n'était qu'une idée en l'air. Une fois qu'on entrait ici, il n'y avait qu'une seule manière d'en sortir : le corbillard derrière la Villa, le soir, devant l'entrée de service, par où pénétraient les patates et les médicaments, par où sortaient les corps. Car une étrange passivité s'emparait de tous dans cet endroit, et on mettait tout sur le compte de la vieillesse, mais Henry savait qu'il s'agissait d'autre chose. Il y avait quelque chose qui vous vidait de votre énergie. Quelque chose qui aspirait toute votre âme. Se lever, se laver, se raser, les médicaments, le petit déjeuner, repos, transit intestinal, regarder par la fenêtre, sans rien voir, errer à travers les fourrés de ses souvenirs, tailler un buisson par ci, en dépla-

26

cer un autre par là, les médicaments, le déjeuner, la sieste, l'heure des activités, l'heure des soins, l'heure d'aller voir le médecin ou de se livrer à des activités manuelles, l'heure du thé, l'apéro, l'heure du dîner, l'heure des médicaments, l'heure des visites, l'heure du bain, l'heure des médicaments, l'heure de se coucher. Il manquait quelque chose. Il manquait ce qui empêchait de mourir. Un avenir. Du changement. Des possibilités. Des projets. Voilà ce qui manquait. Ou alors... était-ce simplement la peur qui faisait trembler sous les draps et attendre ?

Ils l'installèrent au quatrième. Dixie lui fit remarquer que c'était aussi son étage à elle, et Henry soupira en repensant à la dernière fois où une femme lui avait couru après de manière aussi effrontée, il avait treize ou quatorze ans, elle l'avait pourchassé entre les chaises de l'auditorium au cours d'un bal de l'école. Tout n'était qu'un éternel recommencement.

La nouvelle chambre était livrée avec un nouveau camarade. Chassant les deux autres de son esprit, Henry s'efforça d'engager la conversation avec celui qu'on lui avait donné. L'homme le regarda d'un air ébahi, avec des yeux de chien triste, puis il baissa de nouveau la tête pour continuer à tirer sur les fils de la couverture écossaise posée sur ses genoux.

Quand il interrogea Janet à son sujet, celle-ci lui dit qu'elle ne devrait pas en parler, mais que oui, il semblait bien que le fils de M. Newberry, qui était pasteur presbytérien en ville, avait fait venir son père de Kingston pour les vacances, vendu la maison de famille et placé le malheureux ici pour qu'il soit plus près de ses petits-enfants, qui se relayaient pour venir le voir une fois par semaine. Pauvre homme. Son état avait décliné depuis son admission. Le docteur Bennet disait qu'il était déprimé.

– Il est tout simplement fou de rage, marmonna Henry.

Et, en retournant dans sa chambre, il s'était penché pour regarder dans ces yeux larmoyants et résignés, certain d'y percevoir une lueur d'intelligence. Puis il s'était allongé sur son lit en pensant au mur qui grandissait autour de lui et bientôt le réduirait au silence. Non, pas un mur. Plutôt un miroir sans tain. A l'envers. Faisant de Henry Thornton un être invisible avant même qu'il ne disparaisse totalement.

Sans doute le vieux Newberry avait-il renoncé à essayer de se faire entendre. Ou peut-être que les fantômes qui se trouvaient dans sa tête lui semblaient plus intéressants.

La première nuit, Henry ne parvint pas à trouver le sommeil et, cette fois, accepta le somnifère que lui proposa l'infirmière, espérant que cela l'aiderait à plonger dans des rêves sensuels, sans questions ni angoisses. Au lieu de cela, il se réveilla en pleine nuit, dans le noir, sachant plus ou moins qui il était, mais ignorant où. Il n'en avait pas la moindre idée, ses jambes étaient agitées de tremblements, il avait la chair de poule, le cerveau engourdi et embrumé, il était trempé de sueur, la peur lui faisait battre le cœur. Il s'efforça de rassembler ses esprits, de se repérer par rapport aux fenêtres, aux murs, aux ombres. Il tomba de son lit, s'ouvrit le genou, se releva et alla voir son frère dans le lit jumeau à côté du sien... non, merde, non, c'était Newberry, Newberry couché dans le lit d'à côté et qui se mettait à hurler « Où suis-je ? Où ? Où ? Où ? », comme un hibou pris de folie.

Quand on vint les démêler, Henry avait mouillé son pantalon de pyjama, et il fallut le changer, le remettre au lit, installer des barreaux et lui attacher les mains pour qu'il ne se gratte pas les jambes jusqu'au sang. Il entendit quelqu'un déclarer : « On dirait que Henry est sur la mauvaise pente, lui aussi. » Cela suffit à le mettre hors de lui, et il insulta celui ou celle qui quittait la chambre. Pendant le restant de la nuit, il somnola et rêva, demeura éveillé dans son lit, essayant de se rappeler où il était et pourquoi on l'avait attaché. Dans son rêve, il courait pour échapper à quelque chose, traînait son corps pesant à travers de la mélasse, la gravité de Jupiter le clouant par terre, il ne pouvait plus voler, ça faisait des années qu'il ne volait plus.

Eveillé, il restait allongé, terrifié, tentant de lever la tête, de bouger les mains, de chasser les insectes qui rampaient sur ses jambes, à l'intérieur de son ventre.

Le lendemain matin, ils le détachèrent. Les démangeaisons avaient quasiment disparu. Dès qu'il fut en état de discerner le cadran du téléphone posé sur sa table de chevet et de maîtriser le tremblement de ses doigts, il appela son fils à Vancouver, en PCV, oubliant le décalage horaire et tirant toute la famille du lit.

— Papa ?

— Oui. Ça n'est que moi. Il faut que tu me sortes d'ici.

— Bon sang ! Mais il est six heures du matin. Que se passe-t-il ?

— Six heures ? Oh, j'avais oublié.

— Trois heures de décalage, Papa, tu te souviens ?

— Je m'en souviens.

— Alors, que se passe-t-il ? Quelque chose qui va pas ?

— Non, ça va… J'avais juste envie de te parler, c'est tout.

— C'est encore ton cœur ?

— Non. Tout va bien.

— Qu'a dit le médecin ?

— Je n'ai pas vu le médecin. Il faudrait qu'on parle, tous les deux. Je sens que je n'en ai plus pour longtemps.

— Ne dis pas de bêtises, voyons. Tu as encore plein de temps devant toi.

— Non, pas tant que ça.

— Quelque chose ne va pas, Papa. Je le devine à ta voix. C'est ta prostate ?

— Non, ce n'est pas ma prostate. Je ne t'appelle pas pour te parler de ma saloperie de prostate.

— Comment s'appelle le nouveau médecin ? J'aimerais avoir une petite conversation avec lui.

— Bennet.

— Ecoute, les enfants sont levés maintenant. Ils veulent te dire bonjour.

— Attends une minute…

— Bonjour, Grand-père.

29

Henry était d'une sale humeur quand, pendant la visite cette après-midi-là, le docteur Bennet lui demanda s'il savait quel jour on était, et où il se trouvait, et comment s'appelait le Premier ministre, et s'il était capable de calculer cent moins sept, ou alors cent moins trois, si c'était trop difficile avec sept, en restant planté devant lui, avec son costume à huit cents dollars et son bronzage estampillé Floride.

– C'est à cause des médicaments que vous m'avez donnés cette nuit.

– Ils ont peut-être ajouté à votre confusion, Henry, mais votre cerveau n'est plus aussi résistant qu'autrefois.

– Raison de plus pour en prendre soin.

– Oui, bien sûr. Faites-moi voir vos poignets. C'était le seul moyen, je suppose, de vous empêcher de vous faire du mal cette nuit.

– J'ai envie de vivre seul.

– Dans une chambre individuelle ?

– Non. Dans un appartement, quelque part en ville.

– Tous les appartements pour personnes âgées sont occupés, Henry.

– Je ne vous parle pas d'un appartement pour personnes âgées. Je veux un appartement ordinaire, pour tous les jours, pour les gens de tous les âges.

– Henry, comment est-ce que ça pourrait être mieux qu'ici ?

Il passa ses jambes sur le bord du lit.

– Pour commencer, personne ne me refilerait des médicaments qui me rendent dingue la nuit.

– Simples effets secondaires bénins, Henry. Personne ne peut prévoir ce genre de choses.

– Bénins ? Vous appelez ça « bénin » ?

– Tous les médicaments peuvent entraîner des désagréments, Henry. Vous devez être particulièrement sensible…

– Je ne veux plus d'Ozinan, ou je ne sais quoi.

– Nous en reparlerons, Henry. Il faut que je retourne à mon cabinet.

30

– Et je n'ai pas envie de partager ma chambre avec un hibou.

Arrivé à la porte, le docteur Bennet s'arrêta et se retourna.

– Un hibou ?

– Lui.

D'un geste, Henry désigna son camarade de chambre, avant de se diriger vers le cabinet de toilette.

Il s'observa dans la glace et découvrit le visage de son père, peut-être même de son grand-père. Il peigna ses quelques mèches de cheveux en arrière, rinça son demi-dentier, posa son postérieur décharné sur la lunette des toilettes et attendit.

# 4

Pendant de longues périodes de sa vie, elle avait connu trop d'intimité, trop de solitude, mais aujourd'hui, curieusement, elle aspirait à être seule, désirait le luxe de prendre un bain sans personne, de passer une soirée tranquille, entourée seulement de ses souvenirs, avec un pichet de Martini et quelques babioles.

– Ecoutez, ma jolie, dit-elle à Liz, l'aide soignante, une jeune femme grassouillette et tête en l'air. Pourquoi vous n'iriez pas boire un café ou autre chose ? Je peux très bien me débrouiller toute seule…

– Vous en êtes sûre ?

Dixie appuya sa tête enveloppée d'une serviette sur le bord de la grande baignoire.

– Tout à fait sûre.

– D'accord. Je reviens dans dix minutes pour vous aider à sortir. Surtout, n'essayez pas de sortir seule.

Dix minutes. C'était mieux que rien. Vous traitent comme si vous étiez impotent. Oh, elle comprenait. Elle pouvait avoir une attaque ou un malaise et se noyer dans la grande baignoire et le médecin légiste ne serait pas content du tout. Et sa sœur ferait certainement un procès.

Elle regarda ses seins flasques flotter au milieu des bulles. Elle s'enfonça dans l'eau et ferma les yeux. A soixante-neuf ans, elle jouait les midinettes avec un homme plus âgé, ça alors ! Elle sourit. Le problème avec la vieillesse, c'est qu'on perd ses inhibitions quand il est déjà trop tard. Pour certains, en tout cas. Elle songea au sale caractère de Henry, à son côté cynique. Cela ne la gênait pas, généralement cela dénotait une nature romantique ; en revanche, ses tendances paranoïaques l'inquiétaient : cette histoire de morts ; il était persuadé qu'il se passait des choses bizarres à la Villa. Elle plongea le gant de toilette dans l'eau et le plaqua sur sa poitrine.

Elle n'aurait su dire pourquoi elle se montrait si entreprenante avec lui ; ce n'était pas Paul Newman et, de toute façon, ça ne les mènerait nulle part. Peut-être était-ce lié au fait de vivre dans une maison de retraite, dans un endroit pour gens vieux et asexués.

En y réfléchissant, elle s'aperçut que, depuis neuf mois qu'elle était ici, un étrange phénomène s'était produit en elle. Elle devenait vierge. Pas uniquement sur le plan sexuel, mais dans tous les domaines. De plus en plus, il lui semblait qu'elle avait été créée neuf mois plut tôt, déjà vieille, confectionnée, emballée, prête à être stockée, et la vie qu'elle avait pu avoir auparavant avait disparu, ou elle appartenait à quelqu'un d'autre, ou bien c'était une histoire que personne n'avait le temps de lire. Les aides soignantes et les infirmières la traitaient comme si elle avait toujours été une vieille croulante enfermée dans une maison de retraite.

Entourée de gens qui lui niaient son passé, elle n'allait pas tarder à se voir à travers leurs yeux. Personne ne s'intéressait à ses deux maris (que Dieu veille sur l'âme du premier au moins), à ses amants, à ses voyages, à sa brève carrière de serveuse dans la salle à manger aux nappes blanches du vieil Eaton, pour gagner sa vie lorsqu'elle suivait les cours de l'Ecole normale, aux années pendant lesquelles elle avait enseigné l'anglais, à la façon dont son premier mari était mort de l'appendicite, juste avant qu'on ait suffisamment de pénicilline, un gamin encore, un enfant, c'était en 1939, quelle manière stupide de le perdre, elle ne s'en était jamais remise. Tout cela n'intéressait personne.

C'était facile à comprendre.

Ils voulaient qu'elle soit une Petite Vieille.

Ils ne voulaient pas l'imaginer victime d'un chagrin ou d'une passion, juste une petite colère quand elle n'avait pas de confiture d'oranges pour ses crumpets. Ils ne pouvaient l'imaginer avec des responsabilités. Ni excitée. Ni furieuse. Ni amoureuse.

Elle sourit intérieurement, en se souvenant.

Si elle avait eu des enfants, peut-être ceux-ci lui auraient-ils conféré une existence indéniable. Elle passa rapidement sur cette pensée qui lui causait toujours un sentiment de vide au creux de l'estomac.

Il n'y avait qu'une partie de son passé qu'ils n'oubliaient pas. L'opération de son cancer. Dont elle se remettait parfaitement bien. Peut-être que le pouvoir de l'esprit sur la matière, la représentation, était efficace après tout, même s'il avait été sans doute préférable de laisser les chirurgiens lui extraire cette saloperie. Puis, comme elle le faisait chaque jour depuis qu'on lui avait révélé l'existence de cette masse dans son utérus, elle imagina ses cellules blanches se répandant partout pour détruire, tel Pacman, les mauvaises cellules cancéreuses réfugiées dans les recoins obscurs de son corps.

Elle caressa la longue cicatrice qu'elle avait sur le ventre, insensible au centre, mais pas sur les bords, le renflement rougeâtre encore douloureux sur le côté gauche, là où ils lui avaient mis un drain. Dixie conservait une certaine affection pour son corps, malgré son avachissement et son mauvais état.

Elle se redressa, se savonna et se rinça dans l'eau qui refroidissait. Les robinets étaient placés en hauteur, hors de portée, à l'autre bout de la baignoire, sans doute afin d'éviter qu'on ne s'ébouillante par accident.

La mousse du bain se figeait à la surface de l'eau tiède. Depuis combien de temps se trouvait-elle dans son bain ?

Bientôt, elle devrait sortir de la baignoire ou atteindre les robinets afin de faire couler de l'eau chaude. Il y avait un bouton d'appel sur le mur, au-dessus de son épaule, mais elle n'était pas impotente.

En prenant soin de ménager ses abdominaux encore fragiles, elle glissa vers le centre de la baignoire. De la main droite, elle saisit la barre en aluminium qui formait un angle, à l'extérieur de la baignoire, jusqu'au mur près des robinets, et elle se retourna, d'abord sur le côté, puis à genoux. Dans cette position, son poids mieux réparti, elle se hissa en se tirant à deux mains ; en l'espace d'un an environ, elle avait perdu une bonne partie de ses forces. Petit à petit, elle se releva, se mettant presque debout, craignant de faire reposer trop de poids sur l'émail glissant. Elle y était presque. Bon sang, si elle n'était pas capable de sortir seule d'une baignoire, quel espoir lui restait-il ? Elle prit appui contre la barre pour réfléchir au mouvement suivant.

Soudain, la barre se détachant du mur, Dixie pivota et bascula, entraînant ladite barre avec elle, puis, s'y accrochant, elle resta suspendue comme un paresseux à un arbre, les pieds encore dans la baignoire, le dos oscillant au-dessus du carrelage. Elle n'allait pas pouvoir tenir.

La douleur ne fut pas aussi intense qu'elle l'avait craint au cours du bref instant qui précéda sa chute. Le contact brutal de son dos et de sa tête entourée d'une serviette sur le carrelage de la salle de bains lui causa surtout un choc, suivi d'un moment de confusion et de gêne. Peut-être perdit-elle connaissance l'espace d'une seconde.

En reprenant ses esprits, elle découvrit une Liz affolée penchée au-dessus d'elle.

– Oh, mon Dieu… mon Dieu, gémissait-elle. Je n'aurais jamais dû vous laisser seule. Je le savais…

– Cessez de jacasser et aidez-moi à me relever.

– Je vais chercher une infirmière.

– Vous n'irez chercher personne. Aidez-moi simplement.

Liz aida Dixie à se remettre debout et à enfiler une robe de chambre, puis elle murmura :

– Je vais avoir des ennuis maintenant…

35

– Mais non. C'est moi qui vous ai demandé de me laisser seule, et regardez-moi un peu ce machin-là, cette barre. Elle s'est détachée du mur.

Plus tard dans la journée, en descendant au solarium, Dixie passa devant la salle de bains et s'arrêta un instant pour observer le petit groupe de personnes qui examinaient la barre arrachée. Willoughby était présente, son insigne d'infirmière chef bien en évidence sur sa blouse blanche, ainsi qu'un garçon de salle en chemise et pantalon verts, le nouveau directeur, Andrew Muir – un homme jeune, mince et anxieux, vêtu d'un costume trois-pièces, avec une petite barbe bien taillée et des petites mains parfaites, à l'exception des ongles rongés jusqu'à l'os –, et Liz.

– Encore une chance que personne n'ait utilisé cette barre avant que vous ne vous en soyez aperçue, disait M. Muir.

Dixie avait vu trop de choses dans sa vie pour prêter attention à ce genre de présentation erronée des faits. D'ailleurs, ça ne servirait à rien de rétablir la vérité.

Liz jeta un regard dans sa direction et rougit légèrement, mais, au yeux des autres, Dixie était invisible, et elle poursuivit son chemin. Le thé et les petits gâteaux l'attendaient dans le solarium. Bonté divine.

Son dos lui faisait encore mal suite à sa chute, mais sa tête s'était remise rapidement. C'était surtout sa dignité qui avait souffert, bien qu'elle n'ait jamais été du genre à s'en soucier beaucoup. Pas avant d'avoir dépassé largement la soixantaine, du moins, car c'était alors devenu l'un des rares attributs qui lui conféraient encore un bien maigre statut. Quelle vieille dame digne elle faisait ! Bonté divine.

Et pourquoi pas courageuse, solide, déterminée, et pleine de volonté ? Son opération lui avait coûté beaucoup.

Elle ne pouvait pas se permettre d'être excentrique, même si cette idée la ravissait. Dans l'ascenseur, elle appuya sur le bouton du rez-de-chaussée. Etre excentrique, c'était vivre à Rosedale avec des infirmières à domicile.

L'ascenseur faisait encore plus de raffut que d'habitude, crissements et bruits sourds. Il s'immobilisa enfin, ses portes s'ouvrant sur le hall principal. En sortant de la cabine, Dixie trébucha et tomba à genoux. Une douleur fulgurante lui traversa les jambes. En se retournant, elle constata que l'ascenseur s'était arrêté à cinq bons centimètres sous le niveau du sol. Un juron moderne lui vint aux lèvres, mais, en voyant les gens se précipiter vers elle et en sentant la douleur s'atténuer, elle songea à son âge et à sa réputation, et n'y alla que d'un « Zut, zut, zut ».

# 5

Tous les jeudis soir, Janet réussissait à ôter sa blouse d'infirmière, à se laver, à faire disparaître l'odeur de vieillesse et de maladie qui lui collait à la peau, à se changer et à arriver au Shooters avant onze heures et demie. Une heure et demie avant la fermeture. « La soirée des dames », qu'ils appelaient ça : les filles se pointaient seules et repartaient comme elles voulaient. Ce mois-ci, c'était Shooters, le mois prochain, ce serait un autre bar. Une fois, elle avait convaincu Ann de l'accompagner, mais celle-ci était repartie de bonne heure, prétextant une migraine. Pauvre Ann. Ou bien elle était plus raisonnable. Il existait certainement des façons plus enrichissantes de passer un jeudi soir. Le problème était que, à y bien réfléchir, Janet n'en voyait aucune.

Elle se sentait un peu trop vieille pour les bars et les vidéo-clips de rock, mais, depuis qu'elle travaillait à la Villa, elle éprouvait le besoin intense de faire la fête, de vivre à fond, de se saouler et advienne que pourra. S'il est une chose qu'on apprend en travaillant auprès des vieux et des malades, c'est que, arrivé à quatre-vingts ans, enfermé dans une maison de retraite, ce que vous avez fait dans votre jeunesse n'intéresse personne. Alors, pourquoi faire attention ? Pourquoi vouloir se comporter en adulte ?

En plus, il y avait trop de décès dernièrement. Le vieux Henderson, on pouvait s'y attendre. Mais Mme Wilson ? Comment l'expliquer ? Une de ses pensionnaires préférées.

Elle revient travailler un matin, après deux jours de repos, et la grande bringue n'est plus là. Pof! Disparue. Un autre vieux sac d'os a pris sa place dans le lit. Heureusement, Ann l'avait prévenue avant qu'elle n'entre dans la chambre et ne commette une gaffe. Malgré tout, il y avait quelque chose d'injuste dans la façon dont ils mouraient sans cérémonie, en s'enfonçant simplement dans la nuit.

Evidemment, elle connaîtrait le même sort un jour. Elle disparaîtrait. Une infirmière de nuit remarquerait le lit vide une semaine plus tard.

Elle songea à la manière dont certains d'entre eux acceptaient l'inévitable, allant jusqu'à accélérer les choses en dépérissant et en s'éteignant volontairement. D'autres, au contraire, luttaient jusqu'à leur dernier souffle. Elle aimait bien ceux qui luttaient, même si, parfois, c'étaient de vrais enquiquineurs. Ne pouvant pas combattre directement la vieillesse et la mort, ils s'en prenaient au personnel. Pour des cigarettes, un jus de fruit, un coup de téléphone, une faveur, un peu d'attention. Dieu sait quoi. Voire, pour rien. Juste histoire de hurler, de gueuler, de foutre la merde pour faire de l'effet, pour que tout le monde sache qu'ils étaient toujours vivants.

Janet se regarda dans la glace et fit la grimace. Un peu trop maquillée. Non. C'était à la mode, maintenant. Elle allait même essayer une couleur un peu plus foncée au-dessus de ses yeux marron. Après avoir reniflé ses mains pour vérifier que l'odeur de vieillard en avait disparu, elle prit son caban, enfila ses bottes et quitta la Villa. Au début, elle évita avec précaution le sel et la neige fondue sur le parking, puis elle renonça et marcha directement jusqu'à sa Mazda. Sale comme toujours, à l'extérieur et à l'intérieur. L'odeur d'urine et de désinfectant persistait dans ses narines ; elle s'arrêta pour respirer à fond. En route pour le Shooters.

Elle eut un instant de regret en quittant l'air pur de la nuit et la neige fondue, la promesse d'un soir de mars où l'on devinait la fin de l'hiver, pour passer sous l'enseigne au néon représentant un verre de Martini et pénétrer dans le

hall chaud et bruyant. Un immense écran animé d'images
frénétiques était fixé au-dessus de la piste de danse surpeu-
plée, face à un grand bar, à des rangées d'hommes et de
jeunes gars debout, et à des groupes de tables. Les hommes
buvaient et regardaient.

Une fois que ses yeux se furent habitués à l'éclairage
tamisé du bar, Janet chercha ses amies et ne tarda pas à
apercevoir Brenda en train d'écouter parler un homme qui
portait un blouson en jean et était coiffé d'une casquette de
base-ball. Elle reconnut en lui le type avec qui Brenda
vivait depuis un mois ou deux, et qui la cognait à l'occasion. Le temps qu'elle arrive à leur table et dépose son
manteau sur une chaise, Louisa était revenue de la piste de
danse, suivie par un jeune garçon, de dix ans son cadet.
Louisa se laissa tomber bruyamment sur sa chaise et
congédia son cavalier d'un bref « A plus tard ».

Brenda adressa un sourire penaud à Janet, haussa les
épaules et suivit son compagnon vers la piste de danse.

– Qu'est-ce qu'elle fout avec ce mec ? C'est pas le type
qui l'a cognée le mois dernier ?

– Lui-même, répondit Louisa.

– Alors, pourquoi qu'elle s'est remise avec lui ?

– L'amour… dit Louisa.

Janet la connaissait suffisamment bien pour savoir qu'il
n'y avait aucune trace d'ironie dans cette remarque.

Une serveuse vint à leur table avec des billets coincés
entre ses doigts. Janet commanda un Molson Dry par-dessus le vacarme du groupe Mottley Crue.

Louisa était à moitié ivre.

– Tu sors du boulot ?

– Ouais.

– Je sais pas comment tu fais pour travailler dans une
maison de retraite…

– Moi non plus.

Louisa frissonna et regarda autour d'elle.

– Il se passe rien ici ce soir. On devrait peut-être aller au
Mill.

Louisa disait toujours qu'il ne se passait rien, comme si elle s'attendait à voir Tom Selleck franchir la porte et s'évanouir dans ses bras.

– Pourtant, ça a l'air de marcher pour toi.

– Lui ? C'est un gosse ! J'en ai marre des gosses.

– Et Bob ?

– Oh, là, c'est différent, dit-elle en gloussant.

Louisa était plus âgée que Janet – elle avait trente-six ans –, mais, depuis que son mari et elle s'étaient séparés, elle sortait avec des garçons de vingt ans. Janet ne savait pas trop ce qui les attirait. Louisa n'était pas une beauté : petite boulotte, un visage dur, dents de travers. Mais, pour venir au Shooters, elle s'habillait comme une adolescente et était toujours prête à prendre du bon temps. Peut-être que si elle avait été plus jolie elle aurait fait peur aux jeunes garçons.

Sentant une main lui taper sur l'épaule, Janet se retourna et leva les yeux pour découvrir le visage d'Adam Bennet. Le docteur Adam Bennet.

– Bonsoir, dit-elle, étonnée. Que diable faites-vous ici ?

– Vous dansez ?

Il n'avait pas les yeux en face des trous et son haleine sentait le whisky.

– Oui.

Elle le suivit sur la piste de danse en songeant : marié, seul pour la nuit, sans laisse, en goguette avec un copain, assez ivre pour faire preuve d'insouciance. Elle l'avait toujours trouvé séduisant, même si, d'une certaine façon, elle le prenait pour un sale con.

– Je suis contente que vous soyez là, dit-elle par-dessus la musique. Je craignais d'être la plus âgée.

Il lui sourit et se mit à lui expliquer comment, après une réunion de médecins de la région, son ami Tom, le dentiste, l'avait traîné de bar en bar, et comment, lui, il l'avait perdu quelque part dans la foule.

Janet commença à danser ; il l'imita. Elle se surprit à observer les gens d'un air timide. Que cherchait-elle ?

41

L'ami de Bennet, sa femme ? Une meilleure occasion ? Un homme non marié ? En le regardant danser, elle lui donna une quarantaine d'années. Elle examina son costume chic, son bronzage persistant qui datait de ses vacances d'hiver dans les îles, et discerna une lueur malhonnête dans ses yeux. Elle se souvint d'avoir confié à quelques-unes de ses collègues infirmières qu'elle le trouvait irrésistible quand il était arrivé à la Villa : sans doute ce compliment était-il parvenu à ses oreilles. Le grand sourire qui ornait son visage semblait indiquer qu'il n'en croyait pas sa chance : tomber sur cette fille au Shooters ! L'infirmière qui le trouvait irrésistible ! Du tout cuit.

— Vous saviez qu'on venait ici tous les jeudis ? lui demanda-t-elle.

Son sourire s'élargit.

— Non, je l'ignorais.

Il bougeait pas mal, comme tous les hommes maintenant, semblait-il. Elle se souvint de l'époque du lycée où peu de garçons savaient danser, ou acceptaient qu'on les regarde faire. Aujourd'hui, la plupart des hommes sur la piste se mouvaient avec plus de souplesse et de rythme que les femmes, dont certaines se contentaient de remuer au minimum leur petit cul étroit moulé dans leur petit jean étroit.

Elle observa le docteur Adam Bennet. Il lui rendit son sourire. Il avait de jolis yeux, un peu tombants sur les côtés. Il était trop bien habillé pour le Shooters. Quand on ne portait pas de casquette de base-ball, on était trop bien habillé pour le Shooters. Les fesses étaient belles.

Le rythme de la musique ralentit ; il l'attira contre lui, glissant sa cuisse entre ses jambes. Il dansait si bien le fox-trot qu'elle révisa son âge à la hausse : quarante-cinq. Une des choses qu'elle aimait chez les hommes de plus de quarante ans, c'était qu'ils la fassent tournoyer et virevolter sur une piste de danse. Elle lui chuchota à l'oreille :

— Comment se fait-il que vous soyez libre ce soir ?

Il marmonna quelque chose qu'elle n'entendit pas. Elle le sentit reculer, un peu gêné, et regarder les autres danseurs autour d'eux. Elle en avait assez de tout ce bruit, de la foule, assez de danser avec un homme marié qui ne savait pas quoi lui dire, et pourtant quelque chose la retenait, l'empêchait de s'en aller pour rentrer chez elle et se coucher seule.

Tandis qu'elle dansait et sentait le souffle d'Adam Bennet dans son cou, quelque chose se tapissait dans les recoins de son esprit, comme un chien affamé. Elle se dit qu'elle n'avait pas assez bu, tout simplement. Le tempo et le volume de la musique s'amplifièrent. Elle entraîna son cavalier hors de la piste et l'envoya chercher une bière au bar.

Malgré leurs efforts, toute conversation était impossible. C'est aussi bien, se dit-elle : elle n'avait aucune envie d'apprendre à mieux le connaître. La bière vint à leur secours. Appuyé contre elle, il lui demanda si elle souhaitait s'en aller.

– C'est trop bruyant ici, dit-il en regardant derrière elle.

Elle aurait dû répondre non et chercher Brenda ou Louisa ; mais, en voyant cette dernière assise à une autre table en train de flirter avec deux garçons qui ne devaient pas avoir plus de vingt-cinq ans et en découvrant Brenda affalée sur le type qui la tabassait, elle décida de ramener le docteur Bennet chez elle, en espérant qu'il serait un amant convenable et suffisamment intelligent pour s'en aller ensuite en lui épargnant l'épouvantable moment de culpabilité, de confession, et les fausses promesses d'amitié.

Il suivit sa Mazda à bord de sa Mercedes et se gara discrètement à un pâté de maisons du triplex de la jeune femme.

– Faut croire que je suis une conquête facile, dit-elle lorsqu'ils entrèrent dans son appartement et qu'elle ôta ses bottes tachées par le sel.

– Ecoutez, vous n'êtes pas obligée. Je ne vous supplie pas, bon sang.

Mais il lui parut vulnérable tout à coup et cela l'aida à se sentir mieux. C'était peut-être un con, mais c'était un con vulnérable et irrésistible. Elle se détendit.

– Je vous demande pardon. Je n'aurais pas dû dire ça. Bavardons un peu.

Elle l'entraîna vers le canapé, face à la télévision, qu'elle alluma pour éviter d'avoir à lui parler, puis se rendit dans la cuisine pour faire du café, changea d'avis, lui apporta une bière et, pour elle, un verre de rhum avec du Diet Coke. Elle s'assit à côté de lui. Il regarda rapidement autour de lui, puis l'embrassa, pas trop mal, son haleine sentant la bière et le tabac. Elle hésita, il battit en retraite, elle glissa sa main par l'ouverture de son col de chemise. Il l'embrassa de nouveau, elle l'entraîna dans sa chambre, avec les posters d'art sur les murs, avec son coucou, sa peau de chèvre blanche et douce, les rares choses qu'elle possédait. Il fit un détour par la salle de bains et elle l'attendit, assise sur son lit.

Après qu'il se fut rhabillé et l'eut quittée sans bruit, Janet connut un sommeil agité. Dans ses cauchemars, quelqu'un essayait de la tuer. Ou bien elle était vieille et sur le point de mourir. Ou c'était la même chose. Elle gravissait un escalier de marbre en spirale, sans s'arrêter, les rampes s'effondraient et plongeaient à pic dans un abîme profond, et elle, vieille et lente, elle grimpait en rampant pour échapper à une chose terrifiante qui s'agitait en bas. Soudain, l'escalier prenait fin et elle savait qu'elle allait devoir se jeter dans le vide, espérait se réveiller dans le présent.

Au matin, son lit sentait encore le sexe, et la pluie mitraillait les vitres. Elle prit l'ours en peluche posé sur sa table de chevet et se blottit contre lui. Cadeau d'Allen. Noël 83. Trop précieux. Elle le reposa, se leva et enfila sa robe de chambre. Elle pouvait s'attendre à un coup de fil de sa mère à dix heures. A onze heures, elle irait à son cours de gym, puis ferait peut-être sa lessive. A trois heures, elle partirait travailler. Et, la semaine prochaine, elle se chercherait un emploi où tout le monde ne mourait pas.

# 6

Robert Belshaw essayait de se souvenir. Assis dans son fauteuil roulant, il s'était propulsé dans le couloir dans un but bien précis. La douleur le lui avait fait oublier. Il fit pivoter son fauteuil pour retourner vers sa chambre retrouver les murs de son existence douloureuse. Personne ne l'aiderait. Il devrait le faire seul. Mais faire quoi? Il pivota de nouveau et s'éloigna dans le couloir.

*Qu'est-ce que j'essayais de faire?*
*Quoi? Assis ici, là et partout. Ah oui.*
*Me tuer. C'est ça.*
*Parce que… Zut*
*Je ne me*
*souviens plus pourquoi.*
*Mais. La douleur. La douleur*
*s'arrêterait.*
*Le temps s'écoule*
*Le déjeuner*
*dîner.*
*Si seulement Corinne avait… De l'eau*
*sous les ponts. Inutile de pleurer.*
*Mais toujours la douleur.*
*Dans le dos. Et qui monte*
*de mon machin.*
*La prostate. Dans le dos.*

*Mon*
*nom*
*est…*
*Aujourd'hui, vendredi*
*treize,*
*Ils ne voudront pas me donner*
*des médicaments. Peux pas nouer mes lacets.*
*Aucune arme*
*dans cette baraque.*
*Bondir de mon fauteuil et*
*sauter par la fenêtre. A quel étage*
*sommes-nous ? Un, deux, trois… cueillir*
*des cerises. Nous irons au bois.*
*Dans un moment de lucidité. L'esprit*
*fait ses adieux. C'est très*
*machin d'oublier*
*les noms. Mieux vaut*
*oublier les visages.*
*Peut-être est-elle venue.*
*Je ne… m'en souviendrais pas.*
*Faire rouler le fauteuil*
*jusqu'au bout du couloir.*
*Au bout du couloir.*
*Au bout du rouleau. Portes de secours.*
*Pour quoi faire ?*
*Fuir. Avant que mes gardiens*
*me rattrapent.*
*Absence de mesures*
*de sécurité ici. Personne*
*ne regarde.*
*Appuyer sur la barre. Rouler vite.*
*Claquer la porte derrière moi.*
*Le fauteuil sur le palier*
*de l'escalier. Issue de secours*
*uniquement. L'alarme…*
*qui sonne.*
*Il doit y avoir le feu. Des gens*

*qui courent.*
*Ils montent l'escalier. Ils le*
*descendent. Jill a dévalé les*
*marches.*
*Ça y est. En finir maintenant.*
*Plonger dans le traître escalier*
*et mettre fin à ma douleur.*

Assise sur le bord du bureau, Janet attendait qu'Ann ait terminé pour l'emmener boire un café. Cette dernière passait les dossiers en revue en disant :

— Les trois quarts ne contiennent aucun détail personnel et à peine plus de renseignements médicaux.

Janet poussa un soupir.

— On finit par bien les connaître.

— Pas les déments, Jan. Ce serait bien d'en savoir un peu plus sur eux aussi.

— Tu crois ? On ne peut pas vraiment parler avec eux.

Ann avait levé les yeux vers Janet ; apparemment, son esprit et sa bouche préparaient une réponse lorsqu'une sonnerie stridente s'échappant du tableau de contrôle au-dessus de sa tête la fit sursauter.

— La porte. Quelqu'un est sorti par l'issue de secours.

— Laquelle ?

— Tu vas à l'est, je vais à l'ouest.

Janet avait parcouru une dizaine de mètres dans le couloir quand Ann la rappela.

— Par ici ! Il y a quelqu'un sur le palier.

Pivotant sur ses talons, elle s'empressa de courir derrière Ann. Celle-ci devait avoir vingt mètres d'avance et franchit la porte qui donnait sur le palier alors que Janet se trouvait encore au milieu du couloir. Elle ralentit. Quelques secondes après Ann, elle poussa sur les barres de sécurité. Plus de problème maintenant. Ann allait prendre la situation en main. Ensuite…

Elle s'arrêta de respirer. Tout s'arrêta. Elle assista à la scène comme au ralenti.

*Tout au bord maintenant.*
*Regarder vers le bas. L'abîme. Un mot*
*dont je me souviens. Comme douleur.*
*Les gens qui courent.*
*La porte qui s'ouvre avec fracas. Où en*
*étais-je ? Regarder vers le bas. C'est*
*la seule solution. Pardonne-moi. Mon Dieu,*
*protège-moi des blessures. Oh, mon Dieu.*
*Corrie. Je ne... peux...*
*pas...y arriver.*
*L'infirmière veut m'attraper.*
*Elle saisit mon fauteuil.*

Belshaw jaillit de son fauteuil. Bras écartés. Yeux écarquillés. Comme s'il bondissait vers la sécurité. Ann qui tend les mains vers lui. Pétrifiée par l'horreur. Belshaw qui plonge. Un étrange sourire sur le visage. La perplexité dans le regard. Cul par-dessus tête, poupée de chiffons qui tombe, de chiffons et d'os. Il ne pesait plus très lourd. Recroquevillé dans un coin du palier, sept mètres plus bas. Ses lunettes qui descendent bruyamment un étage de plus. Puis le fauteuil qui rebondit dans l'escalier, par-dessus sa dépouille brisée, et s'élance à la poursuite des lunettes.

Janet regarda fixement Ann, sans rien voir, laissa retomber lentement ses mains le long de son corps. Le fauteuil heurta et brisa un objet deux étages plus bas.

Elle avait envie de vomir. Ses jambes flageolaient. Mais elle s'accrocha à la rampe et descendit à l'étage inférieur.

Pauvre vieux. Il faisait partie de ceux qui sont entre les deux. Conscient de perdre la tête. Et les os rongés par le cancer. Mais quel accident idiot.

Ou peut-être était-ce délibéré ?

Il ne respirait plus. Impossible de trouver son pouls dans le cou. Sa tête pendait de façon bizarre sur ses épaules. Ann était restée au sommet de l'escalier.

D'une voix morne, elle dit :

– Je vais demander une ambulance. Et chercher le docteur Bennet. Il est quelque part au premier. Surtout, n'essaye pas de le bouger.

Sachant que tout était fini, terminé, que Belshaw était bien mort, Janet se demanda qui allait payer les pots cassés dans cette affaire. L'aide soignante de ce couloir ? Ann, qui était responsable de l'étage ? Elle-même ? On ne pouvait tout de même pas les surveiller à chaque instant. Nom de Dieu. Quel métier…

# 7

A plusieurs reprises, Henry avait joué aux échecs avec Belshaw, agacé tout d'abord, puis compatissant, à mesure que la mémoire de son adversaire se dégradait. Ces derniers temps toutefois, Henry cherchait à l'éviter. Il n'aimait pas voir Belshaw faire des efforts pour trouver ses mots, une constante expression de douleur sur le visage. Le docteur Bennet n'avait même pas été capable d'apaiser la douleur. Belshaw se montrait de plus en plus irritable et exigeant, toujours à réclamer davantage de médicaments aux infirmières. En apprenant que Belshaw était mort, Henry éprouva d'abord du soulagement, puis de la culpabilité et de la peine. Il est mort paisiblement dans son sommeil, lui avait dit Greta en le regardant comme s'il était maboule de poser cette question et ne devait pas s'appesantir sur des sujets aussi désagréables. Henry avait éprouvé l'envie de dire quelque chose de grossier et de provocant, mais avait tenu sa langue et gardé les yeux fixés sur les seins de l'infirmière jusqu'à ce qu'elle sorte.

— Il a essayé de descendre l'escalier avec son fauteuil roulant, lui dit Grinaldi deux jours plus tard, au cours du petit déjeuner.

— Un accident ?

— Peut-être. Ou un suicide.

Grinaldi était à la Villa depuis des années. Il n'aurait su dire la date exacte, mais semblait capable d'enregistrer toutes les allées et venues du personnel et des pensionnaires.

– Dans ce cas, pourquoi les infirmières racontent-elles qu'il est mort dans son lit ?

– Henry, tu n'es pas né de la dernière pluie, marmonna-t-il, la bouche pleine d'œuf poché. Procès, enquête, subventions, tu vois ce que je veux dire.

– Il souffrait.

– Chez moi là-bas, au pays, dit Grinaldi, nos enfants s'occuperaient de nous. Ici, ils se débarrassent des vieux et attendent.

Henry essaya d'aller jeter un œil dans l'escalier, mais le grand panneau indiquant ISSUE DE SECOURS l'en dissuada. Toute la matinée, il rumina. Depuis un mois, il était retombé dans la routine de la Villa, exception faite de ses problèmes avec l'Indien qu'ils avaient installé dans la chambre voisine. Il avait chassé de son esprit ses camarades de chambre décédés, ou, plutôt, il avait renoncé à trouver des réponses et fini par penser que Dixie avait peut-être raison. Il prenait tout cela trop à cœur. Mais voilà que Belshaw était mort à son tour et que Greta disait une chose et Grinaldi une autre. Dans un endroit aussi grand, des gens pouvaient mourir tous les jours sans qu'il le sache.

Profitant de la première bonne après-midi de printemps, il rejoignit Dixie dans le patio. Les aides soignantes l'obligèrent néanmoins à porter une écharpe et un manteau. Une douce brume vert citron recouvrait les arbres et l'air était si vivifiant et pur que cela compensa presque ses quatre dernières nuits agitées. Il refusait désormais d'avaler les cachets qu'on lui donnait et reniflait son jus d'orange pour s'assurer qu'on n'y avait rien mis. C'était le vieil Indien dans la chambre voisine qui l'empêchait de dormir en psalmodiant ou en gémissant dans son sommeil. « Un chef Ojibway », lui avait dit Janet. « Nom de Dieu, avait-il répondu, je vais le scalper, ce connard, s'il se tait pas. » Il avait l'intention d'aller lui dire deux mots, mais, chaque fois qu'il jetait un œil dans la chambre, il y avait toute une tribu auprès de lui, et, même s'ils ne parlaient pas beaucoup, ils restaient assis autour du lit à contempler le vieux pendant qu'une des femmes lui faisait une queue de cheval.

Henry s'installa dans un fauteuil du patio et regarda autour de lui.

— Ça commence à reverdir.

Dixie leva les yeux de son livre.

— La campagne se pare de nouvelles naissances.

— C'est un poème ?

— Non, je ne pense pas.

— Tant mieux.

— Tu as l'air de bonne humeur.

— Je crois que ça recommence.

— Qu'est-ce qui recommence ?

— Tu es au courant pour Belshaw ?

— Non.

— Les infirmières disent qu'il est mort dans son lit, mais Grinaldi affirme qu'il est tombé dans les escaliers avec son fauteuil roulant... (Elle garda le silence.) Je continue à penser qu'il se passe des choses.

— Il y a beaucoup de négligence.

Elle leva la tête et ferma les yeux.

— Il n'y a pas que ça.

— Les infirmières ont peut-être raison pour Belshaw.

— Non, je pense que Grinaldi dit vrai.

Elle se tourna vers lui.

— Et alors ? Même si ce pauvre vieux est tombé dans l'escalier, les infirmières ne nous le diront jamais.

— Justement.

— Quoi ?

— Il y a trop d'accidents. Cette barre au-dessus de la baignoire dont tu m'as parlé... Et l'ascenseur. Belshaw l'autre jour. Dieu seul sait combien de personnes disparaissent tout bonnement au milieu de la nuit.

— Enlevées par un vaisseau extra-terrestre ?

— Ne te moque pas, Dixie. Je parle sérieusement. Pense à cette flaque d'huile sur laquelle j'ai failli glisser l'autre jour. De l'huile de paraffine, pour ce que j'en sais. J'aurais pu me fendre le bassin. Et ces médicaments qui me rendent dingue. Maintenant, je refuse d'avaler quoi que ce soit. Bennet peut aller se pendre avec un cathéter de deux mètres de long.

Dixie posa son livre sur la table.

– Et tes cachets pour ta tension ?

– Ceux-là non plus.

– Oh, Henry…

– A mon avis, je n'en ai pas besoin. En plus, ils me mettent complètement à plat.

– Après tout, c'est toi qui décides.

– Apparemment, tu es la seule à le penser.

– Ce n'est pas facile de vivre dans une maison de retraite, mais il y a toujours des moyens de s'arranger.

Elle but une gorgée de thé et jeta un regard en direction de l'alignement de fauteuils roulants dans lesquels on asseyait les résidents, comme autant de poupées de chiffons, face au soleil, pendant quelques heures l'après-midi. Après, on les remettait sur leurs étagères, plantes exotiques dont on s'occupe avec soin. Deux vieux jouaient aux dames sur une table installée dans le coin le plus éloigné.

– Il ne s'agit pas de s'arranger. Il s'agit d'essayer de rester en vie quand on cherche à te tuer.

Voilà, il avait dit ce qu'il pensait réellement.

Avec un sourire, elle sortit une petite flasque de sous sa couverture posée sur ses genoux et versa quelques gouttes dans leurs deux tasses.

– Tiens, ça va te faire du bien.

– Hé, où as-tu trouvé ça ?

– J'ai un petit arrangement avec une des infirmières. Elle garde une bouteille de gin dans son vestiaire et, quand elle peut, elle en remplit ma flasque.

– Quelle infirmière ?

– Tu promets de le répéter à personne ?

– Evidemment.

– Janet.

– Ça alors ! La corruption est partout…

– Oh non. Je paye juste le gin. Elle aussi trouve que le règlement est totalement inhumain.

– Peut-être qu'elle essaye de te refiler une cirrhose ou de te détruire le cerveau pour que tu tombes dans l'escalier, toi aussi.

– Henry ! Tu peux pas te méfier de tout le monde !

– D'elle non, peut-être pas. Mais il y a quelqu'un qui essaye de nous tuer.

Dixie observa son visage ridé et acariâtre, son regard grave. La Villa était remplie de paranoïaques. C'était lié au besoin qu'on avait de trouver des explications à des choses qu'on ne comprenait plus ou qu'on avait oubliées, ou qui étaient inacceptables.

– Tu penses pas ce que tu dis.

– Si. Je le sens. Si nous ne fichons pas le camp d'ici rapidement, nous allons mourir tous les deux.

Il récupéra sa canne et se leva.

– Où vas-tu ?

– C'est l'heure de la réunion du conseil.

– Oh, j'avais oublié.

Elle vida sa tasse d'un trait, la rinça avec du thé qui se trouvait dans la théière posée sur la table.

– Je vais en parler.

– De quoi ?

– Des gens qui meurent.

– Henry ! Tu vas pas faire ça. Attends-moi. Je marche moins vite que toi.

# 8

Encore sous le choc de l'accident de Belshaw, Janet ne se sentait pas d'humeur à répondre en qualité de représentante du personnel aux questions posées lors de la réunion du conseil, même si, généralement, celles-ci étaient du genre « Pourquoi est-ce que le papier toilette est dur comme du carton ? », « Pourquoi n'a-t-on pas le droit de fumer dans les chambres ? », ou « Pourquoi les menus sont-ils toujours les mêmes chaque semaine ? ». Mais elle avait foi en ce procédé. Tout le monde devrait avoir son mot à dire quand il s'agit de son existence. Aussi bref soit ce mot.

Henry avait pris la parole pour soulever une question inédite. Sept autres membres étaient présents : Dixie, l'air anormalement soucieuse, Anders Fogarty, tout de tweed vêtu, Mme McNally, qui tricotait dans son fauteuil roulant, John Gould, l'aveugle qui tendait l'oreille en direction des voix, Mme Hettinga, dont le flegme hollandais était mis à rude épreuve par des tremblements dus à la maladie de Parkinson, Swenson, dont la mémoire n'était plus très bonne, mais que tout le monde jugeait charitable de laisser poursuivre son mandat jusqu'au bout, et enfin Adams, toujours aussi pontifiant malgré son âge, autrefois maire d'Orangeville, aujourd'hui président du conseil des pensionnaires de Shelburne Villa.

Janet sursauta. Hein ? Que venait de demander Henry ? « Est-ce qu'on envisageait de faire quelque chose à propos de tous ces gens qui mouraient ? »

Bon Dieu. Elle s'attendait à ce qu'il pose une question concernant le nombre de bières autorisées, voire sa constipation chronique, mais la mort ! Elle se tourna vers Adams pour voir de quelle manière il allait affronter le problème. Dixie avait détourné la tête. Les mains de Mme Hettinga tremblaient autour de sa tasse de thé.

Adams se racla la gorge en secouant ses grosses bajoues.

– Henry, voulez-vous soulever un point d'ordre ou déposer une motion ?

– Je dis ce que j'ai à dire, répondit Henry, ses pommettes osseuses rougissant de plus belle.

– Bien. Parfait. C'est justement le principe de ces réunions. Offrir à tout le monde la possibilité de s'exprimer, n'est-ce pas ? Bien. Autre chose ?

– J'estime, reprit Henry en regardant la table devant lui, qu'il y a trop de décès inexpliqués dans cet établissement.

Pris d'une quinte de toux, Adams dut fouiller dans ses poches à la recherche d'un mouchoir. Puis il cracha dedans.

– Les gaz, expliqua-t-il, une fois remis. (Il se tourna vers les femmes.) Les gaz asphyxiants, précisa-t-il. Pendant la guerre.

– Je sais bien, dit Henry, qu'il y a ici quelques personnes très malades, et on peut s'attendre à ce que certaines d'entre elles ne se rétablissent pas. (Sa voix devenait plus aiguë.) Mais, trop souvent, quelqu'un disparaît brusquement, comme ça, sans laisser de trace, sans explication.

Dixie se retourna sur sa chaise pour s'adresser directement à Henry en chuchotant :

– Ce n'est pas parce que tu ne sais pas ce qui se passe que d'autres ne sont pas au courant.

– Alors, dis-moi ce qui est arrivé à Belshaw.

– Pas ici, Henry. Ce n'est pas le lieu.

– J'ai une question sur le jus d'orange, dit Fogarty.

Adams saisit la perche.

– Très bien. Nous vous écoutons.

– Il a l'air plus léger que le mois dernier. J'aimerais

savoir s'ils le coupent avec de l'eau et, dans ce cas, j'aimerais élever une protestation.

– Très juste, Anders. De toute façon, c'est une saloperie de jus concentré.

– Le jus d'orange ! s'exclama Henry. Je viens vous parler d'une chose vraiment grave et vous discutez de la qualité du jus d'orange ! Nom de Dieu ! Personne ne voit donc ce qui se passe ici ?

– Henry, nous débattons de la question de M. Fogarty.

– Ils sont en train de nous éliminer, déclara Henry. L'un après l'autre.

– L'un après l'autre, répéta Swenson, dont le regard s'anima l'espace d'un bref instant. La mort est un pays froid. On ne peut pas y cultiver des oranges.

Sa voix profondément mélancolique contrastait avec son sourire absent. Janet l'avait vu décliner. Grand, cheveux blonds raides, visage tanné et ridé comme du sable à marée basse. Il était facile d'imaginer qu'un système nerveux reliait et innervait chaque millimètre carré de peau en voyant se refléter la mort lente du cerveau dans ce regard et ces yeux agonisants. Swenson faisait partie de ceux qui parlaient sans cesse de la mort pour dire qu'ils y étaient préparés et, à force, ça devenait pénible.

Fogarty sortit sa pipe et la tapa bruyamment dans un cendrier en verre. Il la remplit de tabac pris dans une blague, la bourra avec un machin à trois excroissances, reposa le tout pour chercher des allumettes dans ses poches, les trouva enfin et alluma sa pipe. Tout le temps qu'il dura, le rituel de Fogarty fut suivi avec attention et soulagement par les membres de l'assemblée, soucieux de continuer à ignorer Henry et Swenson.

Dixie attendit que Fogarty ait disparu derrière un épais rideau de fumée âcre pour lui lancer :

– Auriez-vous la gentillesse de ne pas fumer ce truc ici ? La ventilation n'est pas très bonne. Vous nous empoisonnez.

– Je sens une odeur de fumée, dit Gould. Quelque chose est en train de brûler ?

— Je croyais que nous étions d'accord, dit Adams. Il était possible de fumer de ce côté-ci de la table.

— Sauf la pipe, dit Dixie.

— Elle a parfaitement raison, renchérit Mme McNally en posant son tricot. Et je pense que nous devrions écouter ce que Henry a à nous dire.

Les tremblements qui secouaient la tête de Mme Hettinga s'amplifièrent au point que Janet se demanda si elle n'avait pas besoin d'un calmant.

— Je pense que tout cela a... commença Mme Hettinga. Je veux dire, nous devrions laisser le personnel soignant s'occuper de ce genre de choses. Et l'aumônier aussi.

Cette déclaration fut ponctuée d'un renvoi involontaire.

Henry ouvrit la bouche pour parler, mais Dixie le fit taire d'un regard.

— Il me semble, continua Mme Hettinga, que nous pourrions demander au personnel le droit d'avoir un petit service religieux quand quelqu'un décède.

— Trop compliqué, répondit Adams. A cause des religions différentes et ainsi de suite.

— Un simple service, non confessionnel. De toute façon, ils fréquentent tous la même chapelle.

— Tout cela est terriblement lugubre, commenta Fogarty.

— Il se fait tard, dit Adams. Tout le monde est d'accord pour mettre à l'ordre de la prochaine séance la question du service religieux ?

Henry se tourna vers Dixie, haussa les épaules et s'affala sur sa chaise. Découragé, il joua avec sa canne.

Adams réclama une motion d'ajournement et l'obtint rapidement. Janet se leva pour aider Swenson. Il était resté grand et laissa pendre son bras sur son épaule en marchant. Ils quittèrent le salon et empruntèrent le couloir qui conduisait à sa chambre. En chemin, Swenson laissa glisser sa main sur le devant de sa blouse d'infirmière. Et puis... Mais que faisait-il ? Distraitement, il lui pétrissait le sein gauche.

— On s'amuse bien, monsieur Swenson ?

— Je ne tiendrai pas jusqu'à Noël. Pas cette année.

Son regard était vide et ses lèvres dessinaient un petit rictus.

Et puis zut, se dit Janet. Il ne fait de mal à personne. Si ça lui fait plaisir de caresser des nichons de temps en temps, pourquoi pas ?

Elle le fit asseoir dans un fauteuil devant sa chambre.

– Il est trois heures de l'après-midi, nous sommes le 21 avril, et vous êtes assis devant votre chambre à Shelburne Villa.

Elle pivota sur ses talons pour s'en aller.

– La mort, dit-il.

Janet se retourna et le regarda. Ses yeux semblaient plus brillants et des larmes se formaient au creux de ses rides tombantes.

– Je vais aller vous chercher un verre d'eau.

Mais elle ne bougea pas. Il semblait lutter contre quelque chose ; il s'agitait sur son fauteuil. Elle crut qu'il allait faire sous lui.

– Vous voulez que je vous conduise aux toilettes ?

Il secoua la tête.

– Pour un homme du Nord, la mort, c'est différent, dit-il. (Des larmes roulaient sur ses joues taillées à la serpe.) Nous vivons avec la mort. Nous vivons en permanence à proximité de la mort, le froid final. Tout meurt à point nommé.

– Qu'est-ce qui vous tracasse, monsieur Swenson ? Votre fille est venue vous voir cette semaine ?

La voix de cet homme lui rappelait un vent d'ouest dans des branches de cèdre.

– La mort rôde. Henry a raison. Non… Ecoutez-moi. Il est ici alors qu'il ne devrait pas y être. Avant l'heure.

Il semblait regarder par-dessus l'épaule de l'infirmière et Janet ne put s'empêcher de suivre son regard. Mais il n'y avait rien à voir, hormis le troupeau habituel de vieux et de vieilles qui, éternellement assis dans leurs fauteuils, ne leur prêtaient pas la moindre attention. Quand elle se retourna vers Swenson, le regard de ce dernier s'était éteint.

Il laissa échapper un gémissement rauque et commença à arranger nerveusement sa chemise et son pantalon.

— C'est l'heure du dîner ?

— Dans une heure. Vous avez envie de regarder la télé ?

Il donna l'impression de disparaître à l'intérieur de lui-même. Janet fit demi-tour et s'éloigna dans le couloir. Elle se faisait du souci pour Henry Thornton : parler ainsi de gens qui meurent. Il redevenait paranoïaque et refusait de prendre ses médicaments. Elle ferait mieux d'en parler à Adam.

# 9

Assis dans le fauteuil près du lit, Henry essayait de trouver quelque chose d'intéressant dans *The Globe and Mail* quand Adam Bennet fit irruption dans la chambre, sacoche noire à la main. Apparemment, le meilleur moyen d'obtenir un peu d'attention de la part des médecins, c'était de foutre la merde à la réunion du conseil. Par-dessus ses lunettes de lecture, il regarda furtivement le médecin tiré à quatre épingles mais qui, en réalité, semblait légèrement mal à l'aise et ne savait pas quoi dire. Pas question de lui faciliter la tâche.

– Je peux m'asseoir? demanda Bennet en tirant une chaise à travers la chambre.

Henry leva son journal et se remit à lire ses éditos en travers, tout en observant le médecin du coin de l'œil.

– Les infirmières s'inquiètent pour vous.

En disant cela, Bennet avait consulté sa montre. D'une certaine façon, toute sympathie était brisée net.

– Qui ça?

– Janet. Elle dit que vous n'arrêtez pas de parler de la mort, ces derniers temps.

Henry replongea dans son édito. Mulroney faisait des ouvertures aux investisseurs américains. *The Globe* approuvait. Un afflux de capitaux américains ne menaçait nullement la souveraineté nationale. Quand on baise avec un géant, songea Henry, mieux vaut faire gaffe à pas se retrouver en cloque.

– Eh bien ?

Il ignora Bennet. Que pouvait-il lui dire sans être aussitôt catalogué comme dépressif, paranoïaque, voire pire ? Il parcourut les pages économiques en se demandant qui possédait Shelburne Villa. Sans doute une multinationale dont le siège social se trouvait à Chicago ou ailleurs. Avec un nom comme Consolidated Trust. Il y avait du fric à gagner avec les vieux. Ils étaient de plus en plus nombreux. Secteur en expansion. Subventions gouvernementales. Ainsi, il était né canadien, avait été canadien toute sa vie, et ses dernières années étaient maintenant la propriété de la Consolidated Trust de Chicago. CTC. Entreprise qui s'était diversifiée dans la sénilité, après l'effondrement du marché des jeux vidéo, avec filiale spécialisée dans la vieillesse canadienne. Devait travailler sur le marché à terme de la sénilité. C'était ça, la bonne stratégie. Investir en même temps dans la technologie de pointe et dans les vieillards. On les garde en vie... et on gagne de l'argent. On les stocke... et on gagne encore plus d'argent.

Henry avait été un homme d'affaires lui aussi et, à une époque, aurait été prêt à investir dans des toilettes publiques en Ethiopie si cela avait pu lui rapporter des bénéfices. En 1982, n'importe quel commerce aurait été largement plus rentable que de vendre des voitures. Mais c'était la taille des marchés qui entraînait la corruption et la déshumanisation. Petit homme d'affaires, il ne pouvait pas faire grand mal à quiconque, à part lui.

– Que se passe-t-il, Henry ? Qu'est-ce que c'est que cette histoire de gens qui meurent ?

Ah, si seulement il avait eu suffisamment de cran. Faire comme Pattison et virer chaque mois le vendeur le moins performant. Bon sang. Au bout d'un an, on se retrouvait avec une sacrée équipe. Ou comme Jake machin-chose, qui avait viré tous les cadres supérieurs de chez Atari. Un peu moins de sentiments, un plus d'argent, et il n'en aurait pas été là aujourd'hui. Il n'aurait pas perdu sa société. Il aurait une infirmière particulière dans sa maison de campagne. Et il ne serait pas obligé de supporter les questions idiotes d'un connard comme Bennet.

— Ecoutez, Henry, si vous ne répondez pas à mes questions, je serai obligé de croire que vous avez perdu la boule et de vous faire subir un examen psychiatrique.

Henry leva les yeux sur le médecin et le vit regarder sa montre encore une fois. Tout ce qu'il dirait ne pouvait pas lui attirer plus d'ennuis qu'il n'en avait déjà.

— Posez vos questions.

— Parfait. Savez-vous quel jour nous sommes ?

— Mardi.

— Quel mois ?

— Avril.

— Pensez-vous qu'il se passe des choses anormales ?

— Jetez un coup d'œil aux journaux.

— Non, je parle à votre niveau. Avez-vous l'impression d'être en danger ?

— Ce n'est pas une impression. Je suis en danger.

— Et quel est ce danger ?

Henry soutint son regard.

— La vieillesse, la maladie, le cancer, une chute, une fracture du bassin.

— Rien d'autre ? Un individu particulier, peut-être ?

— La vieillesse ne suffit pas ?

Bennet se renversa sur sa chaise.

— Avez-vous l'impression que quelque chose, ou quelqu'un, vous contrôle ?

— Tous les jours.

— Par exemple ?

— Le gouvernement, les règlements qui interdisent de fumer, les infirmières, les assistantes sociales, les actionnaires, CTC.

— CTC ?

— Ceux qui possèdent cette saloperie d'établissement.

— Donc, vous n'aimez pas la Villa…

La voix de Bennet trahissait une certaine exaspération. Henry se radoucit.

– Je n'aime pas voir autant de gens mourir, voilà tout.

– D'après votre dossier, vous dormez mal ces derniers temps.

– L'Indien d'à côté m'empêche de fermer l'œil.

– Vous pourriez prendre des somnifères.

– Je n'en ai pas besoin.

– Comme vous voulez. Je vous prescrirai quelque chose, libre à vous de le prendre ou pas.

– C'est tout ?

– Vous allez passer quelques tests.

– Je n'ai pas besoin de tests.

– Simples examens de routine. Prélèvement de sang, radio.

– Je n'ai pas besoin d'une analyse de sang.

– Ça ne vous fera pas de mal, Henry. Ce n'est pas comme si vous deviez payer.

Henry posa son journal et regarda Bennet droit dans les yeux.

– Vous pensez que je suis cinglé, hein ?

– Les infirmières ont trouvé que vous aviez un comportement paranoïaque.

– Et vous ?

– Je vous le répète, nous allons faire quelques examens.

– Le labo vous appartient ou quoi ? (Bennet le regarda d'un air hébété.) Laissez tomber. Allez-y. Faites vos examens. Mais je refuse d'avaler le moindre médicament.

– Pour commencer, je vais vous prendre votre tension.

Il sortit de sa sacoche un tensiomètre et un stéthoscope, puis se pencha pour saisir le bras gauche de Henry.

Après s'être soumis à une auscultation rapide et silencieuse, Henry attendit que Bennet s'en aille, puis s'empara de sa canne et s'empressa de descendre pour l'apéro, aussi vite qu'il le pouvait.

Il y eut plusieurs changements après la visite du docteur Bennet. Henry se vit proposer des pilules jaunes, qu'il refusa d'avaler. Les infirmières et les aides soignantes, à l'exception de Janet, mirent un peu plus de miel dans leur voix, et un peu plus d'amidon sur leurs cols. Quand il fronçait les sourcils, elles reculaient d'un bond. Quand il se plaignait, elles le calmaient. Et, quand il avait sa canne dans la main, elles passaient au large.

Avec Janet, rien ne semblait avoir changé. Chère vieille Janet. Mais les autres avaient toutes adopté un ton de voix exaspérant : « C'est l'heure de *notre* bain, Henry. » Surtout Greta. Quelle conne. La seule avec qui il aurait pu songer à prendre un bain, c'était Janet, et généralement elle disait « votre » bain. Certes, elle était un peu rondouillarde, mais de manière sensuelle ; elle avait un corps bien charpenté, des yeux pleins de malice et de mystère, des cheveux châtain foncé mi-longs. Il attendait avec impatience ses heures de service et, quand elle avait deux ou trois jours de repos successifs, elle lui manquait. Mais même elle ne le croyait pas quand il évoquait les morts et les choses étranges qui se produisaient à la Villa. Alors, il n'en parla plus à personne, sauf à Dixie. Il sentait qu'elle ne le croyait pas, elle non plus, mais au moins lui prêtait-elle une oreille attentive ; et elle n'écartait aucune possibilité. A moins qu'elle ne cède à son caprice ? Il était seul dans cette histoire, comme pendant la maladie de Marion, quand tout le monde refusait de l'écouter sur les médicaments qui lui détraquaient la santé, quand il disait qu'elle serait mieux chez elle. S'il fallait agir maintenant, c'était à lui de le faire. Mais de temps à autre, par une belle journée de printemps, durant toute la matinée et l'après-midi, il arrivait à croire que ses soupçons étaient sans fondement. Tout autour de lui, il y avait la naissance, la croissance, le déclin, puis la mort. Et lui aussi arrivait tout simplement à la fin du cycle. Et parfois même, cela ne lui procurait aucune amertume ; il éprouvait une sorte de communion avec la renaissance de la nature, la floraison. L'Indien de la chambre voisine aurait certainement apprécié, s'il avait pris le temps d'arrêter de gémir pour y réfléchir. Mais, après le coucher du soleil, la philosophie n'était plus d'un grand secours. Une seule chose comptait alors : affronter la nuit. Sans les pilules du docteur Bennet. C'est dans ces moments-là que l'oubli semblait vraiment attirant.

# 10

Swenson mourut le jour de Victoria. Aucun mal à se rappeler l'anniversaire de la reine, avec cet alignement de vieux cons enrubannés et attifés dans le grand hall. Les anciens combattants. Comme lustrés avec toutes leurs décorations, et disposés de manière stratégique dans des fauteuils roulants pour être vus des visiteurs, et peut-être même avoir droit à leur photo dans le *Shelburne Free Press*, c'était bon pour la réputation, cette région regorgeait de loyalistes. Henry éprouvait des sentiments mélangés à l'égard des anciens combattants, il avait passé les années 39-45 dans l'armée de réserve, à cause de son cœur capricieux qui les empêchait de l'envoyer outre-mer, mais sans vraiment faire beaucoup d'efforts de son côté, en se disant qu'à cheval donné on ne regarde pas la bride. Et puis merde, de l'eau avait coulé sous les ponts.

Swenson avait été fermier, quelque part dans le North York. Le pauvre vieux avait vécu assez longtemps pour voir sa ferme disparaître sous l'asphalte. Il avait eu l'air bien la veille, confia Henry à Dixie.

— Il avait perdu la mémoire, M'amour, il s'enfonçait.

— Mais physiquement... physiquement, il était encore en bonne santé.

Il avait bien entendu le « M'amour », mais décida de l'ignorer.

— Tu es médecin, maintenant ?

— Quelqu'un l'a tué.

– Ce n'est pas sérieux, Henry. D'ailleurs, il souhaitait mourir.

– Il s'agit d'un meurtre, voilà.

– Mange, Henry. Je me fais du souci pour toi.

– Tu as peut-être raison. Faut croire que je suis sur la liste, moi aussi.

– Si tu n'arrêtes pas, je vais m'asseoir ailleurs.

– Ce que je ne comprends pas, c'est pourquoi.

– Pourquoi quoi ?

– C'est pour l'assurance ? Pour l'argent qu'ils versent à la Villa, ou quoi ?

– Henry !

Peut-être n'était-il qu'un vieillard paranoïaque, sénile et effrayé, il essaya de reporter son attention sur le retour du beau temps, en faisant des promenades avec Dixie. Il s'efforça de ne plus penser à cette histoire, sachant qu'il ne pouvait pas faire grand-chose de toute façon. Puis, deux ou trois nuits plus tard, les gémissements s'arrêtèrent dans la chambre voisine, et ne reprirent pas. Henry attendit quelques minutes, puis consulta son radio-réveil. Deux heures cinq. Il s'assoupit et se réveilla de nouveau à trois heures. Silence. Habitué au bougonnement qui traversait le mur peu épais, il ne pouvait plus dormir dans le calme absolu.

A trois heures et demie, il entendit le bruit caractéristique d'une civière qu'on poussait dans le couloir, jusque dans la chambre d'à côté. Quelques minutes plus tard, la civière ressortait dans le couloir, le bruit s'éloignant en direction de l'ascenseur. Adieu, Grand Chef. L'indice était maigre, mais Henry comprit que le vieil Indien était mort.

Mais de quoi ? Demain, le corps aurait disparu et personne n'en parlerait. Pas à lui, en tout cas. Il devait en avoir le cœur net. C'était ça ou attendre que vienne son tour. Dixie le traiterait de vieux fou. Bennet l'enverrait dans la section des soins spéciaux au rez-de-chaussée. Mais il devait en avoir le cœur net.

Non. C'est ridicule. Rendors-toi et n'y pense plus. Tu es

beaucoup trop vieux et faible pour te lancer dans une enquête idiote. Mais il n'y avait pas moyen de trouver le sommeil. Réveillé comme en plein jour, sursautant au moindre bruit, il gardait les yeux fixés sur la porte, écoutait les battements de son cœur, à l'affût d'une défaillance, d'une trahison. Il se souvenait parfaitement des longues heures de veille qu'il avait passées chez lui, la nuit, quand Marion était à l'hôpital, attendant que le téléphone sonne, en venant presque à souhaiter qu'il sonne et qu'une voix lui annonce que les souffrances de Marion avaient pris fin. Il n'avait rien fait pour dissiper ses doutes, il n'avait pas demandé un second avis, il n'avait pris aucune initiative. Alors cette fois, nom de Dieu, il agirait, il découvrirait la vérité. En souvenir de Marion.

Dans la faible lueur de la veilleuse, il se leva lentement, fit jouer ses doigts engourdis et s'habilla sans bruit. Ce qu'il n'avait pas fait pour Marion, il allait le faire pour Dixie et pour lui, pour les autres. Sentant battre son cœur à toute vitesse, il comprit brusquement que, pendant toutes ces années, il avait attendu qu'une attaque ou un infarctus l'emporte. Ne faisant jamais d'exercice. Attendant, simplement. Et cet effort risquait de le tuer. Tant mieux. Mieux valait mourir de cette façon qu'à petit feu dans son lit, ou bien assassiné.

La canne à la main, il avança à pas feutrés jusqu'à la porte, sortit dans le couloir, en longea le mur et se faufila dans la chambre voisine. Le lit du grand chef était vide, déjà dépouillé de ses draps et couvertures, quelques objets personnels rassemblés sur la table de chevet. Une petite bourse en cuir, un peigne, un ruban avec des perles et une enveloppe. Henry chaussa ses lunettes et alluma la lampe de chevet. L'enveloppe scellée était adressée à Dan Henry c/o Shelburne Villa ; avec, dans le coin supérieur gauche, la mention *Ontario Health Insurance Plan*. OHIP[1]. Il fourra l'enveloppe dans sa poche, éteignit la lumière, retourna à la

1. Equivalent canadien de la Sécurité sociale.

porte et risqua un œil à l'extérieur. L'ascenseur était situé juste en face du poste des infirmières. Il lui faudrait emprunter l'escalier à l'autre bout du couloir. Il laissa passer cinq minutes. Aucune blouse blanche ne sortit d'une des chambres. Il traversa le couloir le plus discrètement possible.

Henry appuyait timidement sur les barres métalliques de la porte lorsque, soudain, il repensa au signal d'alarme. Zut. Sauf que l'alarme n'était pas là pour des raisons de sécurité. Uniquement pour surveiller les égarés. Il examina les contours de la porte. Ah, le voici. Placé à environ deux mètres cinquante du sol. Un simple interrupteur. Le personnel pouvait l'atteindre et déconnecter l'alarme, mais un vieillard ne l'aurait jamais remarqué. A l'aide de sa canne, il l'abaissa et appuya de nouveau sur les barres. La lourde porte s'ouvrit avec un petit déclic. Henry s'aventura dans l'escalier et entreprit de descendre les cinq étages jusqu'au sous-sol. Quelque part, en bas, ils conservaient les corps avant de les expédier à la morgue.

A chaque palier, il s'arrêtait pour maîtriser le tremblement de ses genoux. L'effort inhabituel ou l'excitation (ou bien les deux ?) lui faisait tourner la tête. Comment diable ferait-il pour remonter ? Par l'ascenseur. Ils ne pourraient pas savoir d'où il venait, mais cette promenade nocturne risquait de lui valoir un petit séjour aux soins spéciaux. Avec les dingues du rez-de-chaussée, ceux qu'on enfermait derrière de jolis barreaux en acier.

Le couloir du sous-sol était plongé dans l'obscurité. Il avait du mal à s'orienter. Ce qu'il cherchait se trouvait certainement à proximité du quai de chargement, tout au fond. Le plafond était plus bas à cet endroit ; on entendait le grondement d'une énorme chaudière au loin. Avec sa canne, il avança à tâtons le long du mur. Des débarras, des placards…

La lueur devant provenait de la chaufferie, d'énormes engins qui maintenaient dans tout l'établissement une température malsaine de soixante-quinze degrés Fahrenheit, c'est-à-dire... un certain nombre de degrés Celsius, il n'avait jamais pu s'habituer au système métrique. Il passa devant la grande porte ouverte sans faire de bruit. A cet endroit, le couloir se divisait en deux. Henry bifurqua à gauche, vers ce qui semblait être la zone de livraisons. Il essaya toutes les portes du couloir. Son souffle s'était accéléré, ses jambes faiblissaient. Certaines portes étaient fermées, d'autres s'ouvraient sur des débarras, des toilettes, une cuisine abandonnée. L'une d'elles, portant l'inscription ENTRÉE INTERDITE, était fermée à clé. C'était là. Il promena ses doigts sur les lettres en relief.

Fermée. Evidemment qu'elle était fermée. Ils ne pouvaient pas laisser n'importe qui se promener au milieu des cadavres. Tous ces efforts pour rien. Comment faire pour entrer ? Forcer la serrure ? Non. Par contre, le concierge devait posséder une sorte de passe-partout. Peut-être celui-ci était-il accroché au mur. Retournant vers la cuisine, Henry se faufila dans la pièce, alluma la lumière et ferma la porte. Le téléphone intérieur était placé bien en évidence.

Il resta assis une minute sur une chaise, afin de reprendre son souffle et de rassembler son courage. Puis il composa le 0.

– Passez-moi la chaufferie, je vous prie.

– 1-4-7, répondit la voix. Mais peut-être que vous appelez de l'extérieur ?

Il raccrocha avant que la standardiste ait le temps de se demander qui diable voulait joindre la chaufferie à trois heures du matin et composa lui-même le 147.

Après la troisième sonnerie, une voix avec un fort accent répondit :

– Ouais ?

– Nous avons un problème au cinquième. Les toilettes débordent.

– Qu'est-ce qu'ils ont encore balancé dedans ?

– Aucune idée, répondit Henry en essayant de prendre le ton indifférent d'un garçon de salle. Vous pouvez venir tout de suite ?

– Vous avez coupé l'eau, au moins ?

– Non. Le robinet est coincé.

– Nom de Dieu ! J'arrive…

Henry resta caché dans l'obscurité près de la cuisine jusqu'à ce que le concierge apparaisse dans le couloir avec une boîte à outils. Après quoi, il se dirigea vers la salle des chaudières, descendit une volée de marches conduisant aux monstres bourdonnants et crépitants. Une odeur de mazout flottait dans l'air chaud. Il vit l'endroit où le concierge avait dû lire son numéro de *Penthouse* en buvant du thé. Puis il aperçut l'établi. Au-dessus, sur une profonde étagère, étaient accrochés plusieurs trousseaux de clés. Il s'en approcha. Certaines semblaient vieilles et ternes. Un seul trousseau étincelait. Se laissant guider par son intuition, Henry s'en saisit.

De retour devant la porte marquée ENTRÉE INTERDITE, il enfonça les clés l'une après l'autre dans la serrure, essayant plusieurs fois les mêmes dans son excitation et sa précipitation. Reprenant ses esprits, il élimina méthodiquement chacune des clés qui ne convenait pas. La troisième fut la bonne.

Le froid qui régnait dans la pièce lui donna un frisson dans le dos. Cherchant un interrupteur à tâtons, il alluma la lumière. Il s'attendait à découvrir un ou deux brancards supportant des corps recouverts de draps blancs. A la place, il se trouva face à des sortes de housses à contrebasse en plastique noir. Pourquoi pas ? Pourquoi est-ce que des sacs seraient plus effrayants que des linceuls blancs, après tout ? Peut-être était-ce lié à la fermeture Eclair, au plastique, à la notion même de sac, de chose jetable. C'était là-dedans qu'on mettait son déjeuner… ou ses ordures.

Deux sacs étaient remplis. Son artère temporale battait fort en signe de protestation. Henry eut du mal à respirer à fond en s'approchant du premier sac, le dernier arrivé, logiquement, et donc celui du grand chef.

Il fit jouer la fermeture du sac et alors seulement se demanda ce qu'il cherchait exactement. Si encore il était qualifié pour pratiquer une autopsie. Il ouvrit le sac sur toute sa longueur avant d'en rabattre les bords.

C'était bien l'Indien. On reconnaissait aisément son nez fin et son grand front.

Ce n'était plus si terrifiant maintenant qu'il avait réellement dévoilé un corps. Il examina la tête et le cou, y cherchant des contusions et des cicatrices. Puis il se dit que le recours à la violence n'était pas le moyen le plus astucieux pour supprimer des gens dans une maison de retraite. Le cadavre sentait l'amande et l'alcool méthylique. Il déplia les deux bras pour inspecter soigneusement la pliure du coude.

Sur le bras gauche, une trace de piqûre était clairement visible, avec un petit hématome autour d'une veine abîmée. Une injection intraveineuse serait l'explication logique. Mais il ne se souvenait pas d'avoir vu le grand chef relié à des tuyaux et à des flacons suspendus au bout d'une perche.

Quelqu'un lui avait fait une injection.

Henry recula. Et alors ? De nos jours, tous ceux qui mouraient, ou presque, avaient droit à une injection de quelque chose. Ce serait difficile de prouver quoi que ce soit. Impossible même. Une chose était sûre : il n'attendrait pas qu'on vienne lui faire une piqûre à lui aussi. Il persuaderait Dixie de partir avec lui et ils mettraient les bouts. Sans tarder.

Il avait quitté la morgue et approchait de la salle des chaudières lorsque, soudain, il repensa aux clés. Et puis zut. Il appuya sur le bouton de l'ascenseur et attendit. Lorsque les portes s'ouvrirent, le concierge en sortit, en marmonnant des insultes. Il se tapa dans Henry.

– Excusez-moi, dit celui-ci en s'engouffrant dans l'ascenseur et en appuyant sur le bouton de fermeture.

Les deux hommes se regardèrent d'un œil curieux, tandis que les portes coulissaient.

Henry appuya sur le bouton du quatrième et s'adossa contre la paroi de la cabine. Il tremblait comme un poulain qui vient de naître. Il se demanda jusqu'où était montée sa tension. Pourtant, en dépit de sa fatigue et de sa peur, il était content de lui. Il avait agi, il avait fait quelque chose. Il n'était pas encore mort.

Au moment où il sortait de l'ascenseur au quatrième étage, un infirmier leva la tête derrière le comptoir du bureau. C'était Tony. Henry se dit qu'il avait de la chance. Tony n'était pas aussi zélé que certains de ses collègues.

– Monsieur Thornton ? ! D'où venez-vous comme ça ?

– J'arrivais pas à dormir, marmonna Henry.

La tête baissée, tâtonnant avec sa canne, il s'éloigna dans le couloir d'un pas traînant.

Tony le rejoignit rapidement.

– Vous vous trompez de direction, Henry.

– Zut. Ces saloperies de murs sont tous peints de la même couleur.

Il pivota sur ses talons pour tenter sa chance dans la direction opposée.

– Vous n'avez pas l'air dans votre assiette, Henry. Je vais vous mettre au lit. Comment se fait-il que vous soyez habillé ?

– Vous voulez que je me promène en pyjama ?

– Vous savez quelle heure il est ?

– Non. C'est le matin. Trois heures passées ?

– C'est la nuit. Vous êtes sûr que tout va bien ?

– Je sais quelle heure il est, je sais quel jour on est, et qui je suis.

– Quel jour sommes-nous ?

– Lundi. Non, mardi maintenant. Le lendemain. D'ailleurs, qu'est-ce que ça change quand on est ici ?

Tony fronça les sourcils et commença à le déshabiller.

– Bon sang, je n'ai pas besoin de vous.

– Comme vous voulez. Mais, quand je reviens, je veux vous voir au lit.

Il l'abandonna près de son lit, tremblant.

– Saletés d'infirmiers, grommela Henry, saleté de maison de retraite, saleté de tout.

Il s'assit un instant au bord de son lit pour se reposer et calmer le tremblement de ses mains avant d'essayer de délacer ses chaussures. Tout à l'heure, à la morgue du sous-sol, il était persuadé d'avoir découvert la victime d'un meurtre. De retour dans sa chambre, le cœur battant à toute vitesse, le souffle court dans ses vieux poumons fatigués, avec Tony qui voulait le déshabiller comme un bébé, il n'en était plus aussi sûr. Après tout, ils mouraient tous de quelque chose, non ?

# 11

Dans son rêve, sa mère tombait sur elle, l'enveloppant dans du coton à l'odeur de fleurs, et elle ne parvenait pas à se libérer. Elle se réveilla à six heures, par habitude, et vola encore quelques instants de solitude, assise seule à la table de la cuisine, attendant l'appel de cette voix mourante : « Ann. Ann? Tu es là? », qui viendrait de la chambre au fond du couloir, là où étaient cachés tant de mystères quand elle était enfant, là où tout était devenu si familier depuis la mort de son père.

A la surprise générale, sans lui, sa mère s'était révélée impuissante; et pourtant elle l'avait dominé et commandé pendant quarante ans. Pauvre Papa. Jamais à la hauteur. Il ne faisait jamais rien de bien, aux yeux de sa mère. Les dernières années, avant qu'on ne l'emmène, il restait des heures assis, à regarder par la fenêtre, à attendre...

Ce souvenir la mit mal à l'aise. Elle se leva, s'approcha de la cuisinière et réchauffa un instant ses mains au-dessus de la petite flamme du gaz avant de se verser un deuxième café instantané. Puis elle se rassit à cette table qu'elle détestait et, avec une grimace de dégoût, porta à ses lèvres la tasse décorée de fleurs. Dans quinze jours, elle aurait quarante-cinq ans.

Dans le livre qu'elle essayait de lire, on expliquait que l'homme se différenciait de l'animal par sa longue enfance (et, avait-elle été tentée d'ajouter dans la marge, par sa longue dégénérescence).

Mais on ne pouvait pas en vouloir à Maman, la pauvre, pas longtemps du moins. Si elle était née quarante ans plus tard, elle n'aurait pas eu besoin d'un homme pour réaliser ses aspirations, et peut-être cela se serait-il terminé différemment. Elle était la plus intelligente des deux, de loin, mais devait rester à la maison sans rien faire, pendant que le père perdait tous ses emplois l'un après l'autre. Quand il était mort, à l'hôpital psychiatrique, il ne lui avait laissé que de l'amertume et le souvenir des occasions perdues. Mais inutile de leur en vouloir, à l'un comme à l'autre, c'était trop tard.

Elle rajouta du lait condensé dans son café, songeant, en faisant ce geste, à quel point elle détestait le goût sucré du lait en boîte, et qu'elle en consommait par habitude, comme sa mère avant elle.

Elle termina sa seule cigarette de la journée (un petit plaisir qu'elle s'autorisait), l'écrasa dans l'évier et jeta le mégot déchiqueté dans la poubelle. Sa mère sentirait certainement l'odeur du tabac sur son pull. Et elle ferait une réflexion. Dans le genre « Toutes les femmes fument aujourd'hui », ou bien « Ton frère a réussi à s'arrêter, tu sais ». Mais on ne pouvait pas lui en vouloir, dans son état.

A sept heures, elle commença à préparer le petit déjeuner de sa mère. Toast, marmelade, thé anglais, un œuf à la coque, trois minutes exactement. « La seule façon civilisée de faire cuire un œuf », dirait sa mère (en répétant qu'il n'y avait pas un jour où sa propre mère ne mangeait pas un œuf), assise dans son lit comme la reine Victoria, avec la bave qui lui coulerait sur sa robe de chambre en chenille. Quand on le lui faisait remarquer, elle l'essuyait avec un mouchoir en papier en affirmant que c'était une vieille tache, ou un défaut de teinture.

– Ann... Ann... Tu es levée ?

Elle inspira la vapeur de l'eau bouillante. Ses sinus étaient toujours bouchés. Il faudrait qu'elle retourne voir le docteur Johnson, en insistant pour passer une radio.

– Ann. Je t'entends dans la cuisine. Pourquoi ne me réponds-tu pas ?

Avant de servir le petit déjeuner, elle aida sa mère à se lever et la conduisit jusqu'aux toilettes, la faisant asseoir avec précaution sur le siège de la cuvette, avant de ressortir et d'attendre à la porte. Sa vie à la maison ne se différenciait en rien de sa vie au travail.

– Ann… J'ai fini, Ann.

Elle emmena sa mère jusqu'au grand fauteuil mou dans la chambre et ouvrit d'un geste brusque la table pliante devant elle.

– C'est bientôt Noël. Je sens une odeur de tabac, Ann. Ne t'inquiète pas pour moi. Tu vas être en retard à l'école.

– Je ne vais plus à l'école, Maman, depuis des années. Je suis infirmière.

– Tu es ma fille.

– Oui. Entre autres choses.

– Ton père est levé ?

– Il a pris son petit déjeuner et il est déjà parti.

– Oh. Bien. A-t-il mangé un œuf ?

– Oui.

– Il faut manger un œuf tous les matins.

– Je vais chercher ton petit déjeuner.

– Il ne reviendra pas, hein ?

– Maman…

– Je savais bien qu'il m'abandonnerait un jour. Comme ça. Sans dire au revoir, sans excuses, rien, en me laissant dans le besoin, avec l'hypothèque. Il se lèverait et partirait. Comment vais-je pouvoir vivre sans lui, Ann ?

Des larmes étaient apparues dans ses yeux.

Quand Ann revint avec le plateau du petit déjeuner, sa mère pinçait d'un air absent le tissu de sa chemise de nuit en jouant avec l'ourlet. Ann lui ouvrit son œuf, en versa le contenu dans une soucoupe et lui mit une cuillère dans la main.

– Mange ton petit déjeuner, Maman.

La première cuillerée manqua sa bouche et coula sur sa chemise de nuit.

– Laisse-moi te mettre ton bavoir, Maman.

– Je ne veux pas de bavoir.

– D'accord. Libre à toi.

La chambre sentait le renfermé. Après avoir tiré le couvre-lit, Ann sortit de la pièce. Dans le miroir de l'entrée, elle se regarda. Yeux cernés et fatigués, une mèche de cheveux gris lui tombant sur le front, un vieux pull avec des fils tirés, pas le moindre maquillage.

Elle s'occupait des pensionnaires de la Villa. Elle s'occupait de sa mère. Robert ne pouvait pas la prendre chez lui. Elle comprenait. Une petite maison à Toronto, trois gosses, une épouse avec des parents âgés elle aussi. Si seulement ils cessaient de faire allusion à l'héritage et à ce que risquait de devenir la maison, comme s'il s'agissait seulement d'une part d'hypothèque à transmettre et à diviser en parts égales, comme s'ils oubliaient qu'elle vivait là elle aussi. « Tu es si bonne pour ta mère, lui dirait Joyce au cours d'une de leurs visites mensuelles. Je ne crois pas que je pourrais en faire autant, d'ailleurs Robert ne le supporterait pas. Si jamais ma mère en arrive là, c'est la maison de retraite. » Ann lui répondrait qu'il est difficile de trouver un endroit convenable et que cela ne la gênait pas, étant infirmière, et qu'elle ne pourrait pas supporter d'imaginer sa mère assise en rang contre un mur avec tous les autres cas d'Alzheimer qui contemplent les grains de poussière dans la lumière. D'ailleurs, l'état de sa mère n'était pas dramatique. Parfois, elle faisait preuve d'une stupéfiante lucidité. En fait, malgré ses lamentations, elle était même en bonne santé. Elle pouvait encore vivre des années…

Ann tourna la tête en entendant un bruit de vaisselle qui tombe sur la moquette, et la migraine resurgit. Elle ne connaissait que trop bien sa façon de s'annoncer : un léger vertige et une petite vague de nausée au fond de la gorge. Puis sa vision se troubla et, quand elle se pencha aux pieds de sa mère pour ramasser l'assiette brisée, la douleur s'installa sous son crâne comme un campeur indésirable. Elle s'était sentie si bien le mois dernier, pendant quelques jours au moins, en essayant le truc stupide de l'élastique autour du doigt que lui avait montré Greta. Ça ne lui ferait pas de mal d'augmenter un peu la dose de codéine ce matin.

## 12

– C'est clair, il me semble. Cirrhose de Korsakoff. Il devrait être mort déjà depuis un an.

Andrew Muir caressa sa barbichette en observant le coroner assis de l'autre côté de son bureau. Cette conne de secrétaire faisait pousser les grains de café, ou bien elle prenait son temps parce que ça ne rentrait pas dans ses attributions ?

– Là n'est pas la question, Andrew. Absolument pas.

– Je sais. Mais comprenez-moi bien : on ne peut pas faire venir les généralistes tous les jours et leur demander de remplir la paperasse. Ce n'est pas tarifé.

La secrétaire entra, déposa brutalement sur le bureau deux gobelets en polystyrène, remplis de café et fermés par un couvercle. Petits pots de crème, sucre et cuillères. Ça ne l'aurait pas tuée de traîner son gros cul jusqu'à la cafétéria pour chercher de vraies tasses.

– L'acte indique clairement vingt-quatre heures. Et cet Indien maintenant ! Et aucune note du médecin depuis deux ou trois mois, mais un tas de tests coûteux.

Il ôta le couvercle de son gobelet, renversant un peu de café sur le bureau en noyer massif d'Andrew.

– Bennet est un brave homme. Un des rares à accepter de s'occuper de nos pensionnaires. S'il s'occupait de toute la paperasse en plus, ce serait un saint.

– C'est plutôt bien payé, ces visites. Il arrive, il demande : « Comment vous sentez-vous ? », et son infirmière facture quinze dollars à l'OHIP. Il pourrait au moins écrire quelques mots.

– C'est à cause du trajet. Ça lui fait perdre une bonne heure à son cabinet.

Tu parles ! Bennet gagnait 175 000 dollars et lui à peine le tiers, alors pourquoi prenait-il sa défense ? Parce qu'il redoutait par-dessus tout une enquête, voilà pourquoi. Il avait conduit le coroner à la morgue pour l'enlèvement du corps, et voilà que ledit coroner avait farfouillé dans le cadavre de l'Indien comme un obèse dans une boîte de chocolats.

– Aucune cause de décès évident, Andrew.

– Cirrhose de Korsakoff. Que voulez-vous de plus ?

– La cause du décès, mon cher Andrew. La cause véritable.

– Vous ne trouverez rien d'inattendu.

– Vous seriez surpris de ce qu'on découvre parfois. Vous ai-je montré cette énorme tumeur que nous avons extraite du lobe frontal d'une pauvre femme à l'hôpital de l'Ontario ?

Il posa son gobelet pour sortir son portefeuille ; il fouilla à l'intérieur et tendit à Andrew le cliché polaroïd d'une épouvantable saloperie rouge posée sur un fond blanc à côté d'une règle.

– Les psychiatres sont trop occupés à se regarder mutuellement le trou du cul pour voir ce qui crève les yeux.

Andrew ignora la photo.

– Le grand chef avait plus de quatre-vingts ans.

Le coroner posa un regard affectueux sur sa photo avant de la ranger dans son portefeuille.

– Ce n'est pas une question d'âge.

– Je comprends.

– Logiquement, nous devrions faire les deux, autopsie et enquête.

– Cela risque de poser quelques difficultés.

– Que voulez-vous dire ?

– Sa famille ne sera pas d'accord.

– Si je décide une autopsie ou une enquête, ils n'ont pas leur mot à dire.

– Certes. Mais n'oublions pas qu'il s'agit d'un Indien, nous ne voulons pas d'ennuis avec la tribu.

– Bon sang ! Nous sommes au XIXᵉ siècle ou quoi ?

– C'est encore pire aujourd'hui. Avec les revendications territoriales, les droits civiques, l'autonomie, et les avocats qui s'en mêlent ! J'ai déjà reçu une demande de sa petite-fille pour que son corps soit enterré sur le territoire de la réserve. Ils aimeraient bien le récupérer en un seul morceau.

– Jusqu'où seraient-ils prêts à aller ?

– Jusqu'au niveau fédéral. Les Affaires indiennes. Cet homme jouissait d'un certain prestige.

Ça y était, il le tenait, ce petit salopard.

– Je dois faire une autopsie. Pour l'enquête, on verra plus tard.

– La famille va hurler à la profanation.

Muir se détendit enfin et but une gorgée de café. Tiède.

– Je le recoudrai ensuite. Je le ferai beau. Je remettrai tout en place.

– Essayez de convaincre le conseil tribal.

– Bon, entendu. Je passe l'éponge pour cette fois. Mais prévenez bien Bennet. Quand quelqu'un est en train de mourir, nom de Dieu, qu'il griffonne quelque chose dans le dossier de temps en temps, ou qu'il les envoie à l'hô-pital.

Après avoir raccompagné le coroner jusqu'à la porte d'entrée, Muir regagna son bureau et se laissa tomber dans son fauteuil. Une autopsie, c'était acceptable. Ils trouvaient quelque chose, ils ne trouvaient rien, peu importe, le foie et le cerveau étaient déjà foutus ; et ensuite, ce serait le coro-ner qui aurait des emmerdes avec la tribu. Mais une enquête… Pas question. Tout le monde devenait parano. Ils prenaient toujours l'institution en défaut, pour n'importe quoi ; la presse locale s'en mêlerait, et, avec un Indien dans le coup, on en parlerait certainement dans *The Globe* ; ça

échouerait sans doute sur un bureau quelconque au ministère et lui, il se retrouverait coincé dans ce bled pendant
encore cinq ans.

Sortant une bouteille de vodka du tiroir inférieur de
son bureau, il en but une longue gorgée. Un petit remon-
tant après une visite à la morgue, c'était tout à fait légi-
time pour un homme aussi sensible. Feuilletant la pile de
papiers dans sa corbeille de correspondance, il ne trouva
rien d'urgent ou qui ne se puisse régler rapidement ; rien
que des saloperies fastidieuses qui s'entassaient. Il sortit sa
montre de son gilet et regarda l'heure. Il se renfonça dans
son fauteuil en se mordillant les doigts. L'alcool qu'il avait
pris dans les réserves des cuisines… il devrait trouver un
moyen de le remplacer. Tôt ou tard, quelqu'un s'en aperce-
vrait en vérifiant le stock.

# 13

L'aiguille s'enfonçait dans son bras comme un souvenir merveilleux, insufflant la vie dans ses veines. Allongé, il la recevait. Il observait le visage du grand chef. Ils se trouvaient dans une pinède ; le chef était enveloppé d'une peau de chèvre et d'une aura de sagesse. Il s'adressait à Henry : « Nous ne sommes pas ce que nous paraissons être. Après la mort, il y a la vie. Ton esprit se transformera en aiguilles de pin qui absorbent la moisissure, la nuit, et dansent dans la brise du bord du lac quand le soleil mère se lève à l'est. Tu sauras ce que ressentent un arbre, un rocher, et comment l'eau coule, avec une détermination toujours plus grande, vers la mer. Tu entreras dans la mer éternelle, qui est à la fois commencement et fin. Tu ne feras plus qu'un avec ce monde en suspens. »

Sa voix ressemblait à une succession de claquements de langue et de grognements.

Le monde en suspens ? Henry se regarda en train d'écouter ces conneries panthéistes et demanda parce que, Bon Dieu, c'était la seule chose qui comptait : « Il fera chaud ? – Evidemment. – Est-ce que je verrai tout ça ? Serai-je conscient ? » Le visage du grand chef se pencha au-dessus de lui, éclairé par des anges. « Conscient ? J'ignore ce qu'est la conscience. »

Il se mit à danser et psalmodier, sa parure de plumes blanches s'agitait, Henry comprit qu'il rêvait.

Il s'éloigna péniblement du sommeil, luttant contre l'aspiration de la mort, contre le vieil Indien qui le conduisait vers la mort en l'endormant avec des conneries. Saisissant la branche d'un arbre, à moins que ce ne soit les barreaux du lit, il s'arracha à la forêt de pins pour regagner son lit, doux, chaud et sûr. Mais, Bon Dieu, en continuant à dormir, et à rêver, car le grand chef était toujours là, penché au-dessus de son bras tendu, et manipulant maladroitement une lanière en cuir, un truc en caoutchouc, un garrot qui lui pinçait la peau et lui tirait les poils des bras. Dans sa main droite, le chef tenait quelque chose qui se reflétait dans l'éclat de la lune, une seringue qui se découpait devant la fenêtre de sa chambre, sa chambre chez lui, à la Villa, à Shelburne Villa. Les yeux ouverts, le regard immobile. Le plafond, le lit, la fenêtre, quelqu'un. Son cœur fit un bond dans sa poitrine. Henry se réveilla en sursaut.

– Qu'est-ce que vous faites ?

Il se redressa en retirant son bras. La maison de retraite. L'hôpital. Où était-il ? La fenêtre n'était pas sur sa gauche comme elle devrait l'être dans sa chambre à la maison. La Villa. Le grand chef. Ombres et rêves. Il regarda autour de lui, sans rien voir. Ni seringue, ni chef. Le chef était mort. Le paravent était tiré du côté gauche et au pied de son lit. Le tissu semblait bouger, comme si quelqu'un passait de l'autre côté. Il distinguait les plis maintenant et le pied de son lit, le contour d'une fenêtre sur sa droite, la table de chevet avec un verre d'eau, le radio-réveil, le téléphone. Il entendait le souffle rauque de son camarade de chambre de l'autre côté, derrière le paravent.

Il se rallongea et roula sur le côté. Ce n'était qu'un cauchemar. Mais il repensa au corps du grand chef au sous-sol, avec cette trace de piqûre dans le bras, et son esprit passa d'une certitude à une autre. Des conneries, tout ça. Je me fais des idées. Puis, quelques minutes plus tard, en repassant les détails en revue, il fut traversé de frissons glacés ; il se redressa, il se rallongea. Nom de Dieu, il se passait des choses, quelqu'un tuait des gens dans cet établissement. Peut-être pour couvrir les erreurs du docteur Bennet l'Incompétent, peut-être pire. Il essaya de se rendormir, mais tous ses sens étaient en alerte ; il guettait le moindre bruit, le moindre craquement, ronflement, souffle ou mouvement, son cœur faisait des claquettes comme un ivrogne dans sa poitrine, son camarade de chambre ronflait et marmonnait, il respirait. Deux personnes qui respiraient. Plus lui.

Il décolla la tête de l'oreiller et tendit l'oreille. Des respirations. Une ou deux ? Juste derrière le paravent. Conneries. Il se rallongea. Vieil imbécile. Tu te fous la trouille.

Il se rendormit. Cette fois, il revint à la maison familiale d'Orangeville, là où il partageait la chambre du haut avec son frère cadet ; au-dessus des lits, le tableau où étaient punaisés les fanions et les drapeaux, vieux cauchemar dans lequel il devait empêcher le gamin de descendre dans le noir du rez-de-chaussée où rôdait une espèce de monstre. Quand on restait vigilant, le monstre ne pouvait pas monter, mais son petit frère s'amusait à glisser sur la rampe et il devait descendre le rechercher ; il essaye de l'attraper de la main gauche tandis que, de la droite, il cherche l'interrupteur à tâtons, en gardant l'œil ouvert, en tenant bon, mais ce petit salaud est glissant comme une anguille, il le laisse échapper, au rez-de-chaussée, debout au pied de l'escalier, avec le salon sur la droite et la chambre des parents droit devant, sombre, quelque chose de mal, il se retourne, traverse le salon en courant, vers la grande baie vitrée, il saute, passe à travers, en battant des bras, et il s'envole. Nom de Dieu, il n'avait pas volé depuis des années, il bat des bras à toute vitesse, il s'élève au-dessus des arbres, mais il ne peut plus continuer, pas assez longtemps pour s'enfuir, et il commence à tomber, à pic...

Quelque chose lui saisit le poignet droit. Il tourna la tête, mais il ne voyait pas si loin. Il ne voyait pas plus loin que son coude. A cause du brouillard, ou d'un rideau. La chose le tenait par le poignet. Il allait être obligé de lâcher son frère.

Sa cécité était un problème physique : ses paupières

étaient collées. Il tira dessus pour les soulever, il s'arracha à son rêve. Mais son poignet droit était toujours prisonnier d'une sorte d'étau, de piège, de mâchoire. Maintenant, il distinguait des ombres à travers le brouillard, quelque chose qui lui tenait le bras, une chose enveloppée d'un linceul.

— Lâchez-moi, dit-il dans un souffle.

— Ne vous inquiétez pas. Restez calme. C'est un petit quelque chose pour vous aider à dormir.

Ce n'était pas le grand chef, ni la chose de l'autre rêve. Cette fois-ci, il ne savait plus où il se trouvait, ni pourquoi. Tout restait flou.

— Mais je dormais...

— Restez calme.

— Qu'est-ce que c'est ? Je n'en veux pas.

— Ordres du médecin.

— Non. Nom de Dieu. Non !

— Calmez-vous, Henry, vous en avez besoin.

Il semblait ne pas y avoir de visage au-dessus du linceul, juste les contours d'une capuche. Mais peut-être était-ce encore un rêve.

— Non... non.

Le lit, le rideau, les barreaux. Tout lui apparaissait nettement. Saisissant les barreaux de sa main gauche encore libre, il sentit bouger quelque chose. Sa canne. Il s'en saisit, se souvenant de l'avoir pendue aux barreaux avant de se coucher. Il la serra entre ses doigts raidis par l'arthrite.

Et il frappa.

La canne heurta une masse dure à l'intérieur du linceul, le choc se répercuta le long de la canne, jusque dans ses doigts. La chose se baissa et recula. Un objet résonna sur le sol. La chose disparut tout à coup, derrière le paravent. Henry fit passer sa canne dans sa main droite et l'enfonça dans le rideau mouvant. Une fois de plus, elle frappa quelque chose de solide. Henry roula au bord du lit, se hissa par-dessus les barreaux et se laissa retomber de l'autre côté, à genoux ; une saloperie de courant lui traversa

88

toutes les articulations. Mais la douleur lui vint en aide. Il se redressa en s'appuyant sur la table de chevet. Et il s'immobilisa, en retenant son souffle, scrutant l'obscurité pour repérer le monstre. Brandissant sa canne telle une épée, il contourna le lit, se glissa derrière le paravent. Une ombre franchit la porte et disparut.

La canne pointée devant lui, Henry marcha jusqu'à la porte et regarda dans le couloir. Les veilleuses incrustées dans les plinthes projetaient des ombres inquiétantes sur les murs et au plafond. Le couloir était désert.

Il sentit ses intestins gargouiller, ses jambes flageoler. Le plus vite possible, il se dirigea vers le cabinet de toilette, alluma la lumière, poussa le verrou, vérifia que la porte était bien fermée, tira le rideau de la douche et se laissa tomber sur le siège de la cuvette. Quelqu'un voulait le tuer.

Une bonne demi-heure s'écoula avant qu'il se sente en état de tenir debout, une demi-heure qu'il passa à tendre l'oreille, à garder les yeux fixés sur la poignée de la porte du cabinet de toilette, sans relâcher sa vigilance, car n'importe qui pouvait ouvrir ces portes spéciales s'il savait s'y prendre, même avec le verrou, la canne posée sur les genoux, le cœur battant de manière étrange dans sa poitrine et l'estomac noué, avant de se calmer peu à peu.

A qui se confier ? Ils le prendraient pour un dingue. Le docteur Bennet rappliquerait en moins de deux pour l'expédier dans un asile de fous. Ils diraient qu'une infirmière était venue pendant la nuit pour lui faire une piqûre. Qu'y avait-il d'anormal là-dedans ? Même si rien ne lui avait été prescrit. C'étaient des choses qui arrivaient. On se trompait de malade. Pas de quoi faire toute une histoire. Il était vieux et maboule, et donc il imaginait des choses.

Rien d'étonnant à cela. Il y avait au moins une vingtaine de vieux débris comme lui dans cet établissement, tous convaincus qu'on les volait, qu'on déplaçait leurs affaires, qu'ils vivaient dans un placard, ou Dieu sait quelle connerie encore. Swenson croyait qu'on lui avait volé sa ferme. Bien longtemps après l'avoir vendue à un promoteur pour un demi-million de dollars. Nom de Dieu ! Qui croirait son histoire ?

Il n'y avait qu'une seule chose à faire. Debout devant le lavabo, il se regarda droit dans les yeux. Le vieux crabe qu'il était aurait-il le cran d'agir seul ? Ses yeux fatigués, humides et tombants l'observaient. La mort se cachait dans son regard comme le froid rôde aux abords d'une après-midi d'automne.

Et puis merde.

Dans une petite trousse, il fourra ses affaires de toilette – antiacides, collyre, Polydent – et mit en place son demi-dentier. Il entrouvrit la porte et risqua un œil dans la chambre. Aucune trace de l'agresseur. Sans faire de bruit, pieds nus et en pyjama, il prit ses vêtements et retourna dans le cabinet de toilette pour s'habiller.

Il faillit marcher dessus, à l'endroit où elle était tombée. Il la ramassa. Une seringue en plastique, à moitié pleine. Ce n'était donc pas un rêve. Il pourrait la montrer à quelqu'un. Mais cela prouverait quoi ? Ce vieux fourbe de Henry l'avait fauchée sur un plateau. Pour que Dixie ou quelqu'un d'autre le croient, il faudrait qu'ils s'en rendent compte par eux-mêmes. Cette nuit. Il reposa la seringue par terre.

Par habitude, il commença à nouer sa cravate.

Et puis merde. Il laissa le col de sa chemise ouvert.

Dixie se trouvait au même étage, dans l'autre aile, dans une chambre à deux lits. Une fois de plus, il lui faudrait passer devant le poste des infirmières. La canne dans la main droite, il sortit discrètement de sa chambre, longea le mur du couloir et se faufila dans la chambre voisine. Le lit du grand chef était déjà occupé. Aussitôt parti, aussitôt remplacé, on ne perdait pas de temps. Se penchant au-dessus de la tête ronflante, Henry tira sur le cordon fixé au bouton d'appel, secoua l'homme endormi pour le réveiller et s'empressa de regagner sa chambre. Il écouta le vieillard murmurer des paroles incohérentes et se cogner le bras contre les barreaux.

Henry s'était posté derrière la porte de sa chambre. Bientôt, il entendit les pas de l'infirmière de garde qui traversait le couloir et pénétrait dans la chambre voisine.

Se faufilant hors de la sienne, il se hâta en direction de la lumière du bureau des infirmières, puis s'engouffra dans l'autre couloir, qui conduisait à la chambre de Dixie.

Elle était au 439A, le lit près de la fenêtre. L'éclat de la lune argentait son profil. Après avoir tiré le rideau, Henry se pencha au-dessus d'elle. Dans la lumière douce, elle paraissait plus jeune. Plaquant sa main sur sa bouche, il la secoua par l'épaule. Dixie ouvrit de grands yeux effrayés.

– C'est moi, Henry. Ne fais pas de bruit.

Elle tenta de se libérer.

– C'est moi. Il faut que je te parle. Il se passe quelque chose d'épouvantable.

Elle lui mordit la main. Il la retira brusquement.

– Bon sang, tu es devenu complètement fou ? Tu m'as fichu une sacrée frousse !

– Chut, pas si fort.

Dans le lit voisin, la femme remua et demanda :

– C'est toi, Anthony ?

D'un ton pressant, Henry murmura :

– Quelqu'un a essayé de me tuer il y a quelques instants. Je ne rêve pas. Le truc est encore là ; il faut que tu viennes avec moi.

Dixie se redressa.

– Où ça ? Où ça, pour l'amour du ciel ?

– Dans ma chambre. Il a essayé de me faire une piqûre.

– Il ?

– Il ou elle… Quelqu'un.

– Henry. C'était certainement une infirmière.

– Non. Ecoute-moi. Je ne suis pas fou. Viens voir par toi-même.

– Et après ?

– On fichera le camp d'ici. Immédiatement. Sans attendre.

– Tu es cinglé.

– Je t'en prie. Aide-moi.

Il se tourna, tira le rideau du paravent et regarda en direction du couloir. Toujours rien. Il se retourna vers Dixie.

– Fais-moi plaisir. Rien qu'une fois. Viens dans ma chambre, tu verras par toi-même.

Elle s'apprêtait à lui faire remarquer que c'était le stratagème le plus bizarre qu'un homme ait jamais employé pour l'attirer dans un lit, quand ses yeux, maintenant habitués à l'obscurité, distinguèrent enfin les traits de son visage.

– D'accord. D'accord. Je veux bien te suivre dans ta chambre, mais je ne promets rien de plus. Accorde-moi une minute...

Henry s'assit dans un fauteuil pendant qu'elle cherchait à tâtons ses lunettes et sa robe de chambre.

– Habille-toi. Il va falloir partir immédiatement.

Elle alluma la lampe de chevet et observa son regard rempli d'effroi ; l'inquiétude marquait son visage.

– D'accord. Pour te faire plaisir. Mais on va se retrouver tous les deux aux soins spéciaux à cause de toi.

Elle prit quelques affaires dans un tiroir et disparut dans le cabinet de toilette.

Un long moment sembla s'écouler avant qu'elle en ressorte. Henry remarqua qu'elle avait pris le temps de mettre du rouge à lèvres et du fard à paupières. Elle portait une jupe et un chemisier.

– Prends un manteau et un pull. On ne pourra pas revenir les chercher.

Il lui expliqua ensuite la ruse qu'il avait utilisée pour passer devant le bureau des infirmières sans se faire repérer et, malgré les protestations de Dixie, se faufila dans une chambre, deux portes plus loin, et appuya de nouveau sur le bouton d'appel.

La ruse fonctionna une deuxième fois. Lorsque l'infirmière fut entrée dans l'autre chambre, Henry entraîna Dixie dans le couloir et la conduisit rapidement vers sa propre chambre. Il en ferma la porte et alluma le plafonnier. Il jeta un coup d'œil à son camarade de chambre derrière le paravent. Puis il se retourna et désigna le sol.

– Alors, chuchota-t-il. Tu me crois, maintenant ?

Dixie se baissa pour ramasser la seringue et renifla le liquide répandu sur le sol.

– Le ménage laisse à désirer, voilà tout. Ça ne veut rien dire d'autre.

– On a fait une piqûre au chef indien… commença Henry.

Dixie ne l'écoutait plus, son regard fixé sur un petit flacon posé sur le rebord de la fenêtre.

Elle s'en empara et pencha la tête pour lire l'étiquette.

– Insuline… Tu n'es pas diabétique, Henry, si ?

– Mon Dieu, non. Fais-moi voir ça.

– Ce serait un bon moyen…

– Un bon moyen pour quoi ?

– Pour tuer quelqu'un dans une maison de retraite.

– Tu me crois, alors ?

Il s'était assis sur son lit, le flacon serré dans la main.

– Non… enfin, oui. C'est très bizarre.

– Il faut partir dès ce soir. Ou plutôt ce matin.

– Pourquoi si vite ?

– Il va revenir. Cette nuit ou la nuit prochaine.

– Oh, mon pauvre Henry. Ça t'a fichu une sacrée frousse.

– Je l'ai frappé avec ma canne.

– Mais pourquoi diable voudrait-on te tuer ?

– Pas seulement moi. Tous les pensionnaires de cet endroit maudit.

– Voyons, Henry, c'est ridicule.

Elle s'assit à côté de lui sur le lit.

Ils parlaient à voix basse.

– Bon, peut-être pas tous. Mais certains. J'ignore pour quelle raison.

– Ça n'a aucun sens.

– On élucidera ce mystère plus tard. Pour l'instant, il faut filer d'ici.

En disant cela, il tendit le bras vers le téléphone posé sur la table de chevet.

— Que fais-tu ?

— J'appelle un taxi. On devrait pouvoir atteindre la sortie en un quart d'heure environ.

— Henry ! On ne peut pas s'enfuir comme ça !

— Si, il le faut.

Ignorant ses protestations, il appela la compagnie de taxis de Shelburne.

Dixie l'écouta commander un taxi pour la Villa. Sortant une petite valise de la penderie, Henry y jeta ses affaires et sa trousse de toilette, et se dirigea vers le couloir.

— Henry !

— Alors, tu viens ?

— Bon, d'accord. J'ai l'impression d'être une gamine qui fait une fugue.

Il la précéda dans le couloir, en direction de l'issue de secours, déconnecta l'alarme à l'aide de sa canne, comme la nuit où le grand chef était mort, jeta un rapide coup d'œil derrière eux, puis poussa la porte de sécurité et tira Dixie par la main avant qu'elle ne puisse changer d'avis. S'arrêtant un bref instant sur chaque palier pour reprendre leur souffle, ils descendirent jusqu'au rez-de-chaussée.

— Mes pieds ne me conduiront pas très loin, murmura-t-elle.

Henry la laissa le rattraper.

— Je t'achèterai une bonne paire de chaussures de marche.

— Où va-t-on ?

— On part, voilà tout.

— On ne peut pas partir comme ça. Il faut aller quelque part. Je ne connais personne à Shelburne. Ma sœur vit à Kingston.

— Eh bien, nous irons à Kingston.

— Non. Elle a de la cataracte. Oh, Henry, tu as l'air épuisé. Laisse-moi t'aider à porter ta valise.

— Non, ça va aller.

Arrivés au rez-de-chaussée, ils traversèrent sans hésiter

le grand hall jusqu'à la porte d'entrée. Henry aperçut Tony, l'infirmier, qui répondait au téléphone dans le bureau principal. Celui-ci leva la tête juste à temps pour les voir franchir la double porte.

Le ciel s'éclaircissait à l'est et l'air sentait la rosée de printemps.

– Le taxi n'est pas encore là. (Il consulta sa montre.) On lui laisse encore cinq minutes et on part à pied.

Les lotissements de banlieue commençaient à prendre forme dans la lumière naissante. Henry posa sa valise et se frotta les mains. Dixie s'assit sur le trottoir pour soulager ses pieds.

Tony sortit à son tour, au moment où apparaissait le taxi.

– Monsieur Thornton ! Dixie ! Qu'est-ce que vous faites ?

– Vite, Dixie, monte dans le taxi !

Ils s'engouffrèrent dans le véhicule sans donner au pauvre Tony le temps de réagir.

– Alors, où on va, m'sieur dame ?

– A la gare routière.

Le taxi quitta l'enceinte de la Villa, laissant Tony sur le trottoir, l'air hébété. Henry éprouva aussitôt un vif soulagement.

– Dieu soit loué, nous avons réussi.

– Tu as de l'argent, Henry ?

– Oui, j'en ai. Et j'ai aussi une carte de crédit. J'ai fait des économies. Chauffeur, combien pour nous conduire jusqu'à Toronto ?

– Oh... Faut payer aussi le retour. A cette heure-ci, ça vous fera cinquante dollars.

– Bon, à la gare routière.

– Henry. Où va-t-on ?

– Que dirais-tu de Toronto ? On ne peut pas rester dans le coin.

– Mon Dieu...

– Hé, vous faites la belle ? leur demanda le chauffeur.

Le rétroviseur laissait voir un regard fatigué, mais compréhensif.

– On va chez des parents. On voulait partir de bonne heure.

– Hmm...

Après avoir traversé la nationale 10, ils pénétrèrent dans la petite ville de Shelburne.

– Tu vois ce parking, là-bas? dit Henry. Il y avait une banque dans le temps, et une boucherie. Je possédais la moitié du pâté de maisons dans les années cinquante. Et, comme un imbécile, j'ai tout vendu avant que les prix de l'immobilier s'envolent. Nom de Dieu, c'est tout le drame de ma vie, je suis toujours passé à côté des bons coups, comme la hausse de 1963 et 1964, moi j'ai vendu un an avant, rien à voir avec 1985-1986, mais c'était trop tard, Marion était déjà morte, tout était bloqué, et tu vois là-bas, le centre commercial, à une époque, j'aurais pu en acheter un demi-hectare pour seulement cent dollars.

Un flot ininterrompu de paroles sortait de sa bouche, il s'emballait.

Le taxi s'arrêta devant une petite cafétéria surmontée d'une enseigne de la compagnie de cars Grey Coach.

– Je vous dois combien? demanda Henry en se penchant vers le chauffeur.

Le goût de la liberté lui faisait tourner la tête.

D'une main légèrement tremblante, il régla la course et aida Dixie à descendre de la voiture. La cafétéria se composait d'une demi-douzaine de boxes et d'un long comptoir; des tartes aux pommes et aux cerises à l'air défraîchi étaient empilées près de l'appareil à milk-shake. Le serveur vérifiait les salières, les poivrières et les sucriers et remplissait les vaches en plastique.

– Hé! vous êtes matinaux, vous...

– Nous voulons prendre le premier car pour Toronto. A quelle heure passe-t-il?

– A sept heures et quart. Dans environ une heure.

– C'est vous qui vendez les billets?

– Non, le chauffeur vous les donnera. Vous voulez un café, en attendant?

Ils s'installèrent dans un box. Malgré son manque de sommeil, l'effort physique intense et l'épuisement, Henry se sentait merveilleusement bien, ivre d'excitation. Boire un café dans un bar au petit matin, partir quelque part, nom de Dieu, partir quelque part. Voyager. Libre de toute menace, sans la mort qui rôde derrière un paravent déployé autour d'un lit. Il commanda du jambon et des œufs sur le plat, avec des toasts. Assise en face de lui, Dixie lui sourit. Dans ses yeux, il discerna un mélange de satisfaction maternelle et d'admiration, comme une collégienne. Elle commanda du pain perdu. Avec du véritable sirop d'érable. Comme elle était naïve, pensa-t-il, du vrai sirop d'érable ! Et il se demanda combien de temps il faudrait à Tony pour prévenir quelqu'un, Willoughby, Muir, organiser une petite conférence, fouiller leurs chambres, appeler la compagnie de taxis et retrouver leur trace. Ils seraient partis depuis longtemps.

Dixie ôta ses chaussures, coinça une Player dans son fume-cigarette et se renversa sur son siège en ignorant la pancarte INTERDICTION DE FUMER.

– Le privilège de l'âge, dit-elle en croisant le regard de Henry.

Les premiers rayons de soleil réchauffèrent la cafétéria et, peu à peu, chauffeurs, fermiers et ouvriers commencèrent à arriver, chevauchant les tabourets de bar, commandant du café à emporter dans des gobelets en polystyrène. Ils apportaient avec eux les routes, les champs et les carrières de cailloux, l'odeur de poussière et d'essence. Chaussures de chantier, épaisses chemises à carreaux, casquettes de base-ball, les plus âgés discutant (« Vous avez vu ça, nom de Dieu ! c'est pas croyable, un million par an, ce joueur, et il est toujours pas satisfait ! »), les plus jeunes écoutant et observant. Pas d'infirmière pour écraser des médicaments dans la confiture, pas d'aide soignante pour vous demander : « Alors, comment on se sent ce matin ? », pas d'aide infirmier pour vous traîner jusqu'à la salle de bains, pas de jeunes filles bénévoles, pas de volontaires condescendants, ni de vieux gâteux complètement largués. Et personne pour essayer de vous tuer. Ils étaient de retour parmi les vivants.

# 14

Il se réveilla en sursaut quand le car pénétra dans la gare centrale, située dans Bay Street.

— On est déjà arrivés ?

— Tu dormais.

Assise sur le siège à ses côtés, Dixie paraissait vieille et vulnérable.

— Bon, je crois qu'on ferait bien de descendre.

— Je ne suis pas tranquille, Henry.

— Ne t'en fais pas. Toronto est la moins dangereuse de toutes les grandes villes du monde.

— Je ne parlais pas de ça. Je me demandais ce qu'on allait faire maintenant ?

— On est libres de faire ce qu'on veut. Tout ce qu'on est encore capables de faire.

— On devrait prévenir quelqu'un. Aller raconter à la police qu'on a essayé de te tuer.

— Plus tard.

Il lui caressa la main en la regardant dans les yeux. Sans doute se demandait-elle avec une certaine angoisse ce qui l'attendait, mais il se sentait bien et ne voulait pas qu'on lui sape le moral.

— On va d'abord passer une journée formidable. Sans infirmières, sans aides soignantes, sans administrateurs. J'ai l'impression de retrouver la liberté après une longue peine de prison.

— Peut-être ont-ils envoyé quelqu'un pour nous attendre...

– Ouais, possible, on verra bien.

Il eut conscience d'en faire un peu trop, dans le genre « Touche à rien, je m'occupe de tout ».

Il l'aida à descendre, en balayant du regard les cars garés en biais le long de leurs quais respectifs. Tandis qu'ils quittaient le terminus, il lui dit :

– C'est pareil dans toutes les gares routières du pays, on voit les mêmes gens. On dirait qu'ils sont plusieurs milliers et qu'ils passent leur temps à voyager d'une gare à l'autre, qu'ils y vivent. Il y a toujours un jeune type avec une veste en peau et une guitare en bandoulière, des grosses bonnes femmes qui mangent des tablettes de chocolat, des grands-mères décharnées qui rentrent chez elles après être allées rendre visite à leurs enfants, des ivrognes avec le nez plongé dans des sachets de papier brun, comme celui-là là-bas, des fugueurs de quatorze ans, des gamins avec des cheveux longs et des sacs à dos qui les font ressembler à des bossus, une famille d'Asiatiques au complet et deux Indiens, il y a toujours deux Indiens...

– Chut...

– Ça fait des années que je n'ai pas remis les pieds dans Yonge Street. Allons par là.

Il eut un mouvement de recul instinctif lorsqu'ils débouchèrent au milieu du grondement des voitures et des klaxons. Tout allait beaucoup trop vite.

– Nom de Dieu, je ne sais plus où donner de la tête, ça vient de tous les côtés. On va se faire tuer en traversant cette saloperie de rue.

Il faisait déjà chaud, l'air était étouffant et moite. Des odeurs de cuisine chinoise, de frites et d'oignons se mélangeaient aux gaz d'échappement. Son manteau coincé sous son bras gauche, Dixie s'accrocha à la manche de son compagnon.

– Cette saleté de rue est si large, on aurait dû prévoir de quoi pique-niquer.

La canne en avant, il entraîna Dixie.

Arrivée de l'autre côté, elle déclara :

– Je n'irai pas bien loin avec mes pauvres pieds.

En disant cela, elle se pencha pour faire glisser son doigt à l'intérieur de sa chaussure.

Henry, quant à lui, était abasourdi par toute cette agitation, ces couleurs et ce bruit. Hébété, il contemplait les néons, les jeunes femmes aux cheveux couverts de gel et dressés sur le crâne, la nuque rasée, portant pantalons bouffants ou minijupes aux couleurs flamboyantes, avec des lèvres peintes en mauve. Il observa les adolescents qui paradaient et se donnaient des coups de coude (ah ces petites queues de cheval !), les avocats qui marchaient d'un pas pressé dans Bay Street, tels des damnés appelés par Satan.

– C'est la faute de tes chaussures, pas de tes pieds. Ah, les femmes ! Elles n'ont jamais de chaussures confortables. Nous allons trouver une boutique et nous t'achèterons quelque chose de plus adapté, rembourré de partout. Allons par là.

Il la conduisit dans un magasin de chaussures et lui acheta une paire de Brooks de jogging ; il fourra ses sandales dans sa valise.

– Henry, je ne peux pas porter ça. Pas dans la rue.

Il la regarda en fronçant les sourcils.

Ils suivirent Dundas Street en direction de l'est ; Dixie testait ses semelles sur coussin d'air.

Ils continuèrent à remonter Yonge Street, s'arrêtant fréquemment sur le trottoir, bouche bée devant les magasins de disques, de cassettes vidéo, d'appareils photo, les boutiques d'articles de pacotille, une salle de jeux où de jeunes garçons en cuir noir, le mégot aux lèvres, très concentrés, abattaient des avions ennemis, des Martiens ou des Vietcongs. Dixie le tira par la manche ; ils passèrent devant des magasins de vêtements, des braderies en tous genres, des vendeurs ambulants qui proposaient du pop-corn et des hot dogs, des fausses montres Rolex ou Gucci. Henry tenait sa petite valise dans la main droite, Dixie était accrochée à son bras, la canne se balançant entre eux. Soudain, il

101

l'obligea à stopper net pour regarder les photos qui ornaient la devanture de Chez Harry. Des danseuses exotiques qui se trémoussaient et se contorsionnaient pendant l'heure du déjeuner de l'homme d'affaires. Hamburger, frites, bière et nichons. Crise cardiaque avant la cinquantaine. Il donna un petit coup de coude à Dixie.

– On peut entrer, dit-elle.

– Non. Je ne m'en sens pas capable. Pas en pleine journée.

Comme une vieille blessure, la prudence et la réticence réapparurent.

– Tu as envie d'entrer, et tu le sais.

– Mon Dieu, non. Tu plaisantes ou quoi ?

– Alors, entrons.

Il y a une minute, il devait la traîner et, maintenant, elle se prenait au jeu, et lui, c'est vrai, il aurait bien jeté un petit coup d'œil aux danseuses, mais il ne pouvait pas entrer là-dedans avec elle, et s'asseoir au milieu de tous ces connards qui mastiquaient en matant. Il se remit en marche.

– De toute façon, c'est l'heure de déjeuner. Je ne pourrai pas tenir longtemps si je ne me remplis pas l'estomac.

Ils trouvèrent un restaurant avec des plantes et de grandes vitres, vert et blanc, bambous et cuivre. Henry s'installa sur une chaise, pianota sur la table en verre, prit la serviette rose dans le verre à eau, avec l'impression d'avoir loupé toute une décennie, comme s'il avait fait un bond de dix ans en avant, les choses allaient trop vite pour son pauvre cerveau. Il était midi et demi.

– Tes pieds tiennent le coup ?

– Du moment qu'on s'arrête de temps en temps pour se reposer, ça va.

Elle commanda un Martini, avec une olive, sec. Henry demanda une bière, une vraie, pas ces saloperies sans alcool. Le serveur, un petit avec une moustache noire clairsemée, lui demanda quelle marque.

– N'importe laquelle, répondit-il, faites-moi la surprise.

On lui apporta une Labatt's Classic, et il regretta de ne

pas s'être souvenu, il aurait dû commander une Coors, ou cette nouvelle marque qu'il avait vue à la télé, une Dry.

Tandis qu'il piochait dans sa salade d'épinards, à la recherche des noix et des raisins promis dans le menu, Dixie lui demanda :

– Alors, Henry ? Qu'est-ce que t'en penses ?

– Pour commencer, le serveur est un mignon. Ils ont envahi toute la ville. Et y a plus de bons restaurants.

– Non, je parlais de la Villa.

Il renonça et reposa sa fourchette.

– Quelqu'un les élimine, tous ceux qui ont perdu les pédales, les séniles.

– Alors pourquoi s'en prendre à toi, Henry ? Pourquoi toi ?

– Je considère cette remarque comme un vote de confiance. Tu ne me prends pas pour un cinglé ?

– Le flacon, la seringue... tu ne les as pas inventés.

– Il a sans doute décidé de me liquider parce que j'en savais trop.

– Qui ?

Henry recommença à piocher dans sa salade. Il aurait mieux fait de commander un hamburger.

– Le docteur Bennet, je suppose. Il a essayé de me tuer avec ces saloperies de cachets.

– Tu ne parles pas sérieusement...

– Oh, j'avais complètement oublié...

– Quoi, Henry ?

Il plongea la main dans sa poche de pantalon et en ressortit une enveloppe.

– Cette lettre à l'OHIP. Je l'ai prise sur la table de chevet du chef indien.

– Henry ! (S'emparant d'un couteau, il glissa la lame sous le rabat.) Tu ne vas quand même pas l'ouvrir !

Il la regarda tout en sortant le contenu de l'enveloppe.

– C'est du courrier administratif, il n'y a rien de personnel ni quoi que ce soit.

– C'est un crime fédéral.

103

– Quoi ?

– Voler le courrier.

– Ouais. Voyons voir. Ah, saletés de documents informatisés ! Mes lunettes sont dans ma valise.

Timidement, Dixie lui prit la lettre.

– C'est une longue liste de codes, d'abréviations et de sommes en dollars, dit-elle. Avec des dates, étalées sur les quatre derniers mois.

– Combien ?

– Combien de quoi ?

– Le total.

– Ah... c'est là en bas. 3 795 dollars.

– Et voilà. Bennet fait payer au grand chef presque quatre mille dollars en quatre mois. L'assurance écrit au grand chef pour s'assurer que ces règlements sont légaux. Mais le grand chef décède avant de recevoir la lettre. Ça tombe bien.

Il but sa dernière gorgée de bière.

– Il était très malade, Henry.

– Mais il n'a jamais reçu pour quatre mille dollars de soins. Bennet ne venait pas le voir aussi souvent.

– Tu en es certain ?

– Oui. Non. Enfin, pas vraiment. En tout cas, je ne les ai jamais vus l'emmener nulle part, et une chose est sûre : le docteur Bennet ne venait pas tous les jours au centre. Il ne venait pas me voir et le grand chef occupait la chambre voisine.

– Il suffit de quelques examens très coûteux.

– Ouais. Lesquels ?

– Je ne sais pas.

– On ne lui a fait aucun examen.

– Je n'arrive pas à croire que le docteur Bennet puisse gonfler ses honoraires.

– Tous les médecins et les avocats le font ; on appelle ça la fraude fiscale.

– Je ne peux pas y croire.

– Pourquoi ? Ça se fait tout le temps, on en parle dans les

journaux... Les escroqueries aux assurances sociales, aux Etats-Unis.

– Oui, mais pas au Canada.

Henry renifla avec mépris.

– Pas au Canada... Ah bon ? Et qu'y a-t-il de différent ici, le serment d'Hippocrate n'est pas le même ? Ou est-ce que les longs hivers nous rendraient plus honnêtes ?

– Je ne suis pas idiote, Henry. Je suis capable de comprendre ce genre de choses. Peut-être qu'un ou deux médecins gonflent leurs honoraires pour s'acheter de la drogue ou régler des dettes de jeu. Moi aussi, je lis les journaux. Mais le docteur Bennet a toujours été si, si...

– Incompétent.

– Non, c'est faux.

– Alors, comment se fait-il qu'il m'ait rendu fou en se trompant de médicament ?

– Henry ! Il ne pouvait pas savoir que tu étais sensible à ce médicament. A propos... as-tu pris tes cachets pour ta tension ?

– J'en ai pas besoin. Le simple fait de quitter cette saleté de maison de retraite l'a fait baisser.

Dixie fronça les sourcils, puis lui caressa la main.

La bière lui était montée à la tête. Il parlait pour ne rien dire.

– Bon sang, j'ai faim, moi. Ils sont partis le pêcher, ce saumon, ou quoi ? (Il repoussa son assiette de salade.) Ce que je crois, c'est que Bennet fait payer l'OHIP pour un tas d'examens qu'il prétend faire subir aux séniles. De toute façon, personne ne remarque la différence.

Il fit la grimace lorsque le garçon déposa devant lui une portion de saumon fumée glissée à l'intérieur d'un croissant ; il commanda une demi-carafe de vin blanc de la maison et regarda avec convoitise le hamburger-frites de Dixie.

– Même si c'est la vérité, et je n'y crois pas un seul instant, quel rapport avec de soi-disant meurtres ?

– Elémentaire, ma chère Dixie. S'il poursuit son petit manège, et si les vieux ne meurent pas, quelqu'un risque de s'en apercevoir. Comme la lettre de l'OHIP. Une infirmière pourrait l'ouvrir et découvrir le pot aux roses. D'ailleurs, la plupart des malades finissent par mourir. De mort naturelle. Mais il est obligé de donner un petit coup de pouce à ceux qui s'accrochent.

Ecartant la salière avec sa fourchette, il piqua une des frites de Dixie.

— Mais cette lettre qui est arrivée après la mort du chef indien ?

— Elle a certainement été expédiée avant. Le bon docteur l'a échappé belle, cette fois. Il a trop attendu pour se débarrasser du chef.

— Zut, je me suis brûlé la langue.

— Faut faire attention au fromage fondu.

Dixie reposa son hamburger et en ôta le dessus pour lui permettre de refroidir.

— Mais qu'est-ce qui empêcherait les lettres de continuer à arriver après leur mort ?

— Je suppose qu'ils suppriment ton numéro du fichier de l'OHIP, et ensuite l'ordinateur s'en fout.

— Je ne comprends toujours pas. Gonfler des factures, c'est une chose. Tuer des gens, c'en est une autre.

— Il ne s'agit pas vraiment d'un meurtre. Ils sont tous à l'article de la mort, de toute manière. Peut-être se dit-il qu'il les aide simplement à sauter le pas…

Dixie essaya encore une fois de mordre dans son hamburger et regarda autour d'elle.

— Tu as remarqué que nous sommes invisibles dans ce restaurant, Henry ? Personne ne fait attention à nous.

— Nous sommes invisibles partout.

La bière, le vin et l'excitation lui donnaient un teint écarlate.

— Pourquoi est-ce qu'ils construisent les maisons de retraite au milieu de nulle part ?

— Ce n'est pas nulle part ; on appelle ça un « cadre pastoral ».

— Tu n'aimerais pas plutôt vivre ici, au milieu de tout ça ?

Aller te promener, boire tranquillement un café à une terrasse ? Et regarder la vie autour de toi ?

Elle remarqua qu'il dévorait ses frites des yeux.

— Vas-y, dit-elle. Sers-toi.

— Tu n'as pas vu ? Ils sont tous dingues là dehors. Y a que des jeunes cinglés avec des cheveux orange. Des types habillés en femmes. Des femmes habillées en hommes. Certains, on n'ose même pas se demander ce que c'est. Des illuminés. Des prostituées à tous les coins de rue. Des camés et des poivrots. Des Krishnas au crâne rasé. Des dingues qui se baladent en liberté, des enseignes en italien, en chinois et en grec. Pendant que les flics, les avocats et les bénévoles de l'Armée du Salut essayent de mettre un peu d'ordre dans tout ce merdier. Où est notre place, là-dedans ?

— En tout cas, ça m'a l'air plus intéressant que les grabataires et les infirmières.

Henry recommençait à se sentir vieux. Il mâchonna les dernières frites de Dixie.

— Nous n'avons de place nulle part, Dixie. Certains jours, je me dis qu'ils nous détestent, là-bas à la Villa, et ici, on nous marche dessus sans même faire attention à nous.

— Non, ils ne nous détestent pas.

— Bien sûr que si. Derrière toutes leurs simagrées, ils aimeraient bien nous voir mourir pour qu'on leur fiche la paix et qu'on cesse de leur rappeler ce qu'ils vont devenir.

— J'ai l'impression que tu t'apitoies sur toi-même, Henry.

Il resta muet un instant, mâchant les restes de son croissant. C'est elle qui l'avait interrogé sur les meurtres et, maintenant, elle changeait de sujet ; elle ne voulait pas entendre ce qu'il avait à dire sur Bennet. Comme les autres, elle se laissait embobiner par les médecins beaux parleurs.

— Donc, comme je le disais, tu serais d'accord pour considérer Bennet comme un suspect possible ?

— On en reparlera plus tard. Finis ta salade.

— Pas envie. Avec toute cette sauce de tantouse...

– Toi, tu n'aimes que la nourriture bourrative.

Il lui jeta un regard mauvais. Elle sourit et lui donna un petit coup de pied dans le tibia sous la table.

– On ferait mieux de chercher un hôtel. Une petite sieste nous fera du bien à tous les deux.

Ils quittèrent l'air conditionné du restaurant pour retrouver les rues chaudes, étouffantes et pleines de monde. Dixie lui agrippa le bras. Henry était bien content maintenant d'avoir sa canne pour s'appuyer dessus. Des visages les doublaient à toute vitesse. Les pare-brise des voitures scintillaient dans la lumière. Il sentait combien ils étaient faibles et sans défense.

– Ça va, tes pieds ?

– Je peux tenir encore deux ou trois pâtés de maisons.

En tournant dans Gerrard pour s'éloigner de Yonge Street, ils passèrent devant deux femmes engagées dans une discussion passionnée à l'entrée de la Ryerson's School of Dramatic Art. Sans se presser, ils parcoururent une rue bordée d'arbres centenaires et de maisons anciennes, avec des filles en jupes moulantes plantées à chaque croisement, aussi régulièrement que des panneaux de stop.

– Tu es déjà allé voir une prostituée, Henry ?

– Qu'est-ce que c'est que cette question ?

– C'est une très bonne question.

– Saleté de hanche, elle va me lâcher.

Dans Church Street, ils trouvèrent un vieil hôtel dans un état de délabrement élégant.

– Voilà qui devrait faire l'affaire. Ça m'a l'air propre.

– Pas trop tôt !

Péniblement, ils gravirent les marches jusqu'à l'entrée principale.

Henry fit la grimace en voyant le tarif : soixante-quinze dollars la nuit. Ils s'inscrivirent sous le nom de M. et Mme Thornton, originaires de Shelburne, et Henry laissa l'employé vérifier sa carte Visa.

– Où avez-vous garé votre voiture ?

Il était trop troublé pour répondre.

– Nous sommes venus en taxi, répondit Dixie.

Devant la porte de la chambre, au rez-de-chaussée, Henry lui expliqua que sa carte Visa n'était pas encore arrivée à expiration, mais qu'il ne l'avait pas utilisée depuis longtemps. Son fils avait tenté de le persuader de la restituer quand il avait un peu perdu la tête après la mort de Marion. Il tourna la clé dans la serrure, ouvrit la porte et continua de lui raconter qu'il avait voulu s'offrir une excursion en car jusqu'à Memphis la semaine où elle était morte, sans savoir ce qui lui avait pris, et que, craignant qu'il ne dilapide l'héritage familial, Brian avait alors essayé de le convaincre de se placer sous tutelle. Entre autres choses, il avait appelé le centre des cartes Visa.

– Et... ?

– Il m'a supprimé mon autorisation, ou bien il a abaissé le plafond. Je ne me rappelle plus. C'était à l'époque où ils ont vendu la maison pour m'envoyer à la Villa. Pour me « placer » comme ils disaient, non mais, tu entends ça ? me « placer » ! Bref, il risque d'y avoir un problème avec la carte. Je te le dis pour que tu sois au courant. J'ignore si elle est encore valable.

– On ne peut pas l'utiliser, alors.

– Jusqu'à cent dollars dans certaines boutiques et restaurants, pour éviter qu'ils demandent une autorisation.

– Ce n'est pas prudent, Henry.

Elle testait la dureté des matelas, elle explorait la chambre.

– Le pire qu'ils puissent faire, c'est de contacter une société de recouvrement pour nous retrouver. Ce n'est pas vraiment un problème.

Il la regardait évoluer dans la chambre et cela lui plaisait ; il sentait la petite excitation du danger dans sa poitrine, et plus bas aussi.

– Maintenant qu'on est dans le même bateau, j'ai pensé qu'il fallait que tu le saches.

# 15

La chambre possédait un plafond haut et un grand lit. Henry posa sa valise et se dirigea vers la fenêtre, qui donnait sur une ruelle étroite.

– Une petite sieste me ferait du bien, lança Dixie.

Après avoir suspendu son manteau derrière la porte, elle s'enferma dans la salle de bains.

Henry s'allongea sur le lit. Il avait un début de migraine, à cause du soleil, ou du vin, et sa hanche lui faisait mal. Avec son mouchoir, il épongea la sueur qui perlait sur son front et se moucha.

Dixie ressortit de la salle de bains, démaquillée, son chemisier dépassant de sa jupe. Elle tira les rideaux, ôta ses chaussures de jogging toutes neuves et s'allongea à côté de lui.

Henry ne bougea pas.

– Maintenant, je n'ai plus du tout sommeil.

Elle prit sa main entre les siennes.

Il sentit la douce angoisse de son ventre se déplacer vers le bas.

– Ça fait longtemps, dit-il en tournant la tête vers elle.

Dans la pénombre de la chambre, il l'imagina jeune et belle ; il voyait son joli profil. Mais ce serait quand même plus simple de dormir que de lui faire l'amour, et d'ailleurs il était trop vieux pour ça.

Elle l'embrassa tendrement sur la joue. Des paroles qu'il avait prononcées des années auparavant dans des situations semblables lui revinrent en mémoire, des remarques pleines d'esprit, suggestives, mais, aujourd'hui, tout cela lui paraissait provocant et sournois.

– Je vais à la salle de bains.

Il déposa un petit baiser sur sa joue et se leva lentement.

Quand il revint dans la chambre, sans sa veste et sans ses chaussures, il s'arrêta un instant pour la contempler. Dixie lui répondit par un sourire destiné à le mettre en confiance.

Il vint s'allonger à côté d'elle et lui passa un bras autour des épaules. Ils s'embrassèrent avec prudence.

– La moustache ne te gêne pas ?

– Non.

Il l'embrassa de nouveau. Sa bouche sentait la menthe.

Elle commença à déboutonner sa chemise.

– Hé, tu es une rapide, dit-il.

– A notre âge, Henry, on n'a pas de temps à perdre.

Il hésitait à dévoiler son torse efflanqué, son ventre de vieillard. Son cœur cognait dans sa gorge. Il s'énerva sur les boutons du chemisier.

– J'ai perdu la main.

Dixie se redressa et le défit elle-même, marquant une hésitation au moment d'ôter son soutien-gorge, regardant avec un froncement de sourcils la cicatrice encore rouge qui dépassait de sa jupe.

– Je ne suis pas très belle à voir, Henry.

– Moi je te trouve très belle, dit-il.

Et il le pensait sincèrement car à cet instant, dans la pénombre et l'intimité de cette chambre d'hôtel, dans le flot montant de l'excitation sexuelle, elle lui paraissait fort désirable.

Il se démena pour se déshabiller à son tour, craignant que ce seul effort suffise à l'épuiser, inquiet de son odeur, cherchant à se rappeler s'il avait pris un bain la veille avant de fuir. Il ôta ses chaussettes en dernier.

Dixie n'aimait pas la façon dont ses seins pendaient sur sa poitrine, ni le renflement flasque de son abdomen ridé et balafré. Elle craignait, si elle se plaçait sur le dessus, que son ventre ne s'étale sur lui.

Henry, de son côté, craignait que ses poignets et ses coudes ne puissent soutenir son poids. Son machin, en revanche, était le dernier de ses soucis. D'ailleurs, il risquait de mourir foudroyé au moment de l'orgasme. Il se rallongea sur le lit en riant.

— Le simple fait de me déshabiller m'a épuisé.

Assise sur le lit, elle se tourna vers lui, riant également.

— On fait un sacré couple, dit-elle en se penchant pour l'embrasser. Tu es un homme adorable, Henry.

C'étaient les mêmes mots qu'elle employait, des années auparavant, et ils fonctionnèrent comme une incantation qui lui permit de se concentrer sur ses gestes en bannissant toute distraction.

S'allongeant près de lui, elle promena ses mains sur son corps. Il se colla contre elle. Sa peau sentait les fleurs, peut-être les gardénias. L'âge s'envola. Son visage était beau. Henry débordait de force et d'énergie. Il s'imaginait lui faisant l'amour toute l'après-midi, la caressant, entrant en elle, l'explorant. Elle sentit le désir qu'elle lui inspirait, elle vit cette lueur dans ses yeux, et cela suffit à effacer les ans, à lui donner le sentiment d'être aimée et désirée.

Quand elle écarta les cuisses et que Henry commença à se hisser au-dessus d'elle, elle chuchota :

— Il se peut que je sois très sèche, mon cœur.

— Pas de problème, répondit-il.

Ils éclatèrent de rire encore une fois.

Elle essaya de le guider en elle, mais les poignets de Henry cédèrent et il retomba sur elle.

— Sur le côté, dit-elle, en le faisant rouler sur le flanc et en nouant ses jambes autour des siennes.

Contrairement à ses craintes, elle n'était pas sèche, et il glissa en elle.

— Fais attention, dit-elle. Ça risque d'être un peu étroit depuis l'opération.

Il se détendit en douceur, avec une certaine fierté.

Dixie ferma les yeux ; il contempla son visage. Elle laissait échapper de petits bruits, et il restait allongé à côté d'elle, en elle, savourant son plaisir, puis il se mit à bouger, lentement, et de plus en plus vite, sur un rythme qui lui coupait le souffle, la sentant remuer en même temps que lui, l'écoutant prononcer son nom. Bon sang, que c'était bon. L'espace d'un seule seconde, il imagina sa tension montant en flèche et faisant éclater des vaisseaux dans son cerveau.

Il explosa dans un jaillissement à lui briser le cœur.

— Nom de Dieu ! dit-il en essayant de s'accrocher à cet instant, avant de retomber pour reprendre son souffle.

Elle le tint serré entre ses cuisses.

— C'était bon, Henry.

— C'était merveilleux.

Elle l'embrassa, avec un petit sourire tendre.

— Oui, merveilleux, mon chéri.

Ça ne méritait peut-être pas un dix, il avait joui un peu trop vite, il allait devoir s'exercer s'il voulait faire mieux, mais il était toujours vivant, il n'était pas tombé raide mort sur elle, et son visage, qu'il berçait au creux de son épaule, brillait d'une lueur délicieuse. Puis vinrent les dauphins. Il se souvenait de les avoir appelés ainsi, au cours d'une lointaine histoire d'amour, cette douce léthargie qui envahissait chaque parcelle de son corps et faisait disparaître la douleur, l'angoisse et le temps. Les dauphins.

Et ils s'endormirent.

# 16

Il se réveilla lentement le lendemain matin, fut désorienté pendant de longues minutes. Tout d'abord, il constata qu'il n'était pas chez lui, il était dans une chambre d'hôtel, à Toronto, avec sa femme, en voyage d'affaires, puis il repensa à Dixie. Elle était dans la salle de bains, en train de faire couler de l'eau dans la baignoire. Il savoura le bruit sympathique des voitures, de la ville qui s'éveille, l'absence de chariots grinçants, de médecins qu'on appelle, tous les bruits d'une maison de retraite, les grommellements des vieillards, les toux faiblardes. Une lumière vive traversait les rideaux. Sa montre sur la table de chevet indiquait neuf heures et demie.

Son corps se sentait bien dans la chaleur et l'engourdissement de ce réveil matinal. Il sourit intérieurement en repensant à leur après-midi de la veille ; après, dans la soirée, ils étaient allés manger un morceau, et avaient passé la nuit ensemble, dans le même lit ; mais l'inquiétude rôdait.

Qu'allaient-ils faire maintenant, aujourd'hui, le… Bon sang, il ne se souvenait pas de la date. Une minute… On était en juin. Le 24 ou le 25. Quelque chose comme ça.

Ils avaient brûlé tous les ponts derrière eux. Ils s'étaient… enfuis. Il songea au tueur qui risquait de retrouver leur trace et de les éliminer et jeta un coup d'œil à la chaîne de sécurité qui pendait sur la porte, inutile.

– Dixie !

Mais, à cause du bruit de l'eau, elle ne l'entendait pas.

Il se redressa et s'assit sur le bord du lit ; et, brusquement, son âge se rappela à lui, avec ses ongles d'orteil racornis, ses varices, sa hanche défaillante et douloureuse, son cœur et son pouls qui s'affolaient pour satisfaire les exigences de son corps redressé, son demi-dentier tout sec parce qu'il avait eu honte de l'enlever la veille, avant de se coucher. Il se dirigea jusqu'à la porte pour mettre la chaîne de sécurité, mais, au même moment, des coups frappés à l'huis le firent sursauter.

– Que... qu'est-ce que c'est ? parvint-il à articuler.

– C'est la femme de chambre. Je voulais juste savoir s'il y avait quelqu'un.

Le souffle coupé, il se laissa tomber dans le fauteuil près du lit et enveloppa d'une couverture son corps nu et vulnérable.

Debout devant la glace, elle retroussa sa lèvre pour regarder ses gencives. C'était un combat perdu d'avance. Une fois que les dents commençaient à se gâter, les gencives pourrissaient.

Les cheveux enveloppés d'une serviette, elle se maquilla. Trop de fond de teint, rouge à lèvres trop vif, fard à paupières inutile. Elle avait conscience d'en faire trop. « Hé, tu en as une drôle de tête », lui diraient-ils en plissant le front et en laissant leur regard glisser sur son visage, pour raconter ensuite à leurs amis qu'ils ne comprenaient pas comment une femme aussi intelligente pouvait ne pas s'en apercevoir. Mais elle ne trompait personne, ni elle ni les autres. Allez au diable avec vos opinions, se disait-elle. Je fais ça pour moi. Cheveux roux, rouge à lèvres, ongles faits, Ivoire de Balmain derrière les oreilles au lieu de l'eau de rose qu'utilisait sa mère à son âge, et le mascara Super Luscious de Revlon. Bichonnée pour une journée en ville.

Il leur faudrait prendre une décision pour la Villa, faire savoir à sa sœur où ils se trouvaient, échafauder des plans, mais elle s'occuperait de tout cela dans un jour ou deux. Pour l'instant, elle se sentait jeune et libre. Peut-être était-ce l'ambiance de Toronto, le fait d'avoir quitté la maison de retraite, ou d'avoir été aimée pour de bon la nuit précédente.

Enveloppée dans une grande serviette, elle sortit de la salle de bains et découvrit Henry, son amant de la nuit passée, recroquevillé dans le fauteuil, une couverture remontée jusqu'au menton, les yeux fixés avec angoisse sur la porte.

— Suppose que quelqu'un nous suive ?

Elle avait su lui remonter le moral et le rassurer, mais, quand ils débouchèrent dans Church Street, il jeta des regards de tous les côtés, à la recherche d'un visage familier.

— Henry, comment feraient-ils pour nous suivre ?

— Ce n'est pas difficile de remonter du taxi jusqu'au car, et du car jusqu'à Toronto.

— Bon, d'accord. Mais pourquoi nous suivraient-ils ?

Ils prirent la direction de Yonge Street et du centre commercial Eaton. Dixie avait décrété qu'ils achèteraient des vêtements avec la carte de crédit de Henry. « Je refuse de laver ton caleçon tous les soirs », lui avait-elle dit. Il s'arrêta pour soulager sa hanche.

— Ils savent que nous savons, ils sont obligés d'agir.

Dans Jarvis Street, il regarda une voiture ralentir à leur hauteur.

— C'est loin d'ici, Henry. Nous devrions peut-être prendre un taxi.

— On ne peut pas se permettre de gaspiller le peu de liquide qu'on a, Dixie. Et les taxis n'acceptent pas la carte Visa.

Elle lui prit le bras.

— Même si tu as raison, même si ce meurtrier... même si nous représentons une menace pour lui, c'est forcément un fou, et les fous n'élaborent pas des plans, ils ne couvrent pas leurs traces. Sans doute cherche-t-il à se faire pincer.

Il la regarda.

— Très réconfortant.

— N'y pensons plus aujourd'hui. Oublions tout ça

116

l'espace d'une journée et amusons-nous comme... enfin, tu vois.

– Des jeunes mariés ?

– Oui.

C'était une belle journée. Le ciel était d'un bleu immaculé, l'air chaud et sec. Sur les trottoirs, les gens étaient... uniquement des gens, différents de ceux qui, autrefois, faisaient des courses dans Yonge ou Loor Street ou chez Eaton, et dont il aimait se souvenir, durant les quelques années où il avait vécu à Toronto avec Marion, mais ce n'était quand même pas si mal. Exception faite, peut-être, du grand nombre de jeunes garçons basanés en pantalons à rayures – qui l'aurait cru, les rayures revenaient à la mode – et chaussures noires pointues, avec des moustaches noires, débordant de suffisance, tellement sûrs d'eux, guettant la première occasion pour renverser et humilier un vieux loyaliste de l'Empire.

Dixie avait sans doute suivi son regard, et elle interpréta son froncement de sourcils.

– Ce ne sont que des adolescents qui ont peur, Henry. Sans emploi, inquiets. Des vendeurs et des serveurs qui rêvent de voitures de sport et de jolies filles.

– Je sais. Mais, si j'étais plus jeune et plus fort, ils me ficheraient la paix. Il y a largement assez de place pour tout le monde. Pourtant, tu n'as pas l'impression qu'ils cherchent à nous pousser dehors ? Ils veulent qu'on disparaisse. Tu ne sens pas leur haine ?

– Ce n'est pas de la haine. De la bravade, de la frime uniquement, ils se pavanent comme des coqs, ils veulent faire savoir au monde entier qu'un machin vient de leur pousser entre les jambes.

Il tourna la tête vers elle, mais son regard fut attiré par un vert familier.

– Hé, c'est pas la voiture qui vient de passer ?

– Henry ! Il fait simplement le tour du pâté de maisons pour trouver une place libre. Oublie tout ça, et allons faire un tour chez Eaton.

— Je me souviens, dit Henry, de l'époque où Eaton refusait de vendre du tabac.

— Quel rapport ?

— Aucun.

Mais la nouveauté, la circulation, la foule, le bruit… tout cela lui faisait peur. Il essayait de se souvenir de Yonge Street dans les années quarante, et même avant. Homogène. Oui, c'est ça. Tout le monde était plus ou moins semblable. Il n'y avait pas tous ces noirs, ces marron, ces jaunes, ces roses, ces punks, ces pédés et ces clochardes. Renonçant à tout voir, il laissa défiler autour de lui les visages, les corps et les couleurs. Il se réjouissait que Dixie soit avec lui.

Quand ils arrivèrent chez Eaton, il annonça :

— Je ne tiendrai pas plus d'un quart d'heure là-dedans. Nom de Dieu. Regarde un peu ça. Tu peux me croire, un quart d'heure au maximum, avant que je commence à délirer, à parler tout seul.

Mais elle le traîna de boutique en boutique, remplissant deux grands sacs, sans se soucier de ses protestations, ni des prix, en veillant toutefois à ne pas dépasser le montant fatidique de cent dollars à chaque fois.

A midi, ils déjeunèrent dans un restaurant mexicain et Henry fut forcé de reconnaître que le mélange de viande hachée et de cheddar était savoureux, malgré tout, il pourrait vivre heureux pendant encore vingt ans sans avaler de tacos. Dixie, quant à elle, semblait n'avoir aucun problème.

— Comment fais-tu pour supporter tout ça ? demanda-t-il. Les boutiques, la foule, le bruit, cette…

— Je suis plus jeune que toi.

— Tu parles…

— Henry. Quand tu étais marié, est-ce que tu faisais les courses ?

— Bien sûr.

— A part l'épicerie du coin ?

— Evidemment.

Pourtant, il se souvenait combien il était mal préparé à

survivre seul après la mort de Marion. Il n'était même pas capable de retrouver ses saletés de chaussettes. Cinq ans déjà. Ils croyaient tous qu'il avait perdu la raison et Brian avait expliqué au médecin que Marion s'était toujours occupée de lui, elle faisait les courses, la cuisine, la lessive, son père était si étourdi depuis quelques années, et le médecin hochait la tête, oui, il comprenait, et Henry – ou plutôt ce qu'il en restait après qu'il avait perdu dix kilos et laissé brûler complètement le fond d'une bouilloire, avec la fumée noire qui envahissait la maison pendant qu'il dormait devant la télé –, Henry était trop fatigué pour leur expliquer que son cerveau fonctionnait parfaitement, qu'il pouvait encore se débrouiller seul avec un peu d'entraînement, si seulement il avait la force de se lever le matin, si seulement il cessait de penser à Marion et de se demander pourquoi elle était morte avant lui.

Son refus d'assister aux réunions des Lions avait fait pencher la balance ; Brian avait expliqué au médecin qu'il n'avait jamais été absent en trente ans et que seule la maladie d'Alzheimer pouvait l'empêcher de s'y rendre, et Henry avait été trop fatigué pour leur expliquer qu'il ne concevait pas de s'adresser à des adultes en les appelant Lion George ou Lion Fred, et de chanter pendant le dîner, alors que Marion agonisait à l'hôpital, avant de disparaître brutalement. Mais, durant la période qui avait suivi son décès, il avait vraiment cru perdre la boule lorsque, passant devant le salon, il l'avait aperçue, en chair et en os, occupée à tricoter dans son fauteuil, et le jour où Brian l'avait surpris en train de mettre la table pour deux...

– Oui, tu as raison, dit-il. Elle faisait les courses, elle prévoyait tout. Mais j'ai dirigé une société et, pour ça, il faut avoir toute sa tête.

Elle lui tapota la main.

– Bien sûr, Henry.

En vérité, ses affaires n'avaient jamais été florissantes, la situation lui échappait, il avait sans cesse des problèmes de liquidités et autres conneries de ce genre, et le jour où il avait recommencé à travailler pour un patron, cela l'avait délivré d'un sacré poids. Il fut tenté de lui faire cet autre aveu, mais Dixie avait tourné la tête ; elle regardait un grand Noir avec une chemise ouverte et un pantalon si moulant qu'on voyait que sa couille gauche était plus basse que la droite. Elle le connaissait ? Nom de Dieu. Non, elle matait, tout simplement.

– Dixie...

Elle lui sourit.

– Tu as fini ? demanda-t-elle comme si de rien n'était, comme s'il était normal qu'une femme blanche de soixante-neuf ans reluque un maquereau noir (car Henry était convaincu que ce ne pouvait être qu'un mac, ou bien un joueur de base-ball).

Elle l'entraîna dehors, avec leurs deux grands sacs remplis de marchandises, et héla un taxi. Sa hanche le faisait souffrir, il avait du mal à repérer le sud et le nord, aussi ne fit-il aucune allusion à leurs réserves d'argent liquide qui s'amenuisaient. Sur le chemin de l'hôtel, il se demanda si elle aurait encore envie de faire l'amour et craignit de ne pas pouvoir tenir son rôle cette fois. Nom de Dieu, tu es trop vieux pour t'en faire à cause de ça, un homme de ton âge a le droit de se reposer deux nuits de suite, au moins, puis il repensa à ce jour-là, avant la mort de Marion, elle était à hôpital et lui était entré dans un bar pour boire un coup, une pute l'avait abordé, il l'avait suivie et il s'était donné tant de mal pour y arriver qu'il avait fini en pleurs, assis au bord du lit, sa queue toute molle et cachant sa honte, et la pute qui lui disait : « T'en fais pas pour ça, chéri, ça arrive à tout le monde. » Et il ne comprenait pas pourquoi il pleurait.

Dans la chambre, Dixie défit les paquets, étala les sous-vêtements, les chemises, les chemisiers, les chaussettes sur les fauteuils pour les admirer, tapota les oreillers et se mit à l'aise. Ils passèrent le restant de l'après-midi couchés côte à côte sur le lit, à se caresser, juste ça, mais sans s'arrêter, et ils s'assoupirent, malgré le soleil éclatant, les bruits de la rue et le bourdonnement de plus en plus intense de l'heure de pointe. Henry ne fit aucun rêve et, chaque fois qu'il se réveillait, il savait exactement où il se trouvait.

# 17

Cela arriva le quatrième soir qu'ils étaient à Toronto.

Pendant trois jours, ils dormirent à l'hôtel, prirent leur brunch au coin de la rue et visitèrent la ville autant que le leur permettaient la hanche de Henry et les pieds de Dixie. L'après-midi, ils faisaient un somme, le soir, ils sortaient dîner. Henry commençait à s'habituer au bruit, au déferlement de couleurs, à l'agitation. Il commençait à se sentir presque en forme, « une sacrée putain de forme, pardonne mon langage », s'excusa-t-il auprès de Dixie. « J'ai des muscles dans les cuisses », disait-il en exécutant quelques flexions, les bras écartés, ignorant la douleur dans sa hanche droite. « Tu as surtout des muscles dans la tête », lui rétorquait-elle en s'allongeant de tout son long sur le lit et en tirant sur une Sobranie rose. Mais il sentait qu'elle se réjouissait de le voir si plein de vie. Il parvint même à la faire rire plusieurs fois. Après avoir visité le Royal Ontario Museum et l'Art Gallery, ils envisageaient de faire quelques excursions à Ontario Place à la fin de la semaine. Le second soir, Henry eut quelques problèmes d'estomac à cause du scotch et de la demi-carafe de vin, mais deux ou trois comprimés arrangèrent les choses, et il songeait sérieusement à manger chinois, ou bien des fruits de mer japonais crus, la semaine suivante peut-être. Un de ces jours, ils le rattraperaient par sa carte Visa et ce serait gênant, mais c'était à peu près le seul risque et, à plus de soixante-quinze ans, pourquoi se soucier de la honte ? Le deuxième jour, il appela son fils en PCV.

– Papa ! Où diable es-tu ? La Villa a appelé. Ils disent que tu as fichu le camp avec une vieille dame.

– Elle est plus jeune que moi.

– D'où appelles-tu ?

– Nous nous sommes enfuis. Il le fallait.

– Tu l'as mise enceinte ou quoi ?

Nom de Dieu. Il avait un comique pour fils.

– Ecoute, c'est très important. J'ai quelque chose à te dire.

– Pour commencer, dis-moi où tu es.

– On a été obligés de partir, car il se passe des choses affreuses là-bas.

Il parlait d'une voix forte, et avait toujours l'impression qu'il devait crier pour que sa voix porte jusqu'à Vancouver.

– Hein ?

– Y a quelqu'un qui essaie d'assassiner les pensionnaires. Il a essayé de me tuer.

Henry percevait une conversation étouffée au second plan, puis une sorte de déclic, et se demanda si leur téléphone était sur écoute.

– Tu as entendu ce que je viens de dire ?

– J'ai entendu, Papa.

– J'ai dit que quelqu'un avait essayé de me tuer.

– Mon Dieu.

– Hein ? C'était quoi ça ?

– Rien.

Il entendit qu'on cherchait à couvrir le combiné à l'autre bout de la ligne ; puis la voix de Brian s'adressant à quelqu'un tout près de lui, et l'autre voix, celle de Mary, disant : « Essaye de savoir d'où il appelle. »

– Ça paraît fou. Je sais que ça paraît fou, Brian, mais je n'invente rien.

– On va te ramener vivre avec nous à la maison, Papa. Dis-moi simplement où tu es.

— Je vais très bien. Je ne me suis pas senti aussi bien depuis des années. Je vous appelle d'une chambre d'hôtel.

— Tu es seul ?

— Non.

— C'est la dame avec laquelle tu t'es enfui ?

— Non, je l'ai larguée pour une jolie blonde… Evidemment que je suis avec elle !

— Vous vous êtes mariés, ou quoi ?

— Qui t'a mis cette idée dans la tête ?

— Mme Willoughby, à la Villa. Elle a dit que deux de ses pensionnaires s'étaient mariés il y a quelques années.

— Ben nous, non, on s'est pas mariés.

— Ce n'est pas grave, Papa, si tu veux te marier, aucun problème. Dis-nous seulement où tu es.

— Tu ne me crois pas, hein ? Tu crois que j'ai perdu la boule.

— Je ne crois pas quoi ?

— Qu'il se passe des choses à la Villa.

— Papa. C'est complètement fou.

— Tu crois que je suis fou ?

— Je n'ai jamais dit ça, pour l'amour du ciel.

— Quelqu'un a essayé de me tuer.

— Ils m'ont tout expliqué ; il paraît que tu as fait une mauvaise réaction à des médicaments que t'avait donnés le médecin.

— Ça s'est passé après, Brian. Je te le répète, quelqu'un assassine les pensionnaires les uns après les autres.

Henry hésitait à lui exposer ses idées sur le docteur Bennet. D'ailleurs, il avait l'impression de perdre son temps.

— Pourquoi feraient-ils une chose pareille ?

— Je n'en sais rien !

— Inutile de crier.

— C'est très frustrant.

— Tu as tes pilules sur toi ?

— Je ne les prends plus.

— Il ne les prend plus…

— Qu'est-ce que tu dis ?

– Je parlais à Mary.

– Passe-la-moi. Peut-être qu'elle m'écoutera, elle. (Il se tourna vers Dixie.) Il ne me croit pas.

Elle haussa les épaules.

– Papy ? Comment allez-vous ?

Mauvaise idée. Mary était infirmière et il comprit que son opinion était déjà faite, rien qu'à la façon qu'elle avait de lui demander « Comment allez-vous ? ». Ah cette voix douce ! Elle était convaincue qu'il débloquait.

– Je vais très bien. Mais j'ai beaucoup de mal à convaincre Brian.

– Il se fait un sang d'encre pour vous. Depuis que la Villa nous a prévenus.

– Je ne veux inquiéter personne. (Il restait calme et s'exprimait d'un ton mesuré.) Je veux simplement qu'on enquête sur ce qui se passe à la maison de retraite.

– C'est un endroit pour les personnes âgées, Papy.

Bon Dieu. Voilà qu'elle versait dans le technique.

– Toujours est-il qu'il y a un cinglé en liberté qui tue des gens.

– Brian peut vous aider. Dites-nous seulement où vous êtes.

– Nous sommes à Toronto. Je ne vous dirai rien de plus. Pas avant d'être certain que vous croyez ce que je vous raconte.

– Vous voulez dire bonjour aux enfants puisque vous êtes au téléphone ?

– Pourquoi pas ?

Il l'entendit appeler Johnny, puis s'adresser à Brian à voix basse, d'un ton exaspéré.

Autant parler à un mur de briques. A moins qu'ils n'espèrent localiser la provenance de l'appel. Il expliqua à Johnny qu'il ne pouvait pas rester, lui dit bonjour, au revoir et raccrocha. Assis dans le fauteuil, il soupira.

– Et merde ! Ils n'ont pas cru un seul mot de ce que je leur ai raconté. Je parie qu'ils sont déjà en train de prévenir la police montée.

125

– Peut-on leur en vouloir ? répondit Dixie.

– Et toi ?

– Je te crois. Mais reconnais que ce n'est pas facile à gober. Pour quelqu'un d'autre.

Après cela, Dixie appela sa sœur à Kingston, mais seulement pour lui annoncer qu'elle avait quitté la Villa et cherchait un studio pour personne âgée.

– Inutile de lui faire croire que je n'ai plus toute ma raison, dit-elle.

Henry songea un instant à appeler son frère à Hawaï où celui-ci était parti s'installer quarante ans auparavant, mais il se dit que ce serait perdre son argent. Il ne lui avait pas parlé depuis la mort de Marion.

Ses anciens amis ?

Tous décédés, séniles ou vivant dans des camps de caravanes miteux en Floride.

Il poussa un soupir.

– Ils vont se lancer à notre recherche, maintenant.

– Qui ça ?

– La police.

– J'ai bien réfléchi, Henry. Personne ne pourra jamais croire à notre histoire, pas vrai ? Alors pourquoi ne pas prendre du bon temps, tout simplement, et, quand nous n'aurons plus d'argent liquide, nous chercherons un appartement.

– En oubliant ce qui se passe là-bas ?

– Je ne vois pas ce qu'on peut faire de plus.

– Tu oublies…

Il allait dire « Tu oublies Mac et le chef indien », mais tous les deux étaient déjà morts, et les autres ne représentaient rien pour lui.

– … Il nous faudra de l'argent, on aura besoin de nos pensions.

– Nous trouverons une gentille assistante sociale qui arrangera tout ça.

– Et la police ?

– Nous figurons sur la liste des personnes disparues,

126

c'est tout. Jusqu'à ce qu'on réapparaisse. Ensuite, ils diront à tout le monde où on est, et voilà.

Henry devinait que ce ne serait certainement pas aussi simple, mais Dixie paraissait si sûre d'elle, étendue sur le lit, les pieds surélevés et cette ridicule cigarette rose plantée dans son fume-cigarette en écaille de tortue. Et puis zut, il se sentait plus jeune, plus fort, et peut-être que dans une semaine ou deux, dans un mois, il entrerait dans un commissariat avec la lettre de l'OHIP adressée au chef indien, et quelqu'un serait bien forcé de croire son histoire.

Alors, pourquoi ne pas prendre quelques vacances entre-temps ?

Sans se soucier de ce meurtrier qui, à cet instant même, était peut-être en train d'interroger la compagnie de taxis, ou le centre des cartes Visa pour connaître l'adresse de leur hôtel.

Il s'en tirait fort bien. En l'espace de trois jours, il ne céda que deux fois à la paranoïa, la première alors qu'ils remontaient Church Street, en voyant un jeune homo extravagant sortir d'un club bras dessus bras dessous avec un homme plus âgé et lui adresser de grandes œillades, avec force « oooh » et « aaah » et un déhanchement outrancier ; pendant un instant, il crut avoir reconnu Tony, l'infirmier de la Villa ; il le dévisagea, la folle le dévisagea à son tour et lui fit un bras d'honneur.

« C'était Tony », dit-il à Dixie, mais elle lui répondit que ce n'était pas lui, il avait besoin d'une paire de lunettes, il avait trop bu au dîner, et elle savait de source sûre que Tony était hétérosexuel, alors « Cesse d'être paranoïaque, personne ne nous recherche ».

Mais il aimait se persuader du contraire. Il fallait bien que quelqu'un s'intéresse à eux.

La seconde fois, ce fut lorsqu'un chauve portant une épaisse mallette noire se planta devant eux sur le trottoir et demanda : « Madame Brown ? » Dixie s'arrêta, l'observa un instant, un sourire ravi montant jusqu'à ses yeux. « Lycée Pearsons, reprit l'homme, il y a longtemps. Joe

Walters. – Oui, Joe Walters. En première, je me souviens. »

Henry se tenait à l'écart, un œil fixé sur l'homme, songeant qu'il était peut-être envoyé par la Villa pour les ramener au bercail, et, dans ce cas, Dixie était tombée dans le panneau. Dixie qui restait là, avec un grand sourire, à évoquer les souvenirs du lycée Pearsons avec ce Joe Walters qui prétendait maintenant travailler pour Wood Gundy et racontait qu'il n'oublierait jamais le jour où elle lui avait fait tenir le rôle de Roméo, et la Juliette qu'elle avait choisie était justement sa petite amie, tous les autres garçons s'étaient moqués de lui pendant des mois. Henry regarda les immeubles, les gens qui les dépassaient, indifférents à leur sort, le ciel, avant de revenir sur Dixie et ce type ; Dixie le présenta au prénommé Joe ; ce dernier dit à Dixie « Ravi de vous avoir revue », malheureusement, il devait retourner à son bureau. Après son départ, Henry observa le visage de Dixie et vit à quel point elle était heureuse qu'un ancien élève l'ait reconnue, et il se dit qu'il devenait nerveux, paranoïaque.

Mais, de manière générale, il se sentait si bien que sa première pensée était : « Pas maintenant, Dieu, alors que tout est si merveilleux », et, dans un éclair, il voyait Dieu lui faisant le même geste que Tony le soir précédent ; non, pas ce soir, alors qu'il se sentait tellement bien qu'il insista pour rentrer à l'hôtel à pied, et aussi parce qu'il n'avait plus de liquide, qu'il ne savait pas se servir de ces distributeurs automatiques de billets et que, de toute façon, il ne connaissait pas son code, et c'était une belle nuit dans une des grandes villes les moins dangereuses du pays, alors ils marchaient en se donnant le bras dans une petite rue perpendiculaire près de Queen Street lorsque ce jeune type avait jailli de nulle part pour les pousser dans une ruelle.

# 18

Adam Bennet était inquiet. Il essuya la buée sur le miroir et regarda la coupure sur son menton. Bon sang. Quand apprendrait-il enfin à se raser ? Peut-être devrait-il changer plus souvent les lames de son rasoir, mais, pour ça, il faudrait commencer par penser plus souvent à en acheter puisque Sheila, elle, n'y pensait jamais.

Cette dernière était encore dans les vapes. Avec un demi-litre de vin blanc et deux Valium, ça marchait à tous les coups. Retournant dans la chambre pour chercher ses chaussures, il l'observa. Son visage n'avait plus rien d'attirant. Il poussa un soupir. Croyait-il vraiment qu'elle resterait éternellement jeune ? Mais le problème, ce n'était pas l'âge. C'était cette expression amère qui s'était imprimée sur ses traits au cours des dernières années, jusqu'à faire partie du paysage, devenir une caractéristique permanente, même quand elle dormait. Sans doute en était-il responsable. Mais nom de Dieu... Il ne devrait pas être obligé de conduire les gosses à l'école le matin avant d'aller travailler, surtout en ce moment.

Il laça ses chaussures autrichiennes toutes neuves, le seul pays qui sache encore fabriquer des chaussures de nos jours, et regarda sa montre. Neuf heures moins le quart. Son premier rendez-vous au cabinet était à dix heures. Cela lui laissait cinquante minutes pour faire sa visite à la Villa. Quinze pensionnaires à voir. Il glissa sa chemise dans son pantalon. 50 divisé par 15. Il prit sa sacoche et sortit sur le perron de sa maison en briques à un étage ; mille mètres carrés de bâtisse sur un hectare de terrain donnant sur une ravine de River Heights, le charme de la campagne à proximité de Toronto. Il revit la brochure : *Une adresse de prestige.* Trente kilomètres plus près de Toronto, elle aurait valu au moins un million.

50 divisé par 15. 45 divisé par 15, ça faisait 3. Un peu plus de trois minutes par patient. Il monta dans sa Mercedes et sortit de l'allée en marche arrière.

Trois minutes et vingt secondes. Il avait honte. Mais ce n'était pas de sa faute. Saloperie de gouvernement socialiste qui interdisait les dépassements d'honoraires. Peut-être devrait-il appliquer une taxe administrative, cinq dollars supplémentaires par visite pour frais de secrétariat, paperasserie, classement, coups de téléphone, l'air conditionné dans son nouveau cabinet.

Mais c'était surtout l'enquête sur Belshaw qui l'inquiétait. Il détestait les enquêtes. Non pas qu'il ait des raisons de s'inquiéter. Si on concluait à un accident, la faute retomberait sur la Villa, pas sur lui. La faute retomberait sur Andrew Muir, une salamandre avec un tuyau en fer dans le cul. Même chose si l'on concluait au suicide. Alors, pourquoi était-il inquiet ? Parce qu'il détestait les enquêtes et que le coroner serait furieux de cette nouvelle affaire, si peu de temps après le décès du vieux chef. Il avait fallu drôlement palabrer pour éviter une enquête sur la mort de l'Indien ! Mais Bon Dieu ! On ne pouvait tout de même pas lui demander de tenir à jour les dossiers de tous les malades. Le coroner allait essayer de le coincer sur ce coup-là, il le savait. Grâce au ciel, ils ne s'intéressent pas aux factures de l'OHIP ! Du moment qu'il y a quelque chose dans le dossier. Il se gara devant la Villa. Un endroit étonnant. Comment pouvait-on croire qu'ils souhaitaient passer les dernières années de leur vie parqués dans une maison de retraite ? Même avec un beau paysage.

Sur le chemin qui le menait à l'entrée principale, il sentit l'angoisse cogner de nouveau dans sa poitrine. Voyons les choses en face. Ce n'était pas l'enquête qui l'inquiétait. Ce n'était pas non plus ces quelques examens et tests supplémentaires qu'il avait facturés. Tout cela était totalement justifiable. Médecine préventive. C'était à cause de cette saloperie de gouvernement socialiste et des avocats. Plus moyen de faire un pas sans sentir le souffle d'un avocat dans son dos.

Et ce n'était pas non plus à cause de la liaison qu'il entretenait avec Janet... si on pouvait appeler ça une liaison. Il lui téléphonait toutes les deux semaines environ, quand il disposait d'une excuse en béton, et elle, soit elle était disponible, soit elle ne l'était pas. Ce qu'il faisait le reste du temps semblait la laisser totalement indifférente. Peu lui importait qu'il soit marié. Elle ne lui demandait jamais rien. Et au lit, c'était une affaire. Un peu trop parfois, et il lui arrivait de regretter de ne pas être resté chez lui, installé bien au chaud devant sa télé. Quelque chose lui échappait. C'était un peu comme si cette fille se servait de lui. Elle se « servait » de lui, nom de Dieu ! On aurait tout vu. Il s'était confié à Al, à son club, devant quelques bières. « Oh, c'est dur, très dur, tu me fends le cœur », avait répondu celui-ci. Ainsi, il prenait du bon temps avec l'infirmière Janet, et il attendait de recevoir la note. Elle finissait toujours par arriver. Les nanas ne font pas ça gratuitement. Mais il pouvait faire face. Ce n'était pas ce qui l'inquiétait.

Non, ce qui l'inquiétait vraiment, c'était le platine. Suivant les conseils de Shulman, il avait investi massivement dans le platine, en misant sur une hausse de trente pour cent. Ça ne pouvait que monter, d'après Shulman. Surtout compte tenu de la situation en Afrique du Sud qui ne cessait de se détériorer.

Et ça n'arrêtait pas de baisser. L'enfoiré. Il aurait dû fixer un cours plancher. Maintenant, il manquait de dollars canadiens, et cette saloperie continuait à grimper, avec le plus fort taux d'intérêt occidental.

Quinze patients à quinze dollars et dix cents chacun. Des broutilles. Peut-être pourrait-il en persuader quelques-uns d'entre eux de subir un check-up complet. Ah, il aurait dû être radiologue. Aujourd'hui, il se ferait un bon demi-million par an.

Dans le hall, il tomba sur Willoughby; pas moyen de lui échapper.

— Ah, je pensais que ça vous intéresserait, dit-elle. M. Thornton et Mme Brown ont fichu le camp à Toronto.

— Qui ça?

— Henry Thornton.

— Ah, oui. Henry. Il était sur la mauvaise pente. Il devenait complètement paranoïaque.

— Il a appelé son fils à Vancouver. Il ne lui a pas dit où ils se trouvaient exactement, mais nous avons prévenu la police.

Bennet sourit, un joli sourire rassurant et compréhensif, qui laissa voir toutes ses dents.

— Ils ont dû se planquer dans un hôtel. Histoire de faire des folies une dernière fois.

Il lui pinça le bras pour bien montrer qu'il plaisantait, puis il s'éloigna dans le couloir.

Willoughby le regarda disparaître. Quel sale type. Elle se retourna et sourit à une des vieilles femmes alignées dans les fauteuils roulants du côté ensoleillé du hall.

— Je vois qu'on vous a coiffée ce matin, Alice. Vous êtes très belle comme ça.

Elle lui lissa les cheveux en arrière comme on caresse un animal familier ou un enfant. Quelqu'un les lui avait relevés sur le dessus du crâne pour les attacher avec un ruban rose. Enfin... ce qu'il en restait. Elle retourna ensuite dans son bureau pour consulter la longue liste de demandes d'accueil et en dresser une autre: celle des vieux qui avaient les moyens de payer.

# 19

Ce n'était pas un jeune Noir, ni même un jeune café au lait, lui raconta Dixie par la suite. Non, c'était un jeune Blanc. Mais, aux yeux de Henry qui trébucha sur sa canne quand on le poussa dans la ruelle, l'adolescent avait l'air basané, revêche, laid et drogué. Dixie répétait : « Fais ce qu'il te demande, Henry. Donne-lui tout ce qu'il veut. » Se relevant péniblement, Henry remarqua le trou au genou dans son pantalon tout neuf acheté quatre-vingt-dix dollars en solde, au lieu de cent cinquante ; il se leva en prenant appui sur sa canne et regarda l'adolescent dans les yeux. Des yeux effrayés sous une masse de cheveux noirs ; dans sa main tremblante, le jeune homme tenait un petit couteau pointé sur lui. Henry avait du mal à respirer, son souffle restait bloqué au fond de sa gorge, et son esprit se mit à vagabonder ; il pensait uniquement à ce que le jeune allait lui demander : « La bourse ou la vie ? » Et lui, il ferait son Jack Benny : « Je réfléchis, je réfléchis. » Si seulement il avait une saloperie de machette géante, il pourrait faire le coup de l'Australien qu'il avait vu à la télé ; il dégainerait et dirait : « Tu appelles ça un couteau ? En voilà un vrai, de couteau. » Mais il faudrait que Dixie prononce la bonne réplique, il faudrait qu'elle lui dise : « Il a un couteau, Henry », alors, lui, il pourrait répondre : « Tu appelles ça un couteau ? En voilà un vrai, de couteau », mais il ferait mieux de revenir sur terre, car ce n'était pas du cinéma, ils se faisaient agresser pour de bon, et Dixie s'agrippait à son bras en chuchotant à son oreille : « Donne-lui ton porte-feuille, Henry, je t'en supplie », car elle avait déjà tendu son sac à main à leur agresseur, et celui-ci, après l'avoir retourné, l'avait balancé en disant : « Allez, allez, pressons ! »

S'efforçant de rester calme, Dixie observait les yeux de l'adolescent. Ce n'est pas un meurtrier, si on ne résiste pas, si on fait tout ce qu'il veut… En lui tendant son sac à main, en le voyant plonger la main dedans et le retourner, elle prit peur et se sentit violée. Essayant de maîtriser le tremblement de sa voix, elle dit :

– Vous pouvez tout prendre, mais nous n'avons pas beaucoup d'argent. Donne-lui ton portefeuille, Henry.

Mais Henry restait planté là, avec un inquiétant rictus sur le visage, marmonnant des trucs sur un pantalon foutu de cent cinquante dollars acheté en solde à quatre-vingt-dix, lui tendant son portefeuille et observant le jeune qui jetait un coup d'œil à l'intérieur. Et soudain, voilà qu'il brandissait sa canne devant le visage de leur agresseur et lui disait, et Dixie n'en croyait pas ses oreilles :

– Allez vas-y ! Epate-moi !

– Nom de Dieu ! cracha le jeune type.

Il tenta de s'emparer de la canne, mais Henry lui en balança un grand coup en plein visage, quelque part, et le jeune recula en titubant, lâchant son couteau pour plaquer ses mains sur son œil. Poussant un grand cri, il se jeta sur Henry comme un putois enragé et le percuta en plein dans l'estomac. Ils s'effondrèrent dans les poubelles, au milieu des ordures. Prenant le dessus, le jeune écrasa rageusement son poing sur le visage de Henry, avant que Dixie ait le temps de réagir. Un cri prenait naissance au fond de sa gorge. Tout se déroulait au ralenti. Comme une spectatrice détachée de la scène, Dixie regarda le jeune homme s'accroupir sur Henry et le marteler de coups de poing, puis elle aperçut le couteau qui gisait à ses pieds, reflétant la lumière du lampadaire. Et alors elle se vit ramasser l'arme et se jeter sur les ombres, tandis que le cri jaillissait de sa bouche ; la lame du couteau rencontra une masse solide et s'y enfonça ; Dixie entendit l'adolescent hurler, il avait cessé de frapper Henry, il se tenait le flanc.

Le jeune n'arrivait pas à y croire : d'abord le vieux qui le frappait avec sa canne et maintenant ce truc enfoncé dans ses côtes ; et putain, ça faisait mal ! Cette vieille salope l'avait planté, nom de Dieu ! Il roula sur le côté, se leva et referma la main sur cette chose en lui. Sa saloperie de couteau enfoncée dans ses putains de côtes, là, à travers la chemise, et le sang qui commençait à couler. Il retira le couteau, ça faisait mal ; la main plaquée sur sa blessure, il resta immobile, à regarder la vieille agenouillée près de ce salopard qui lui avait défoncé l'œil. Hé, mais, c'était pas comme ça que c'était censé se passer ! Le souffle coupé, l'esprit en ébullition, il avait envie de s'approcher et de les achever tous les deux, pour leur montrer à qui ils avaient affaire, mais il essayait d'agir intelligemment et ça, non, ce ne serait pas intelligent ; la main plaquée sur sa blessure pour empêcher le sang de couler, il regardait la vieille qui le regardait, sans rien dire. Tout était calme maintenant, à l'exception du vieux qui gémissait, et des sirènes des flics, parce qu'il les entendait rappliquer, ces salauds.

Dixie ne quittait pas des yeux l'adolescent qui se tenait le flanc. Elle savait qu'il avait perdu, il allait décamper, à moins qu'elle ne se trompe, ce ne serait pas la première fois qu'elle se trompait, mais toutes ces années passées à enseigner lui avaient appris certaines choses sur les adolescents, le courage et la peur, et si elle se trompait, cela n'aurait aucune importance de toute façon, car il les tuerait l'un et l'autre, sur-le-champ, alors elle souleva la tête de Henry et la posa au creux de ses bras ; il gémissait et respirait, c'était bon signe, et, quand elle leva de nouveau les yeux, l'adolescent avait disparu.

# 20

Janet abandonna sa Mazda devant le palais de justice et monta à bord de la Mercedes. L'ordinateur de bord fit une remarque à son chauffeur. Celui-ci haussa les épaules, avec un grand sourire. Janet s'enfonça dans le profond siège en cuir et caressa le tableau de bord en bois. Elle remarqua le cendrier rempli de mégots maculés de rouge à lèvres. Sa femme sans doute.

Il avait promis de l'emmener déjeuner au Jardin, un joli petit restaurant dans Main Street, et elle le méritait bien après avoir assisté à l'enquête toute la matinée, mais il traversa directement la ville jusqu'à l'autoroute et s'arrêta devant le nouveau McDonald. Ah, le salopard. Il lui parlait de l'enquête, de Belshaw, de cet « enfoiré de légiste » qui lui faisait des ennuis, car il lui reprochait de ne pas avoir décelé la tumeur cérébrale, un accident secondaire, « Nom de Dieu, disait-il, de toute façon, le pauvre vieux n'en avait plus pour longtemps, c'était aussi bien qu'il disparaisse de cette façon ». Janet avait été étonnée de le voir si nerveux à la barre des témoins. Après tout, c'étaient Ann et elle qui n'avaient pas su retenir Belshaw avant qu'il ne tombe dans l'escalier. Mort accidentelle, avait conclu le légiste.

— A mon avis, dit-elle à Bennet, c'était un suicide.
— Ah oui ? C'est possible.
— Il souffrait énormément.
— Pas tant que ça.
— Tu ne lui prescrivais que du Tylenol.

– C'est vrai.

– On aurait pu soulager ses souffrances.

– Il était sénile et mourant. Tu voudrais que je prolonge leur existence ?

– Non.

– Alors, tu vois. Allez, souris un peu.

Dans la queue, il lui demanda ce qu'elle voulait manger, sans cesser de regarder autour de lui, scrutant la salle de restaurant, et il sembla ne pas entendre sa réponse. Il était aussi nerveux qu'un prêtre dans un bordel. Tout d'abord, cela l'intrigua, puis elle se sentit humiliée. Quand ils s'assirent avec leurs plateaux et qu'il continua à jeter des coups d'œil dans tous les coins, comme s'il n'avait qu'une seule envie : manger et ficher le camp d'ici au plus vite pour se cacher dans un endroit discret où personne ne risquait de le voir avec elle, elle sentit la moutarde lui monter au nez.

– Tu es appelé en urgence pour une crise cardiaque ou quoi ?

– Hein ?

– Tu as la tête ailleurs, Adam. Si tu n'avais pas envie de m'inviter à déjeuner, il ne fallait pas me le proposer.

– Si, j'en avais envie.

– Alors, pourquoi es-tu si nerveux ? Tu sais l'impression que ça me fait ?

– Excuse-moi. J'ai des tas de soucis.

– Je m'en doute.

– Mon cabinet. Mes investissements. L'enquête. Tout ça en même temps...

– Est-ce que nous déjeunons au McDo au lieu de boire du vin blanc dans un petit restaurant charmant parce que tu as peur de tomber sur quelqu'un que tu connais ? C'est ça ? Dans un fast-food, ça semble moins suspect.

– Non... Oui, peut-être. C'est une petite ville.

– Alors, pourquoi est-ce que tu balises ? Tu déjeunes avec une infirmière, la belle affaire ! Si on peut appeler ça déjeuner... Dans le temps, tu étais plus cool.

– J'ai baptisé ça le syndrome Nick Orloff. (Il avait reporté toute son attention sur elle.) Un jour à Montréal, expliqua-t-il en mastiquant son hamburger, j'avais invité une femme à déjeuner après avoir passé la nuit chez elle. Je ne connais personne à Montréal, absolument personne, à l'exception d'un vieux camarade de classe nommé Nick Orloff, je ne l'avais pas revu depuis des années, mais c'était également un ami de Sheila, mon épouse.

– Oui, je sais qui est Sheila...

– Enfin, bref, j'étais détendu, plein d'esprit et tout le baratin, je dévorais une délicieuse assiette de viande fumée quand Nick Orloff est entré dans le restaurant. Je n'ai pas réussi à lui parler. Je n'ai même pas osé me lever pour aller lui dire bonjour. Il m'a regardé et m'a souri. J'ai rougi si fort qu'on aurait pu me mettre dans un coin pour chauffer toute la salle. Les chances pour qu'une personne que je connaisse entre dans ce restaurant étaient de une sur un million, j'imagine. C'était uniquement dans ma tête. Orloff ne pouvait rien savoir. Et maintenant, chaque fois que je suis quelque part en compagnie d'une personne avec qui je ne devrais pas me trouver, je cherche Nick Orloff.

– Chaque fois ?

– Façon de parler.

– Conclusion, on mange des hamburgers parce que tu te sens coupable d'avoir été surpris en train de déjeuner avec une femme à Montréal ?

– Au fond de moi, je suis un petit garçon timide.

– Nom de Dieu...

– Enfin, pas complètement.

– Si tu as honte à ce point d'être avec moi, autant en finir maintenant.

Elle ne savait pas pour quelle raison elle le harcelait ainsi.

– Je n'ai pas honte, je suis préoccupé, voilà tout. J'ai des rendez-vous à treize heures trente.

– Depuis quelque temps, quand nous sommes ensemble, tu es toujours pressé de partir.

— Je n'ai pas beaucoup de temps. (Il haussa les épaules.) Je suis désolé.

— Tu n'es pas le seul à avoir des rendez-vous. Moi aussi, j'ai des choses à faire.

— Je sais.

— Je ne passe pas toute la semaine à attendre ton coup de téléphone.

— Je m'en doute.

— Alors, si tu n'as plus envie de me voir, dis-le.

— Ce n'est pas que je n'ai plus envie.

— Allons-nous-en d'ici.

Janet repoussa son plateau et se leva, sentant que les gens de la table voisine écoutaient leur dispute avec intérêt. Bennet la suivit jusqu'à la voiture.

Sur le chemin du retour, elle bouda. Merde. Elle semblait incapable de contrôler ses paroles. Si ce type ne comptait pas pour elle, si elle se fichait qu'il soit marié, pourquoi diable réagissait-elle ainsi ? Parce que sa conduite à son égard la déprimait, voilà pourquoi.

Arrivés devant le tribunal, il se tourna vers elle.

— Parfois, je ne te comprends pas. Tu voulais que je t'invite à déjeuner, je t'invite à déjeuner.

— Je suis facile à comprendre et ça n'a rien à voir avec le déjeuner.

— Bon, je t'appellerai.

— Oui, c'est ça.

Assise dans sa Mazda, elle donna un coup de poing rageur dans le volant et enclencha la marche arrière en faisant grincer la boîte de vitesses. Bon Dieu. Tu savais ce que tu faisais, Janet. Tu le connais. Comment as-tu pu imaginer que ce serait autrement ?

Adam Bennet se rendit à son cabinet. C'était là le genre de scène dont il se serait passé volontiers. Il devrait la larguer rapidement. Dans son intérêt à elle, et dans le sien. Pourtant, il ne le ferait sans doute pas. Il reviendrait, c'était plus fort que lui. La semaine prochaine, elle aurait envie de baiser, et lui aussi il aurait envie de baiser, et elle serait heureuse de le voir s'en aller après, et lui, il n'aurait qu'à affronter un vieux reste de culpabilité. Janet était une adulte responsable. Mais qui avait jamais rencontré une femme qui savait ce qu'elle voulait ? Et comment oser affirmer que toute cette tension sous-jacente n'ajoutait pas un peu de piquant à leurs séances de baise ? De plus, il était réellement préoccupé. En effet, il envisageait d'investir dans ce complexe gériatrique qui se construisait à Orange-ville, mais il n'avait plus d'argent depuis qu'il avait presque tout perdu dans le platine et, avec cette saloperie de dollar qui refusait de baisser, il serait obligé d'emprunter au prix fort et de tirer au maximum sur les factures de l'OHIP. Ce serait trop bête de laisser passer cette occasion.

## 21

– Henry, ça va ?
– Non.
Sa voix était faible.
Dixie fouilla du regard la ruelle obscure pour y dénicher quelque chose pouvant faire office d'oreiller.
– Je vais devoir t'abandonner un instant pour aller chercher de l'aide.
– Non.
Il s'accrochait à son poignet.
– Il faut te conduire à l'hôpital.
– Non. Pas l'hôpital. Non. Ça va aller.
– Mon Dieu, Henry. Non, ça ne va pas du tout.
– ... me reposer une minute. Et je me lèverai. Aide-moi.
Dans l'obscurité de la ruelle, impossible de juger de l'étendue de ses blessures. Son front était tout poisseux, sa lèvre paraissait enflée et fendue. Rares étaient les voitures qui passaient. Pas le moindre piéton. Personne qu'elle puisse appeler au secours.
– Il faut que j'aille chercher de l'aide, Henry. Il faut que je te laisse.
– Non. (Agrippé à son poignet, il faisait un terrible effort pour relever la tête et dénouer ses jambes.) Non, pas l'hôpital, je t'en supplie. Aide-moi à me relever.
Une fois assis, il se frotta le visage, le souffle haletant. Ses yeux inquiets furetaient de tous les côtés. Il sursauta et se mit à trembler lorsque le couvercle d'une poubelle en fer tomba

sur le sol. Dixie retrouva son sac à main, fourra le portefeuille de Henry à l'intérieur plus deux ou trois choses qu'elle apercevait dans le noir, son poudrier, son rouge à lèvres.

Puis elle l'aida à se relever et retrouva sa canne. Il passa son bras autour de son épaule.

– Ramène-moi à la maison.

Sur le trottoir mieux éclairé, elle examina son visage. Ce n'était pas trop grave. Un léger jaunissement autour des yeux, une arcade sourcilière et une lèvres fendues. L'obligeant à se pencher en avant, elle se servit du bas de son chemisier pour essuyer le sang.

– J'ai été bien, hein ? demanda-t-il.

Elle le conduisit jusqu'à Church Street, puis l'entraîna vers le nord.

– Tu as été incroyable. Tu sais ce que tu as dit à ce voyou ?

– Je ne m'en souviens pas.

– « Epate-moi. » Tu as agité ta canne devant son nez et tu as dit : « Vas-y, épate-moi. »

– C'est pas vrai !

– Si.

– Je ne m'en souviens pas.

Il s'arrêta pour tousser et tâter sa hanche. Dixie humecta le bas de son chemisier avec sa langue pour lui essuyer les yeux encore une fois.

– Le seul truc dont je me souviens, dit-il, c'est l'histoire avec Jack Benny, juste avant de me retrouver dans les poubelles. Rien d'autre. Pourquoi s'est-il enfui ?

Elle l'obligea à se remettre en route.

– Je l'ai frappé avec son couteau.

– Sans blague ?

– Il était sur toi.

Ils passèrent devant deux hommes qui se disputaient sous un lampadaire ; un autre promenait son chien. Nul ne leur prêtait attention. Sans doute les prenait-on pour deux vieux poivrots qui regagnaient en titubant leur meublé dans Jarvis Street après avoir fait tous les bars de Queen Street.

– Sans blague ? répéta Henry, l'esprit ailleurs. Jack Benny. « Je réfléchis, je réfléchis. »

Il est encore sous le choc, songea Dixie. Quand il reprendra ses esprits, il sera dans tous ses états. Arrivés au coin de Church et de Queen, elle le fit tourner à l'ouest, en direction des hôpitaux, mais il la retint.

– Non, pas l'hôpital, Dixie. Pas même une nuit. Si tu me conduis là-bas, je n'en ressortirai pas. Je le sais.

Elle décida de le ramener à hôtel et d'aller chercher un médecin, mais lorsqu'ils regagnèrent enfin leur chambre, épuisés l'un et l'autre, après qu'elle l'eut aidé à se déshabiller, qu'elle lui eut nettoyé le visage et sa blessure à l'arcade sourcilière, il lui fit promettre de ne pas appeler le médecin et lui tint le poignet jusqu'à ce qu'elle accepte. Peut-être avait-il raison au sujet de l'hôpital. Si les internes ne réussissaient pas à le tuer en se trompant de médicament, ils le renverraient à la Villa et cela suffirait à l'achever, c'était certain.

Elle téléphona aux renseignements pour connaître l'adresse du drugstore le plus proche ouvert toute la nuit, rassembla l'argent liquide qui se trouvait dans les poches de Henry et sur la commode, puis s'esquiva dès que celui-ci fut endormi.

En se réveillant, il découvrit Dixie penchée au-dessus de sa tête, en train de lui coller quelque chose sur le sourcil gauche, des petits pansements adhésifs, en lui tapotant l'œil.

– Hé, qu'est-ce que tu fais ?

– Chut. Je désinfecte ta blessure.

– Quelle blessure ?

Dixie et Toronto, deux choses dont il était sûr, quant au reste… Il savait seulement qu'il s'était senti vraiment bien, et que quelqu'un essayait de le tuer, cela n'avait aucun sens, et bon sang ! il avait mal partout, il tombait de fatigue, et cette phrase qui ne cessait de revenir dans sa tête : « Je réfléchis, je réfléchis. »

Elle examina ses yeux, sa paupière gauche tuméfiée, presque fermée. Henry semblait hébété.

— Tu as eu l'arcade fendue quand le jeune nous a agressés.

— Agressés ?

— Tu ne t'en souviens pas ?

— De quoi ?

Elle lui prit la main.

— N'y pense plus.

Peut-être était-ce simplement le choc, peut-être retrouverait-il ses esprits au matin. D'une main hésitante, il tâtait le pansement sur son œil, sa lèvre enflée et ouverte. Son œil droit la regardait, rempli d'interrogations et de peur.

Elle ôta ses vêtements, ne gardant que sa culotte, puis elle se glissa près de lui sous les couvertures et le tint serré jusqu'à ce qu'elle entende le souffle profond et régulier de son sommeil. Alors, à son tour, elle se laissa emporter dans des rêves que n'importe quel imbécile aurait pu interpréter, mais fut surprise néanmoins, même dans son rêve, surprise par l'image qui lui revenait sans cesse : un couteau à la main, elle découpait un jeune garçon en deux, le sciait en deux morceaux qui n'arrêtaient pas de saigner.

## 22

Le lendemain matin, elle fouilla dans le portefeuille de Henry, mais n'y trouva pas sa carte Visa. Elle chercha dans son pantalon et dans sa veste, dans son propre sac à main, avant de revenir au portefeuille. Plus de carte de crédit, et, sans carte de crédit, ils ne pouvaient pas manger. Elle ne se souvenait pas que le jeune voyou ait eu le temps de prendre quoi que ce soit dans le portefeuille avant de le laisser tomber par terre lorsque Henry l'avait frappé dans l'œil avec sa canne. Peut-être la carte était-elle encore dans la ruelle.

Le visage de Henry avait enflé durant la nuit, mais son souffle était régulier. Un vilain hématome violet et vert s'étendait de son arcade sourcilière jusqu'à sa joue.

Dixie décida de le laisser dormir pendant qu'elle partait à la recherche de la carte Visa, ce simple petit bout de plastique dont semblait dépendre leur survie.

Elle refit leur trajet de la veille en sens inverse. La circulation, dense, bruyante et agressive, semait la confusion dans ses pensées. Il faisait déjà chaud. Dans la lumière du petit matin, la ruelle n'avait plus le même aspect, elle semblait différente, trop banale, ordinaire, sans danger, avec les gens sur le trottoir, les boutiques qui ouvraient. Perplexe, elle continua de marcher, longea deux pâtés de maisons sans rien trouver de plus sinistre, rien qui ressemble à leur cauchemar. Retournant dans la ruelle, elle inspecta du bout du pied les ordures contenues dans les sacs et les poubelles.

Pressée de retrouver la carte, elle n'avait même pas pris

la peine de se doucher ni de manger et, seule dans cette ruelle, elle se sentit soudain sale, fragile et perdue. Elle dut s'adosser contre une portion du mur de briques chauffé par le soleil pour refouler une vague de nausée.

C'est alors qu'elle aperçut quelque chose un peu plus loin, des enveloppes, des factures, un crayon pour les cils, divers produits de maquillage, au milieu d'une flaque d'huile et de quelques taches brunes : le sang de Henry ou celui du jeune garçon. Mais ni carte de crédit ni argent.

Un frisson glacé la parcourut, lui laissant un sentiment de faiblesse et de vulnérabilité. Elle se sentait vieille. Comme des années auparavant, lorsque son esprit obtus avait enfin compris que Bert l'abandonnait.

Il lui avait fallu trois ans pour reprendre une existence normale. Trois longues années. Plus longtemps qu'il n'en avait fallu pour pleurer la mort de Donald, disparu si jeune. Sa sœur n'arrivait pas à comprendre. « L'année dernière, c'est toi qui voulais t'en aller, lui avait-elle dit, alors je ne vois pas pourquoi tu te mets dans des états pareils. » Ce que sa sœur ignorait, c'est que le départ de Bert se mélangeait, dans son esprit, à la mort de Donald et à l'entrée dans la quarantaine, et que ce n'était pas Bert qui lui apparaissait la nuit dans ses rêves, mais Donald, et d'une manière parfois si nette qu'elle pouvait presque sentir sa présence.

Pendant trois ans, elle ne put trouver le sommeil que dans l'alcool, chaque matin elle se traînait péniblement jusqu'à l'école, prenant autant de congés maladie qu'il était possible, et s'enfermant chez elle tout le week-end, dans l'attente de l'effondrement, de la mort ou du châtiment, jusqu'à ce que, un beau jour, elle s'aperçoive qu'elle survivait à la manière des héros de la littérature canadienne dont elle parlait à ses élèves, lugubres protestants qui tamisaient entre leurs doigts la poussière aride de la prairie, comme leurs pères et leurs mères avant eux. Pourtant, exception faite d'une bonne dose d'auto-apitoiement, elle n'avait pas craqué, et peut-être, mais peut-être seulement, était-il possible de vivre seule.

C'est à cette époque qu'elle s'était teint les cheveux et avait commencé à se maquiller outrageusement, à se peindre les ongles en rouge vif et à adopter le fume-cigarette. Bravoure de façade. Ou rôle qui lui convenait.

Après cela, elle avait connu vingt années heureuses. Ses élèves se souvenaient d'elle.

Mais le cancer n'attendit pas longtemps après la retraite, comme si son corps, à nouveau dépourvu d'utilité et de valeur, était désormais libre d'accueillir un nombre illimité d'ennemis qui pouvaient s'installer en elle et se multiplier à leur guise tandis que, assise dans son fauteuil devant la fenêtre, elle se demandait ce qu'elle allait faire de ses dernières années. Mais elle avait survécu à cette nouvelle épreuve. Et maintenant ça. Cette chose horrible qu'elle avait faite : poignarder un jeune garçon ! Cette simple pensée la fit frissonner, mais elle repensa à la vraie raison pour laquelle elle les avait laissés la transférer de l'hôpital à une maison de retraite pour poursuivre sa convalescence.

Cela s'était passé le jour même où le médecin lui avait annoncé qu'elle devrait subir une nouvelle opération, et elle était rentrée chez elle avec un sac rempli de provisions, non périssables pour la plupart, car il avait promis de lui trouver un lit en quelques jours, mais avec une bouteille de bon vin et une Forêt-Noire pour célébrer en privé les plaisirs de la vie et d'Epicure, au cas où elle ne survivrait pas aux « complications post-opératoires », comme ils disaient. Arrivée devant sa porte, elle avait posé son sac de courses, la boîte blanche du pâtissier soigneusement en équilibre sur le dessus, le temps de chercher sa clé dans son sac à main, sans penser à rien, encore un peu sous le choc de la nouvelle du retour du cancer, comme un parent indésirable, et soudain, deux jeunes garçons avaient surgi à côté d'elle, ils sentaient les habits sales, les sous-vêtements portés toute la semaine, les chaussettes qui tiennent debout toutes seules, l'odeur qu'elle connaissait si bien pour s'être penchée au-dessus des tables des élèves du dernier rang, ceux qui ne faisaient jamais leurs devoirs. Elle n'avait pas levé la tête. Ayant enfin trouvé sa clé, elle l'avait rapidement glissée dans la serrure, sentant venir un soupir de soulagement, songeant à cette odeur qui, il y a des années, lui aurait évoqué des toilettes sur le palier ou la pauvreté, mais qui, aujourd'hui, signifiait autre chose, une certaine négligence. Le laisser-aller. Ils lui avaient juste pris son sac à main et ses provisions avant de s'enfuir aussitôt, et elle les avait regardés dévaler les quelques marches du perron. La Forêt-Noire dans sa boîte blanche s'était renversée sur le palier, tombant sur le coin et dévalant ensuite les quelques marches. Immobile, comme pétrifiée, elle avait regardé cette boîte blanche ridicule, imaginant le chocolat fondant et le gâteau à la crème écrasé, mélangés, en miettes à l'intérieur, si fragiles, si vulnérables devant la négligence.

Elle avait survécu à l'opération et le chirurgien lui avait annoncé, en la tapotant avec sa main glacée, qu'ils lui avaient *tout* retiré. Elle le croyait, mais elle était suffisamment renseignée pour savoir que les cellules cancéreuses microscopiques se répandaient partout, qu'elles barbotaient dans son ventre comme des romanichels dans une piscine privée, cherchant un endroit pour faire leur nid, et la vraie question n'était pas de savoir s'ils lui avaient *tout* retiré, mais si son organisme serait capable d'affronter les cellules cancéreuses quand celles-ci décideraient de revenir s'installer. Pendant cinq ans, son corps devrait rester en éveil, vigilant, et, sincèrement, en repensant à son gâteau écrasé sur les marches du perron, elle ne s'était pas sentie de taille à lutter, pas seule.

Et puis Henry, ce cher Henry avec son caractère de cochon, l'avait entraînée dans sa folie, l'avait enlevée jusqu'à Toronto, loin du cadre paisible de la Villa où, Dieu seul le savait, rôdait peut-être un tueur, dans l'ombre, aux côtés d'un pensionnaire permanent : la mort de cause naturelle. En l'espace de cinq petits jours, elle avait commencé à croire au rôle qu'elle jouait, celui de la vieille excentrique, coriace et insouciante. Et, nom de Dieu, même si elle éprouvait du remords, de la honte, voire de la confusion, d'avoir poignardé un jeune garçon, un gamin, ce petit salopard l'avait bien cherché et elle ne laisserait plus jamais personne l'humilier, ni rien ni personne. Henry. Il fallait...

– Je peux vous aider, m'dame ?

Un jeune policier se tenait à l'entrée de la ruelle, grand, avec une petite moustache blonde bien taillée. A son regard, elle devina qu'il ne savait pas s'il avait affaire à une pocharde, une clocharde ou une simple grand-mère. Elle pouvait lui parler de l'agression, se confier à lui. Quel soulagement de se décharger de ce fardeau sur d'autres épaules.

– J'ai fait tomber quelque chose, répondit-elle en ramassant ses produits de maquillage pour se diriger d'un pas décidé vers l'entrée de la ruelle, frôlant le policier au passage et s'éloignant aussi rapidement et fièrement que possible.

Elle ignorait ce qu'ils allaient faire maintenant, sans argent ni carte de crédit, avec Henry alité, couvert d'hématomes et mal en point physiquement et mentalement.

Elle s'empressa de regagner l'hôtel, aussi vite que le lui permettaient ses chaussures de jogging.

# 23

Réveillé, il était couché dans la pénombre de la chambre mansardée qu'il partageait avec son frère, la pellicule de glace à l'intérieur des fenêtres à un seul battant, la petite table de chevet entre leurs lits jumeaux, le poste à galène que son père l'avait aidé à fabriquer, le panneau de rubans et de fanions au-dessus de sa tête, la plupart étaient à lui, quelques-uns appartenaient à son frère. Il voyait son souffle dans l'air et, lorsque le soleil se levait, les filaments de glace sur les carreaux brillaient de reflets jaunes, bleus et mauves. La chambre n'était pas terminée, « comme tout le reste, faisait remarquer sa mère, et trop petite pour deux garçons », vexé, son père s'en allait après le dîner, après la viande et les pommes de terre et les légumes bouillis, « toujours trop cuits ou pas assez », se plaignait-il, et il claquait la porte en sortant. Plus tard, ces soirs-là, il restait assis avec sa mère, à attendre que son père rentre d'on ne sait où. Sa mère l'envoyait se coucher juste avant que son père revienne, fatigué et malade, et lui, du haut de l'escalier, il écoutait la dispute, les voix étouffées, parfois les pleurs et ensuite les bruits dans le lit. Il allait se coucher sur la pointe des pieds, jetait un rapide coup d'œil à son petit frère endormi, à moins que ce ne soit son fils, couché en chien de fusil, les couvertures sur le visage, et il éprouvait de la colère et de l'amour, les deux mélangés. Mais son frère n'était plus là, il était parti à Hawaï, des années plus tard, des années auparavant, avant qu'il ne rencontre

Marion, après qu'il avait bourlingué à travers le pays pour chercher du travail. Et maintenant, Marion était ici dans sa chambre. Mais elle ne devait pas se trouver là. C'était impossible.

Marion.

Cette pièce n'était pas la chambre de son enfance, ni celle où il avait dormi avec Marion des années plus tard, celle avec les deux fenêtres donnant sur Markham ; celle avec les rideaux fins punaisés au mur et qui ne descendaient pas jusqu'au rebord de la fenêtre, et le pied du lit face à la fenêtre, car ici la lumière venait de sa droite, inaccessible, et Marion se tenait debout devant lui.

Marion.

Que fais-tu ici ? essayait-il de dire, mais il ne comprenait pas les mots qui sortaient de la bouche, il y avait un problème entre son cerveau et sa langue. Que fais... ?

Il ferma les yeux, laissant dériver ses pensées. Elle lui soulevait la tête et portait un verre d'eau à ses lèvres.

Marion.

Il toussa et cracha. Elle retirait le verre, puis essayait de nouveau. Cette fois, il parvint à boire. Une voix lui parlait. « Je suis revenue, Henry. Tout va bien. »

Marion.

Il ouvrit les yeux, non un seul, l'autre était collé par le sommeil, par quelque chose qui le recouvrait. Il battit de la paupière et regarda de côté. Le visage se précisa.

Marion. Non, ce n'était pas Marion.

– C'est moi, Dixie.

Dixie ? Dixie. Le présent se fraya lentement un chemin dans sa conscience.

Dixie... Shelburne Villa... Toronto.

De nouveau, il essaya de parler, mais sa bouche tuméfiée refusait d'articuler. Il essaya encore une fois et s'entendit prononcer certains des mots qu'il avait en tête, mais pas tous.

– Tu... ce...

Il reposa sa tête sur l'oreiller, épuisé par l'effort.

Assise sur le bord du lit, Dixie lui parlait d'une voix douce, calme, pour lui rafraîchir la mémoire, projeter un peu de clarté dans son cerveau embrumé. Elle lui parlait, elle parlait avec lui. Au bout d'un moment, plus détendu et plus conscient, il parvint à saisir le sens de ses paroles; il se souvint qu'il était Henry Thornton, qu'il avait soixante-seize ans, qu'il avait quitté récemment Shelburne Villa et se trouvait actuellement dans un hôtel de Toronto avec Dixie Brown; ils avaient dû s'enfuir car de drôles de choses arrivaient aux pensionnaires de la Villa, et son œil gauche était tuméfié parce qu'on les avait agressés dans la rue la veille au soir.

Il ne se souvenait pas d'avoir été agressé. Mais il pouvait en sentir la preuve sur son visage et était tout prêt à la croire sur parole. Il lui demanda s'il devait appeler son fils. Elle lui expliqua qu'il l'avait déjà fait, et que son fils ne l'avait pas cru, qu'il n'avait pas cru leur histoire de meurtres, et que, s'il les retrouvait, il les renverrait à la Villa. Les pièces du puzzle s'assemblaient peu à peu dans l'esprit de Henry.

Elle le conduisit dans la salle de bains, l'aida à se glisser dans un bain chaud et le savonna. Il commençait à retrouver ses esprits, ses forces, et l'espoir. Ses pensées s'éclaircirent.

— Je me souviens, dit-il.

Dixie s'était assise sur le couvercle des toilettes; la vapeur du bain la faisait transpirer.

— Dis-moi ce dont tu te souviens.

— De tout. La tentative qu'on a faite pour me tuer. Le voyage en car. Les bons moments passés avec toi ici pendant ces quelques jours. La nuit dernière aussi. Du moins, jusqu'à ce qu'on rentre à l'hôtel et qu'un jeune type nous pousse dans une ruelle. Après ça, plus rien.

Dixie prit une profonde inspiration et repoussa une mèche de cheveux sur son front. Il était rétabli. Il se souvenait. Même s'il n'y avait pas beaucoup de vie dans son œil valide. Comment diable allaient-ils se débrouiller maintenant ? Elle pouvait l'abandonner, appeler une ambulance, la police. S'enfuir seule jusqu'à Kingston. Sans argent, que deviendraient-ils ? Le bureau d'aide sociale ne tarderait pas à découvrir leur identité. Pour toucher leurs chèques de pension, ils seraient obligés de donner leur adresse à la Villa. L'horizon était sombre et bouché. Elle sourit intérieurement. Inutile d'y penser pour l'instant. On verrait demain.

Après l'avoir essuyé, elle le ramena jusqu'au lit. Elle le coucha, se déshabilla, totalement, et se glissa à côté de lui sous les draps, en le forçant à s'allonger sur le flanc de façon à pouvoir s'enrouler autour de lui, tendrement.

Dans l'après-midi, il allait déjà mieux. Il se plaignit de ses muscles endoloris, de ses contusions et de son œil tuméfié. Dixie remarqua qu'il prenait un certain plaisir à contempler ses blessures dans le miroir de la salle de bains, surtout les marques bleutées qu'il avait au visage, sur les fesses et les épaules.

– Hé, vise un peu la couleur de celui-ci !

Son œil valide avait retrouvé une étincelle de vie.

Il déclara qu'il avait faim, « une faim de loup, même ». Dixie choisit cet instant pour le faire asseoir sur le lit afin de lui exposer le problème.

– On aurait dû choisir un hôtel qui fasse aussi restaurant, répondit-il, pour tout mettre sur la note.

Ils comptèrent leur monnaie : quatre-vingt-six cents. Ils avaient quitté la Villa sans rien emporter qu'ils puissent gager.

– Et voilà, soupira Henry. Fin de l'aventure.

– On pourrait aller à la police ou au bureau d'aide sociale.

– Ça veut dire retourner directement à la maison de retraite.

– Pas forcément.

– Bien sûr que si. Ils nous y réexpédieront illico.

– Nous ne sommes pas des simples d'esprit.

Elle se surprit à employer le pronom « nous », avec le naturel d'une vieille amie.

— Peu importe. (Il se leva et se mit arpenter la chambre.) Ils ne nous écouteront même pas. Ils hocheront la tête et ils nous renverront là-bas.

— Pas nécessairement, Henry.

— Mais si, nom de Dieu ! A tous les coups. Et nous n'aurons pas droit à la parole.

— Peut-être qu'on ferait mieux de rentrer, d'ailleurs.

Il se retourna brusquement.

— Comment peux-tu dire une chose pareille ? On ne peut plus retourner là-bas. Plus jamais. Ils nous tueront dès qu'on franchira la porte.

Elle observa son œil valide. Il avait peur ou bien il était fou. Peut-être avait-il raison, peut-être pas. Peut-être était-il paranoïaque. Mais il était de nouveau vivant, comme avant, et rien que pour cela elle se réjouit.

— Il y a des endroits où on distribue à manger. Et dans les églises, on peut se procurer des vêtements.

— Mon Dieu, dit-il en se laissant tomber dans le fauteuil.

Il commença à tirer sur le pansement qui recouvrait son arcade sourcilière gauche.

— Ne touche pas à ça. Laisse cicatriser.

— Bon, et maintenant ? demanda-t-il en posant ses mains sur ses genoux.

— On essaye de survivre. Sortons et voyons ce qu'on peut trouver.

— C'est-à-dire ?

— Une soupe populaire, ou appelle ça comme tu veux.

— 1932…

— Quoi ?

— En 1932. Ici. A Toronto. J'ai dû y aller.

— Où ça ?

— A la soupe populaire. Je n'ai jamais oublié. Depuis ce jour-là, je me suis toujours dit qu'il suffisait d'une erreur, d'un faux pas, pour se retrouver dans la misère. Comme ces clodos qui traînent dans les ruelles, avec leurs longues barbes blanches, seuls. Quand j'en vois un, je me dis que je pourrais lui ressembler. Il suffit de boire un peu trop, de commettre quelques erreurs de trop.

– Henry !

– Eh bien, nous y voilà. Et tu veux que je te dise ?

– Quoi ?

– Ce n'est pas si terrible. (Il se releva.) Allons chercher quelque chose à manger.

Bras dessus bras dessous, ils se dirigèrent vers Jarvis Street. Henry avait pris la tête des opérations.

– Si je devais ouvrir une soupe populaire, dit-il, je l'installerais dans Jarvis, ou dans Front Street.

Arrivés dans Jarvis, ils prirent la direction du sud, vers le lac. Le soleil éclatant les obligeait à plisser les yeux. Agrippés l'un à l'autre, ils marchaient à pas prudents, en évitant les passants. Henry avec son visage tuméfié et son pantalon déchiré au genou, Dixie avec ses chaussures de jogging toutes neuves qu'elle avait éraflées et salies dans la ruelle.

Ayant déniché par hasard la mission Fred Victor, ils se joignirent à un petit groupe d'individus alignés discrètement dans l'ombre du bâtiment. L'homme qui les précédait portait un long manteau marron décoloré et sans formes ; il ne leur adressa pas un seul regard. Ils suivirent la queue jusqu'à l'entrée principale. Soudain, l'angoisse s'empara de Henry.

– Qu'est-ce qu'il faut faire ? Je veux dire, comment est-ce qu'ils savent que… ? On ne peut pas entrer comme ça, s'asseoir et manger.

– Chut.

– On va être obligés de chanter des cantiques, de s'engager dans l'Armée du Salut.

Dixie remarqua un peu plus loin devant eux deux autres femmes âgées, ainsi qu'une jeune femme accompagnée de deux jeunes enfants.

A l'intérieur régnait un calme étonnant. Les chômeurs, les clochards, les pauvres, les déshérités prenaient un plateau et passaient devant un comptoir où on déposait dans leur assiette une sorte de hachis parmentier avec des légumes mélangés, puis ils se dirigeaient sans bruit vers une table, tiraient une chaise en bois, s'asseyaient et commençaient à manger. On n'entendait que le frottement des pieds sur le sol, le cliquetis des couverts, le bruit des plateaux qui glissaient sur le comptoir, pas la moindre parole. Aucune conversation. Comme s'ils se trouvaient dans une église, comme s'il s'agissait d'un moment de recueillement, comme s'ils étaient tous de vilains enfants qui se tenaient tranquilles, de peur de recevoir une correction.

Dixie regarda autour d'elle sans réussir à capter un seul regard. C'était un lieu d'anonymat. A la porte, un homme en tenue de prêtre distribuait de petites brochures.

Henry paraissait abattu. Il mangeait lentement en jetant des regards anxieux autour de lui.

— Pas mauvais, dit Dixie, en écoutant ses paroles résonner contre les murs carrelés.

— Nous ne sommes pas à notre place, ici.

— Chut. Mange tes légumes.

Ils s'en tirèrent avec juste un petit sermon. Sur le chemin du retour, Henry déclara :

— On ne peut pas vivre ainsi éternellement. Il faut trouver autre chose.

— Tu as vu ces gens, dit-elle, ce n'étaient pas tous des ivrognes. As-tu remarqué cette jeune mère ?

Il lui pinça le bras et l'attira plus près de lui.

Petit homme chauve et nerveux, le directeur de l'hôtel les attendait à la réception.

— Monsieur et madame Thornton. Je... Qu'est-il arrivé à votre œil ?

— Je me suis cogné dans une porte, répondit Henry.

Il le regarda d'un air perplexe.

— Je crains que nous n'ayons un petit problème... (Dixie comprit tout de suite.) Votre carte de crédit. Ils refusent l'autorisation.

– Qui ça?

– Le centre des cartes Visa. Quand le montant atteint une certaine somme, nous sommes obligés de les appeler. Et ils refusent de nous donner l'autorisation. Je me vois donc contraint de vous demander une autre forme de paiement. Un chèque, par exemple, ou une carte American Express.

Henry se ressaisit.

– Il doit y avoir une erreur, déclara-t-il en jouant nerveusement avec sa canne, sans s'en apercevoir. Pourquoi est-ce qu'ils refuseraient l'autorisation?

– Ils ne nous l'ont pas dit, hélas, monsieur Thornton. Il s'agit parfois d'une carte volée, je ne parle pas de la vôtre, évidemment, ou d'un règlement retardé par le courrier, d'un compte à découvert, ou encore d'un tas d'autres choses.

– Et donc, vous voudriez un chèque?

– Ou du liquide.

– Oui, bien entendu. Je vais aller chercher...

Il n'eut pas le temps d'achever sa phrase. Dixie tomba à genoux.

– Une réaction à l'insuline, dit-elle. Si je pouvais...

Ses yeux se révulsèrent et elle s'effondra sur le sol.

– Oh, mon Dieu! Que lui arrive-t-il?

– Il faut l'allonger. Aidez-moi à la transporter dans notre chambre.

– Et si j'appelais une ambulance? proposa le directeur en lui cherchant le pouls du mauvais côté du poignet, puis en lui tapotant la main.

– Non. Ça va passer. Dès que je lui aurai apporté ses cachets.

– Ses cachets?

– Pour le cœur.

– Je vais appeler un médecin.

– Non. Pas de médecin, c'est inutile. Je vais chercher ses médicaments.

Henry se précipita dans le couloir jusqu'à leur chambre. Le souffle coupé, en sueur, il s'aperçut qu'il avait commis une gaffe. Elle avait parlé de choc à l'insuline, il devait donc aller chercher une boisson sucrée, et non pas des cachets. Bah, quelle importance ? Le directeur de l'hôtel ne faisait sans doute pas la différence. Il remplit un verre d'eau, fouilla dans sa trousse de toilette à la recherche d'un cachet quelconque et trouva un vieux comprimé marron contre les aigreurs. Après quoi, il s'empressa de regagner le hall, en renversant de l'eau dans le couloir. Le directeur se tenait derrière le guichet de la réception, et composait un numéro de téléphone.

– Je les ai, dit Henry d'une voix haletante. Plus besoin de médecin.

Il s'agenouilla près de Dixie, lui souleva la tête, posa le cachet sur sa langue et porta le verre d'eau à ses lèvres.

Elle poussa un gémissement.

Elle ouvrit un œil.

– Ça va mieux, dit-elle.

– Je continue à penser qu'il faudrait appeler une ambulance.

Dixie tourna la tête vers le directeur qui avait toujours le téléphone dans la main.

– Pas question, déclara-t-elle. Je suis une scientiste chrétienne pratiquante et je refuse d'avoir affaire à un médecin. J'ai juste besoin d'un peu de repos. Aide-moi à regagner notre chambre, Henry.

Appuyée sur l'épaule du directeur et sur celle de Henry, Dixie put marcher jusqu'à sa chambre. Elle s'allongea sur le lit.

– J'ai besoin d'une heure de repos et de calme.

– Très bien, répondit Henry en repoussant le directeur vers la porte. Dans une heure, elle sera fraîche comme une rose.

– Au sujet de votre carte Visa...

– Nous verrons ça tout à l'heure, répondit Henry en refermant la porte.

Une quinzaine de secondes s'écoulèrent avant qu'il entende le directeur s'éloigner dans le couloir. Il se tourna alors vers Dixie avec un grand sourire qui lui arracha une grimace de douleur.

– On a une heure, dit-il.

Elle se redressa sur le lit.

– Remplis tes poches, dit-elle.

– Hein ?

– Brosse à dents, dentifrice, rasoir, tout ce que tu peux emporter. Et dépêche-toi de partir. Dis au directeur que tu dois aller chercher une ordonnance. Pour moi. Raconte-lui que je fais une rechute ou n'importe quoi.

– Hein ?

– Ne reste pas planté là bouche bée. Il faut décamper en vitesse avant qu'il ait le temps de réfléchir.

– Mais...

– Attends-moi à la cafétéria au coin de la rue. Je te rejoindrai dans vingt minutes.

– Je n'ai pas d'argent.

– Tiens, prends nos quatre-vingt-six cents et commande un café.

– Mais...

– Fais ce que je te dis.

Il obéit. Tout cela n'avait aucun sens, mais quel soulagement c'était, de suivre des instructions, et, visiblement, Dixie avait pris les choses en main.

Il s'arrêta à la réception pour expliquer rapidement au directeur pour quelle raison il ressortait si vite, et seul. A en juger par le regard dubitatif du directeur, celui-ci ne croyait qu'à moitié son histoire, et sans doute ne l'aurait-il pas laissé filer si Henry avait eu quarante ans de moins. Mais, comme tout le monde, il avait appris à se montrer poli envers les personnes âgées et Henry se faufila au-dehors avant que ses soupçons ne l'emportent sur son respect pour l'âge. Encore un avantage de la vieillesse. Henry l'ajouta à sa liste « pour ou contre », dans la colonne des « pour ». Le match demeurait inégal.

A la cafétéria du coin de la rue, il commanda un café. La carte des pâtisseries tremblait dans ses mains, il la reposa sur la table. Son regard glissa sur les rangées de tartes et de gâteaux appétissants au-dessus du comptoir. La serveuse lui demanda quel café il désirait, le café du jour était le Irish Cream. Au moins trois dollars, se dit-il. Il y avait des pièges partout.

– Juste un café normal, répondit-il, un café à dix cents.
Elle lui sourit.
– Le café n'a jamais coûté dix cents.

Henry observa les clients qui bavardaient à voix haute. Des « yuppies », comme on les appelait maintenant. Les gens étaient très bruyants ici, contrairement à la mission Fred Victor. Il se demanda comment Dixie allait se débrouiller pour quitter l'hôtel. Il s'inquiétait pour elle et gardait les yeux fixés sur la porte. Assis seul à cette table, il se sentit incroyablement différent ; il était une gêne, un vieux clochard au visage tuméfié. Il savait que les autres clients jugeaient sa présence indésirable. Ils auraient voulu le voir planté sur un morceau de banquise dérivant en pleine mer, ou placé quelque part. Placé. Comme les orphelins. Ou bien éliminé. Comme les animaux errants. La serveuse lui apporta son café. Il n'osait pas prendre la tasse entre ses mains tremblantes.

Ils parlaient de lui, ils lançaient des regards dans sa direction. Il crut entendre l'un d'eux prononcer les mots « vieux clodo ». Il essaya d'ouvrir un pot de crème avec ses doigts raides, sans y parvenir. Il tenta de porter la tasse de café noir à ses lèvres. Elle tremblait trop. Il la reposa et plongea son regard dans le cercle sombre et fumant qu'il tenait entre ses paumes. Son œil valide voyait flou. Les conversations bourdonnaient dans sa tête. Il sentait qu'il perdait pied.

Il se retrouva sur le trottoir avant même de s'apercevoir qu'il s'était levé de table. Les dernières minutes avaient été englouties dans une sorte de vide, un vide qui dépassait les problèmes de mémoire, un vide si brutal et total que le présent et l'avenir n'avaient plus de points d'ancrage. Cette idée le terrifia. Il était sur le trottoir. « Un » trottoir, sans sa canne. Il sortait d'une cafétéria. La tête lui tournait, il était pris de vertiges. Son cœur battait à toute vitesse. Des bruits lui brisaient les tympans. Il tourna plusieurs fois sur lui-même. Et se mit en marche.

Il était seul dans cette grande ville, Toronto. Les ombres froides des buildings le suivaient. L'humanité le dépassait, le bousculant parfois, sans lui prêter attention.

Dixie lui avait dit de l'attendre. Cela lui revenait maintenant. Alors il fit demi-tour, mais il ne reconnaissait plus rien. En sortant de la cafétéria, il avait dû tourner à gauche et continuer tout droit. Il essaya de revenir sur ses pas, mais le décor n'avait plus rien de familier. Ses jambes fatiguées commençaient à flageoler. Finalement, il s'assit sur le trottoir et se prit la tête à deux mains.

Il était complètement perdu. Je suis à Toronto, se dit-il. Et Dixie me cherche. Il sentait battre son pouls dans son cou, irrégulier. Ouvrant son œil valide, il regarda la masse confuse des voitures qui défilaient devant lui. Il éprouvait un certain soulagement à fermer son œil et à laisser le vacarme tourbillonner en toute liberté dans son esprit. Puis il se mit à pleurer, comme un enfant perdu et vulnérable, mais sans verser de larmes.

# 24

Le lendemain de l'enquête, Ann se retrouva dans la salle d'attente du cabinet du docteur Johnson. Celui-ci avait déjà une heure de retard. Dans la pièce se tenaient également un adolescent à la mine revêche, plongé dans un magazine de voitures de sport, une vieille femme qui feuilletait un roman-photo, et la secrétaire qui sirotait un café. Mon Dieu, ce serait épouvantable si elle était reçue par le collègue du docteur Johnson, ce Hopkins, celui qui avait une barbe et des ongles sales.

Le docteur Johnson était un homme grand, presque élégant, avec un soupçon d'accent anglais. Presque efféminé tant ses manières étaient douces. Et timide. Parfois, toute la visite se déroulait sans qu'il ose vous regarder dans les yeux, détournant la tête lorsqu'il s'apprêtait à vous poser une question indiscrète, chose qu'il faisait rarement.

Ann avait hâte de le voir. Sa migraine de la veille l'avait forcée à rester couchée toute l'après-midi, sans personne pour s'occuper de sa mère. Par-dessus le marché, elle souffrait d'un problème de sinusite chronique, ce qui n'avait rien à voir, c'était une douleur très différente, une sorte de bouchon qui la comprimait entre les yeux. Evidemment, il avait déjà tout essayé, le cher homme ! Ergotamine, Tylenol, 222, bêta-bloquants, anti-inflammatoires sans stéroïdes. Il lui avait même suggéré une petite visite dans un centre de thérapie mentale, à quoi elle lui avait répondu, en termes on ne peut plus clairs, que cela était parfaitement inutile. Mais il fallait qu'elle le voie, malgré tout. Elle se sentait toujours mieux après.

Hopkins appela l'adolescent avec le plâtre, Dieu soit loué. Puis l'infirmière lui demanda d'entrer, nota quelques renseignements dans un dossier et la laissa seule dans la salle d'examen. Ann se demanda si elle devait l'appeler Michael lorsqu'il entrerait timidement en disant bonjour ou son habituel « Eh bien ». La propreté et l'ordre de cette petite pièce avaient quelque chose de réconfortant. Elle déboutonna son chemisier.

Lorsqu'il entra, sans oser la regarder en face, Ann se sentit aussi intimidée qu'une collégienne et se surprit à l'appeler « docteur » ; il lui jeta un rapide coup d'œil étonné. Ses migraines épouvantables, ses sinusites, son arthrite à l'épaule, ses douleurs aux ovaires, cette brûlure dans la voûte du palais, tout cela gonflait dans son esprit et menaçait de se déverser sur les genoux du médecin.

Sans s'asseoir, il lut ce que l'infirmière avait noté et demanda :

— Alors, vous avez eu une forte migraine hier ?

— Oui. C'était vraiment affreux. A peine supportable. Je ne voyais presque plus rien ; j'avais l'impression que mes rétines allaient se décoller.

D'un ton las, il lui posa les mêmes questions qu'à chacune de ses visites : régime alimentaire, cycle de sommeil, stress, médicaments utilisés.

— Une enquête est une chose qui engendre beaucoup de tension nerveuse, dit-il après qu'elle lui eut expliqué ce qu'elle avait fait la veille avant l'apparition de la migraine.

— Le légiste s'est montré très compréhensif, répondit-elle. Avec les infirmières, du moins.

Quand il braqua la petite lumière de son stylo dans le coin de son œil gauche pour éclairer ses sinus frontaux, Ann prononça le nom de Belshaw. Ce mot lui était monté dans la gorge et sorti de la bouche sans qu'elle l'ait voulu.

Le docteur Johnson se recula.

— Excusez-moi, dit-elle. Belshaw est le nom du pensionnaire qui est tombé dans les escaliers. Je devais l'avoir dans la tête.

Il s'assit derrière son bureau, vêtu de sa blouse blanche, griffonna quelques mots sur le dossier et demanda, le regard fixé sur son stylo :

— Comment va votre mère ?

— Très bien. Elle est formidable, pour son âge. L'esprit toujours aussi vif. Evidemment, c'est pénible d'être obligée de l'aider à entrer et sortir du bain, hélas, elle ne peut pas y arriver seule. Mais elle prend bien tous ses médicaments.

Cette fois, il la regarda en face.

— Vous pourriez envisager de l'envoyer dans une maison de retraite.

— Non, elle est bien mieux à la maison. Je ne pourrais pas supporter de la voir assise sans bouger toute la journée avec des inconnus séniles.

Le médecin détourna la tête.

— Je ne sais pas s'il est bon que vous vous sacrifiiez ainsi pour votre mère âgée. C'est une question délicate.

— Oh, je ne me sacrifie pas. J'ai mon métier, mes amis. Et, si je n'avais pas ces satanées migraines, je serais parfaitement heureuse.

— Et vos douleurs à l'épaule, vos douleurs dans le dos et à l'estomac ?

— Le tableau n'est pas réjouissant, hein ? Parfois, je me demande comment vous faites pour supporter mes jérémiades toutes les semaines.

Il lui adressa un petit sourire crispé et l'interrogea sur l'effet de ses médicaments.

— N'y a-t-il rien d'autre que je pourrais essayer ? demanda-t-elle. Un nouveau traitement ?

Elle repartit avec une ordonnance pour du propanolol, plus fortement dosé. Elle ne lui avait pas parlé de la codéine. Il ne l'aurait pas comprise, les médecins d'aujourd'hui étaient à ce point obnubilés par les traitements qu'ils en oubliaient la souffrance. En quittant le cabinet, elle éprouvait toujours une légère déception, mais peut-être que ce nouveau médicament ferait disparaître ses migraines une bonne fois pour toutes.

Il était quatre heures de l'après-midi, c'était une magnifique journée de juin, à cette époque la chaleur n'était pas encore insupportable. A l'ouest, au-delà de la petite ville, des nuages d'été traversaient l'horizon à toute vitesse. En montant dans sa Dodge, sur laquelle l'hiver avait imprimé de nouvelles taches de rouille, elle fut surprise d'apercevoir M. Belshaw dans son fauteuil roulant sur le trottoir d'en face. Le souffle coupé, elle se laissa tomber sur le siège et se cogna le coude contre la poignée de la portière. Elle plissa les paupières. Non, ce n'était pas Belshaw. En fait, il s'agissait d'une femme, poussée par une autre femme. Seigneur ! Son estomac se dénoua.

Tandis qu'elle rentrait chez elle pour préparer le dîner de sa mère, les témoignages de l'enquête et les détails de l'accident défilèrent dans son esprit. Quand la sirène d'alarme s'était déclenchée, Janet était d'abord partie dans la mauvaise direction. Mais Ann avait vu le fauteuil roulant disparaître derrière la porte qui se refermait.

Alors elle s'était précipitée dans le couloir, en pensant « Pauvre homme, pauvre vieux, tant de souffrances et personne pour l'aider, tant de douleur », son regard suppliant qui répétait « Je veux mourir, laissez-moi mourir », depuis des mois maintenant, le cancer qui lui rongeait la moelle et elle, simple infirmière qui voulait l'aider, impuissante, ne disposant que des quelques médicaments inefficaces prescrits par le docteur Bennet. Pour une fois. Lui qui, généralement, était plutôt partisan de la surmédication.

Arrêté sur le palier dans son fauteuil roulant, Belshaw regardait vers le bas, rassemblant tout son courage. Lorsqu'elle avait franchi la porte, il avait tourné la tête, l'hésitation se lisait dans ses yeux, sa détermination s'envolait. Il avait reporté son attention sur la cage d'escalier, des larmes coulaient sur ses joues creuses, alors elle avait tendu le bras vers lui, pour l'attraper, pour lui transmettre sa force. Elle voyait ses lèvres sèches et fendues, ses cheveux ternes, les poils durs de son menton, ses taches de vieillesse, ses doigts jaunes décharnés, tout cela était figé devant ses yeux, pétrifié dans le silence. Elle tendit le bras, pour l'aider, mais Dieu, une fois de plus, en avait décidé autrement.

En arrivant chez elle après sa visite chez le docteur Johnson, Ann découvrit que l'aide ménagère était déjà partie en lui laissant un long mot. Elle le lut et se lava les mains avant d'entrer dans la chambre de sa mère. Celle-ci dormait d'un sommeil paisible.

Ann se rendit dans sa propre chambre pour enfiler un pantalon et une blouse et, sentant monter la vague de nausée qui annonçait généralement une migraine, elle avala un autre cachet de codéine, rien qu'un, et s'allongea sur son vieux lit avec le dosseret en métal marron, fermant bien les yeux, pour se reposer un court instant avant que la voix de sa mère ne l'appelle d'en bas.

– Ann ! Ann, c'est toi, Ann ? Tu es rentrée de l'école ?

Reposée, elle prépara le repas de sa mère et la fit manger, en répondant à toutes ses questions concernant sa journée, puis, assise à la table de la cuisine, elle regarda la lumière décliner peu à peu au-dehors, l'herbe et les feuilles se hâter vers la maturité avant l'arrivée de l'été chaud et aride et du long hiver froid et meurtrier. La nature laissait tout mourir en temps voulu, sauf l'être humain.

– Ann, tu es là ?

– Oui, Maman.

– Ils sont encore dans le grenier. Les gosses du voisin. Ils nous espionnent.

Elle alla dans la chambre et ouvrit les rideaux de dentelle. Au-delà du jardinet se dressaient une haie et un érable. Elle ne vit personne, à l'exception du vieux Westfield qui promenait le loulou de sa femme sur le trottoir d'en face.

– Il n'y a personne dans le grenier, Maman. C'est juste le vent dans les arbres. Ou peut-être un écureuil sur le toit.

– Ils sont capables d'entrer en douce en pleine nuit pour

nous faire Dieu sait quoi. Toutes les portes sont bien fermées, Ann ?

Elle avait raison. Tous ces meurtres. Ces viols. Les voyous d'en face qui faisaient vrombir leurs voitures et poussaient des cris en pleine nuit.

— Tout est fermé, Maman. Dors.

Ce soir-là, assise devant sa coiffeuse, dans la lumière tamisée, elle défit son chemisier et fit glisser les bretelles de sa combinaison pour contempler le reflet de ses épaules blanches, la perfection de sa peau lisse au-dessus de ses seins, le léger incarnat du mamelon. Aucune ride. Aucun bleu. Pas de veines éclatées, ni de grains de beauté. L'année dernière, elle avait remarqué un renflement sur son sein gauche. Peut-être un cancer. Mais il avait disparu. Signe, peut-être, que Dieu la portait toujours dans son cœur.

## 25

Une voix lui parlait, une main était posée sur son épaule. Il ouvrit les yeux et se retrouva englouti dans du bleu foncé. Un instant, il crut que c'était la mort, eut l'impression d'étouffer sous le tissu bleu et tenta de se libérer en battant des bras. Des mains puissantes s'emparèrent de lui et l'obligèrent à se lever. C'étaient des policiers, ils étaient deux, un de chaque côté, et ils le soulevaient, ses pieds touchaient à peine le sol. Il imagina une foule de curieux. « Du calme, grand-père, répétaient-ils, du calme. »

Ils le conduisirent jusqu'à une voiture de patrouille et l'obligèrent à s'asseoir à l'arrière. Il essaya de parler, mais sa bouche était sèche. Un policier monta à côté de lui et s'adressa à son collègue qui s'installait au volant, une histoire de général. Henry avait l'impression de manquer d'air à l'arrière du véhicule, avec le grand type en bleu assis à sa droite. Il pensa à ce général. Quelque part, il y avait un général, ce ne pouvait être qu'un général, forcément, installé derrière un grand bureau en chêne, il rédigeait des ordres, dirigeait et conduisait, il tirait sur des ficelles attachées à son corps, il le manipulait. Henry grimaça. Il menait une opération de défrichement dans son cerveau. Il secoua la tête.

Le général.

Non.

La voiture de police. Dixie. Toronto. Perdu.

Il essaya de s'adresser au policier sur sa droite. « Je

m'appelle Henry Thornton, voulut-il dire. Je suis venu à Toronto avec mon amie. Elle m'attend dans une cafétéria. » Il se représentait tout cela mentalement : Dixie, Toronto, un endroit où les gens mangeaient. Mais il parvint seulement à articuler « T'rono, attendre, quelque part ». Il ne trouvait plus ses mots. Il voyait les gens, les lieux et les choses, mais était incapable de les nommer. L'angoisse et la frustration l'envahirent, il s'enferma en lui-même, la tête penchée en avant. Il entendit le policier prononcer le mot « hôpital ».

– Non… dit Henry. (Ayant réussi à prononcer ce mot, il entreprit de le répéter, comme à l'infini.) Non, non, non…

– Du calme, grand-père, dit la silhouette bleue sur sa droite. On vous emmène à l'hôpital central de Toronto. Pour un examen. Faut soigner cette vilaine blessure.

L'hôpital. Il regarda ses mains posées sur ses genoux. Ses jambes. Son pantalon. Il se sentait désincarné. Plongeant dans le passé, il laissa son esprit retourner dans la maison de ses parents à Orangeville, où sa mère l'attendait, l'après-midi où le policier l'avait ramené chez lui après qu'on l'avait surpris en train de voler des bonbons à l'épicerie, la honte et la culpabilité, une honte dont il avait gardé un souvenir plus précis que toutes les autres émotions de son enfance.

– Je ne voulais pas, murmura-t-il, je ne voulais pas.


Dixie fourra tout ce qu'elle pouvait dans la petite valise, puis s'obligea ensuite à s'asseoir et à attendre. Elle fuma une cigarette en regardant par la fenêtre. Elle était beaucoup trop vieille pour ce genre de choses. Mais elle ne voyait pas d'autre solution. Pas pour l'instant. Elle était privée de ressources, privée d'autres possibilités. Certes, elle s'était déjà introduite en douce dans des hôtels, il y avait bien longtemps, mais jamais elle n'était partie à la cloche de bois. Est-ce que les gens prenaient encore la peine de se cacher pour venir à l'hôtel de nos jours, ou est-ce que les couples illégitimes se présentaient simplement à la réception pour demander une chambre ? Sans doute.

Elle était fatiguée. Henry devait être épuisé. Les ombres s'étiraient, le soir tombait.

Prenant une profonde inspiration, elle souleva sa valise, ouvrit la porte sans bruit et s'éloigna rapidement dans le couloir, dans la direction opposée à la réception. Arrivée au coin, elle avisa une porte munie d'une barre de sécurité et surmontée de l'inscription SORTIE DE SECOURS. Elle la poussa et descendit quelques marches en bois débouchant dans une petite rue étroite. Marchant d'un pas vif, elle continua jusqu'au bout de la ruelle et tourna au coin pour rejoindre Church Street, en résistant à la tentation de jeter un coup d'œil par-dessus son épaule.

Emoustillée par cette ruse de collégienne, Dixie riait encore intérieurement lorsqu'elle atteignit la cafétéria ; aussi eut-elle un choc en n'apercevant pas immédiatement Henry. Sans prêter attention aux questions de la serveuse, elle traversa la cafétéria, en examinant tous les clients. Arrivée devant les toilettes pour hommes, elle s'arrêta, comme si elle attendait que les toilettes pour dames se libèrent. Un jeune homme sortit en refermant sa braguette. Dixie jeta un rapide coup d'œil autour d'elle et se faufila à l'intérieur. Personne. Elle pencha la tête pour regarder sous la porte des WC. Pas de Henry. L'inquiétude s'empara d'elle. Bon sang. S'était-il trompé d'endroit ?

Elle retourna jeter un coup d'œil à toutes les tables, au cas improbable où il lui aurait échappé la première fois. Croisant le regard de la serveuse, elle lui demanda si elle avait vu entrer un vieux monsieur avec des contusions sur le visage.

— Ah oui, dix cents le café, répondit la serveuse avec un sourire.

— Je vous demande pardon ?

— Il y a un quart d'heure environ, un bonhomme comme ça. Il est reparti sans même boire son café.

Une fois ressortie sur le trottoir, devant la cafétéria, Dixie regarda à droite et à gauche. Elle s'éloigna dans une direction, s'arrêta au premier croisement, changea d'avis et repartit vers l'hôtel. Apercevant la façade de ce dernier, elle s'arrêta de nouveau et observa l'entrée. Puis elle promena son regard d'un bout à l'autre de Church Street. Aucun signe de Henry. Elle se mit à faire les cent pas, avant de traverser le carrefour pour jeter un coup d'œil dans les rues perpendiculaires.

La nuit commençait à tomber. Elle se remémora leur conversation. Vraiment, elle ne voyait pas où il pouvait bien être allé l'attendre.

Elle parcourut encore plusieurs pâtés de maisons, revenant sur ses pas, regardant autour d'elle, tandis que la lumière continuait à décliner. Ses pieds la faisaient souffrir. Il lui fallait un endroit pour se reposer, un endroit pour dormir. A l'heure qu'il est, se dit-elle, Henry doit se trouver dans un commissariat ou dans un hôpital. En sécurité pour la nuit.

Arrêtée sous un lampadaire, Dixie considéra sa situation avec pessimisme. A son âge. Seule et sans un sou à Toronto. Que fait-on dans ce cas-là ?

Les choix sont clairs, se dit-elle. La chose primordiale, c'était un lit. Il lui fallait un lit. Quand on a de l'argent, on peut trouver un lit à l'hôtel ou au motel. Sans argent, avoir un lit, ça signifie l'hôpital, la prison, les foyers, ou bien coucher à la belle étoile, recroquevillée sur une grille de chauffage, dans les poubelles au fond d'une ruelle.

Elle dénicha une cabine téléphonique munie d'un annuaire intact qu'elle inclina vers le lampadaire le plus proche. A la lettre H, elle trouva une longue liste d'hôtels. Elle chercha alors à la lettre A et trouva ce qu'elle cherchait. Armée du Salut, siège principal, suivi de dizaines d'adresses. Des missions. Il y en avait une non loin d'ici.

Dixie était prête à accepter n'importe quel lit lorsqu'elle trouva enfin la mission, mais la porte était fermée. Elle appuya sur la sonnette, ou, plutôt, elle s'y appuya. La porte s'ouvrit, un vieil homme lui jeta un regard méfiant. Il plissa le nez et renifla. Puis il repartit.

171

Dixie entra et regarda autour d'elle, le hall nu, l'escalier conduisant à l'étage, les lourdes portes de chaque côté, et le guichet grillagé où on distribuait les tickets. L'endroit était humide, froid, vieux. Une odeur qu'elle ne put identifier assaillit ses narines. Elle s'attendait à trouver des uniformes, de la propreté.

Elle s'avança jusqu'au guichet et jeta un petit coup d'œil à l'intérieur. Un homme se leva de sa chaise et se pencha vers elle.

— Vous êtes en retard, dit-il. Le couvre-feu, c'était y a une demi-heure.

— C'est la première fois que je viens. J'ai besoin d'un lit pour la nuit.

Il l'observa longuement, avec froideur.

— Il reste un lit pour une femme.

Il décrocha le téléphone noir posé sur son bureau et, quelques minutes plus tard, une femme descendit de l'étage supérieur. Elle prit la valise de Dixie et précéda cette dernière dans l'escalier, la noyant sous un flot de paroles compatissantes, « Oh, ma pauvre, quelle honte de voir une femme de votre âge à la rue ». Dixie se demanda si elle ne préférait pas encore la méfiance hostile de l'homme qui l'avait accueillie.

La femme lui montra la salle de douches commune et lui expliqua le règlement : l'alcool était interdit, on ne pouvait fumer que dans les zones autorisées, il fallait quitter les lieux avant huit heures du matin, on pouvait consulter des assistantes sociales.

Les murs étaient tous peints dans le même vert délavé, les lumières crues projetaient des ombres noires. Dans le dortoir flottait une légère odeur d'ammoniaque que ne parvenait pas à masquer un désodorisant bon marché. Dixie avait sept compagnes de chambre. Trois d'entre elles étaient déjà couchées, une autre, debout près de la fenêtre, feuilletait une vieille Bible en parlant toute seule, les trois dernières bavardaient, assises sur leur lit. La plus âgée racontait aux deux autres qu'elle avait passé la semaine en prison. « Pour une histoire de drogue, expliqua-t-elle en riant, ah, c'est mauvais, tout ça, pour vous, les drogues, les amphés et le reste, on aurait dû vous donner de l'instruction, devriez pas être ici, si jeunes et si jolies... » Les trois femmes se tournèrent vers Dixie, mais celle-ci détourna le regard et s'assit sur le lit qu'on lui avait attribué. Elle les entendait qui parlaient d'elle. Elle ressortit dans le couloir et se rendit dans la salle commune pour fumer. L'air y était épais et âcre, le plafond jauni. Assise dans un vieux fauteuil rembourré et maculé de taches douteuses, elle alluma une cigarette, sans utiliser son fume-cigarette, en feuilletant d'un œil distrait les brochures religieuses disposées sur la table basse. Elle était déprimée.

Cette nuit-là, elle resta couchée sur le dos, dans des draps propres, Dieu soit loué, à contempler les ombres au plafond, n'osant pas enfouir son visage dans un oreiller utilisé par tant d'autres avant elle, des ivrognes, des drogués, des malades mentaux, des prostituées. De même, elle avait soigneusement recouvert de papier le siège des toilettes avant de s'y asseoir.

Elle écouta les bruissements, les murmures, les quintes de toux autour d'elle. Le dortoir se trouvait au premier étage, pourtant, elle avait l'impression d'être dans la cale d'un bateau, au-dessous du niveau de la mer, avec la condensation sur les murs, voguant lentement vers une éternité de solitude dans une pièce minuscule. Elle n'avait plus aucune amarre, plus rien pour la rattacher à la vie.

Demain. Demain, se dit-elle. Demain, je retrouverai Henry et nous rentrerons à la Villa.


Il écouta les conversations derrière les rideaux jaunes du paravent.

– ...alors, je dis à la vieille, tirez la langue, je lui dis, et elle me répond, tu ne devineras jamais ce qu'elle me répond...

– ... nom de Dieu, si t'avais vu ce qu'ils nous ont apporté hier soir ! Pas croyable ! Les types de l'ambulance s'amènent en marche arrière jusqu'à la porte, ils entrent d'un pas joyeux, ils se servent un café, comme si de rien n'était, « Va donc jeter un œil dans l'ambulance, ça nous évitera de le transporter à l'intérieur », qu'ils me disent, alors moi j'y vais et, putain, j'ai gerbé toutes mes tripes, je te jure...

Chaque fois que des voix résonnaient ou que des pas s'approchaient dans le couloir, Henry pensait qu'on venait pour lui. Quelque part, au loin, il y avait le ronronnement régulier d'une machine.

— Alors, qu'est-ce que t'en penses ?

— De quoi ?

— Du gosse du 17. Schizo-affectif ?

— Schizotypique.

— Hein ? Ce gamin est complètement cinglé...

Il savait qu'il se trouvait dans un hôpital. D'un moment à l'autre, les rideaux allaient s'écarter et...

Une voix masculine dit :

— C'est l'inconnu, là-derrière ?

— Oui, répondit une voix de femme.

— Qu'est-ce qu'il a ?

— Hématomes et plaies récentes, tension très élevée, rythme cardiaque irrégulier, c'est les flics qui l'ont amené, ils l'ont ramassé dans la rue, il ne savait plus où il était, sans doute l'alcool. Mais il est propre, rasé...

Les rideaux s'écartèrent et un jeune type en blouse blanche, un stéthoscope autour du cou, se pencha au-dessus de lui. Il s'appuya contre les barreaux, il avait les yeux cernés.

— Alors, vous venez d'où, l'ami ?

Henry était couché sur le dos, la lumière du plafond lui faisait mal aux yeux, tout ce mouvement et tout ce vacarme autour de lui, l'écho des pas, les voix, le bourdonnement des machines, le roulement des chariots, il avait envie de communiquer avec quelqu'un.

— Shelburne... Shelburne Villa...

Il passa la nuit sur la civière ; on l'emmena passer des

radios, on le fit asseoir pour l'ausculter sous toutes les coutures, on lui prit du sang, sa tension. Henry était totalement perdu, confus, mais il savait qu'il était dans un hôpital. Les paravents jaunes, les blouses blanches, les allées et venues, tout cela était à la fois effrayant et rassurant. C'était un endroit familier.

A un moment donné, on lui tendit du jus d'orange et un cachet. L'interne lui expliqua que sa tension était élevée et que son cœur s'emballait, un battement en trop suivi d'une pause, mais, ceci mis à part, il était en bonne santé.

Pendant toute la nuit, Henry s'attendit à mourir. Dans le calme du petit matin, il dormit de façon intermittente.

– Ma canne, marmonnait-il. Ma canne.

Il regardait de tous les côtés, ses mains tâtonnaient dans le vide. Poussant un long soupir, il se rallongea, résigné à n'être plus qu'une chose qu'on ausculte, qu'on examine et qu'on transporte. Il ne pouvait rien faire d'autre.

Puis une ambulance vint le chercher pour le reconduire à la Villa.

Elle se réveilla de bonne heure dans l'atmosphère confinée. Les autres femmes ronflaient, recroquevillées dans leurs lits. Elle se leva sur la pointe des pieds et profita de cet instant de solitude pour se laver entièrement, penchée au-dessus du lavabo, puis elle prit un chemisier propre dans sa petite valise et se brossa les cheveux. Son reflet dans la glace était assorti à son nouvel environnement. Elle ajouta une couche supplémentaire de rouge à lèvres et de mascara. Il y avait une petite cuisine où elle put se faire griller un toast et préparer une tasse de café instantané. Une pensionnaire la rejoignit, en traînant les pieds, les cheveux sales et défaits ; debout devant le comptoir, muette, elle versait des cuillerées et des cuillerées de sucre dans sa tasse.

– Ça fait beaucoup de sucre, risqua-t-elle avec un sourire.

La femme se retourna, l'air affable.

175

– Je ne crains pas la damnation, dit-elle en ajoutant une autre cuillerée de sucre.

Dixie discerna dans son regard une lueur de folie ; elle détourna la tête.

La femme lui demanda :

– Et toi ?

– Moi non plus, répondit Dixie. Moi non plus.

Elle se hâta de manger son toast et de boire son café, puis elle boucla sa valise et quitta le refuge.

Dehors, il faisait déjà chaud et humide, les tramways glissaient sur leurs rails, les gaz d'échappement flottaient à hauteur de genou. Avisant un petit square avec un banc en plein soleil, elle alla s'y asseoir, leva son visage vers les rayons bienfaisants et essaya de réfléchir à ce qu'elle allait faire. Inutile de partir seule à la recherche de Henry, et elle n'avait pas assez d'argent pour appeler tous les hôpitaux. Son seul espoir résidait dans le bureau d'aide sociale ou un poste de police, un centre d'accueil ou quelque chose comme ça.

Il lui fallut une bonne demi-heure pour trouver un annuaire intact dans une cabine téléphonique. Afin de déchiffrer les caractères minuscules, elle renversa la tête sur le côté. Un nombre impressionnant d'agences municipales ou provinciales dans les pages jaunes. A la rubrique « Social » dans les pages blanches, elle trouva le Centre d'information sociale. Voilà ce dont elle avait besoin, des informations. Après avoir mémorisé l'adresse, dans King Street, elle se mit en route, toujours chaussée de ses Brooks sur coussins d'air.

La lenteur de ses pas l'emplissait de frustration. Elle avait une tâche urgente à accomplir, mais était incapable d'avancer plus vite et se trouvait entourée d'inconnus qui ne pouvaient pas l'aider ; elle n'avait que son intelligence pour arme et risquait de se perdre dans le sillage des véhicules, des piétons et du bruit.

Le centre d'information était un petit vestibule rempli de brochures, de plans de la ville, de dépliants ; une jeune Noire était assise derrière un bureau, devant un téléphone. Dixie lui expliqua qu'elle se nommait Mme Thornton, non, elle n'habitait pas ici, et elle avait perdu son mari. La jeune femme lui adressa un regard étonné, avant de lui faire remarquer que ce genre de problème relevait plutôt de la police.

Dixie se laissa tomber sur le siège devant le bureau et expliqua qu'elle ne pouvait plus faire un pas ; elle n'avait personne à qui s'adresser, alors lui serait-il possible d'appeler la police ou les hôpitaux ? La jeune femme la conduisit dans le bureau de sa supérieure.

Cette dernière était une femme d'une cinquantaine d'années, obèse, avec une tignasse de cheveux bouclés, des lunettes fixées à une chaînette pendant à son cou, assise sur un gros postérieur. Son regard était doux et compatissant. Elle avait besoin d'une cause, d'un problème, d'un cas à résoudre. Se levant pour venir s'asseoir sur une chaise près de son bureau, elle dit se nommer Helen Walsh, puis proposa du café et des biscuits à Dixie. Elle écouta attentivement le récit de cette dernière, émettant quelques claquements de langue ou soupirs aux moments appropriés. Puis elle se pencha vers elle et lui tapota la main.

– Vous allez rester assise là, inutile de vous faire du souci. Nous passerons toute la journée au téléphone, si nécessaire.

Il leur fallut tout le restant de la matinée pour retrouver la trace de Henry Thornton.

Mme Walsh raccrocha le téléphone et annonça à Dixie que la police avait conduit hier soir un vieux monsieur sans identité au General Hospital de Toronto. Avec des blessures et des hématomes autour de l'œil gauche. Dixie éprouva tout d'abord du soulagement, puis de l'angoisse.

– Il paraît qu'il ne savait plus où il était, ma pauvre.

Midi venait de sonner lorsqu'elle parvint enfin à localiser le disparu à l'hôpital. Mme Walsh rapporta à Dixie qu'un certain Henry Thornton y avait passé toute la nuit, en effet, avant qu'une ambulance ne le conduise à Shelburne Villa très tôt ce matin.

— Pourquoi ont-ils fait ça ? s'étonna-t-elle.

Dixie lui expliqua rapidement que son mari et elle vivaient dans un des studios du centre. Mme Walsh l'emmena déjeuner dans un petit « delicatessen » situé juste en face.

L'après-midi, elles appelèrent la maison de retraite. Dixie insista pour parler à une infirmière en particulier, Janet. Janet quelque chose. Elle ne se souvenait pas de son nom de famille. Mme Walsh lui confia le téléphone.

Dixie demanda Janet. L'infirmière.

— Janet Walker ? demanda la standardiste.

— Oui, c'est cela.

Dixie jeta un regard à la pendule pendant qu'ils lui passaient la communication : deux heures et quart.

— Allô. Janet Walker à l'appareil.

— Janet. C'est Dixie.

Elle entendait les bruits familiers de la maison de retraite à l'arrière-plan.

— Mon Dieu, Dixie ! Où êtes-vous ?

— A Toronto. Comment va Henry ?

— On l'a ramené ce matin de bonne heure, de l'hôpital de Toronto.

— Oui, je sais. Comment va-t-il ?

— Bien.

— Bien ? C'est tout ? Je veux dire, est-il encore désorienté ? Malade ?

— D'après ce que je sais, il va bien. Physiquement, du moins. Le docteur Bennet doit passer le voir.

Sa voix était lointaine.

— Et sur le plan mental ?

— Je ne travaille pas à cet étage-là, mais je pense qu'il va bien ; il est juste un peu désorienté.

Dixie ne savait que demander d'autre. Il y eut un silence.

— On nous a agressés dans la rue. Henry s'est battu. Après, il a commencé à perdre la tête.

— Ecoutez, dites-moi où vous êtes. Je vais venir vous chercher.

LA VILLA DES OMBRES

— Non, c'est inutile. Du moment que je sais que Henry va bien, je me débrouillerai pour rentrer.

— Non, je vais venir vous chercher. Je finis mon service à trois heures. Je peux être là-bas à cinq heures. Donnez-moi simplement l'adresse.

— C'est un long trajet aller-retour.

— Ne vous inquiétez pas. Je n'ai rien d'autre à faire aujourd'hui. Je serai là vers cinq heures.

— C'est vraiment très gentil à vous.

Dixie lui donna l'adresse de King Street.

L'après-midi, elle alla se promener dans les rues avoisinantes, s'arrêtant fréquemment pour admirer les vitrines des boutiques et des cafés les plus curieux, tel le Red Indian, avec ses meubles, ses radios et sa vaisselle de style art déco. De nos jours, il suffisait de vingt ou trente ans pour que les choses deviennent indésirables, laides et obsolètes. Encore une décennie et elles devenaient objets de collection. D'ailleurs, cela n'était pas sans rapport avec le vieillissement. Avec notre perception déformée du temps. Sachant Henry en sécurité, Dixie se détendit enfin, profitant du spectacle des vitrines, des gens, des tramways rouges, des petites boutiques qui vendaient tout et n'importe quoi. Elle aurait tant aimé entrer dans un bar et commander un Martini, mais elle n'avait pas d'argent. Et, malgré tout, l'angoisse continuait à l'habiter. La voix lointaine de Janet. Les meurtres à la Villa... Et si ce n'était pas seulement la paranoïa de Henry ? Voilà qui méritait réflexion. Elle ne savait plus à quel saint se vouer. Henry était peut-être toujours en danger. La seringue retrouvée par terre, elle, en tout cas, était bien réelle. Mais elle avait vu avec quelle facilité il pouvait perdre la boule.

Et Janet...

Il y avait quelque chose de bizarre.

Mentalement, elle se repassa leur conversation au téléphone.

Janet avait une drôle de voix. Elle n'était pas aussi

bavarde, aussi exubérante que d'habitude. Peut-être était-elle simplement surprise.

Vers cinq heures, son enthousiasme récent pour l'agitation citadine se dissipa ; elle avait mal aux pieds, sa vessie lui envoyait des signaux, elle retourna dans King Street.

La soudaine immobilité de la voiture pénétra son rêve. Ils avaient effectué un long voyage quelque part, avant la guerre, quand Papa traversait le Canada jusqu'à la côte ouest, avec la Plymouth 38, descendant dans les Dakotas pour contourner les montagnes, et il s'était réveillé lorsqu'ils étaient arrivés à la mer. Cette fois-ci, il n'avait été malade que trois fois pendant le trajet. Non. Il mélangeait tout. C'était sa propre Plymouth 38, et c'était son fils qui avait vomi trois fois. La voiture de son père, il s'en souvenait, c'était en 1932. Ou avant. Et… mais il était dans une ambulance, et il retournait à Shelburne, où l'attendait Dixie, où il trouverait de l'aide.

Il lutta avec les impressions insaisissables qui passaient dans son cerveau, s'efforçant de fixer son regard sur quelque chose. Ils étaient à la Villa. A Shelburne. De retour de leur voyage à Toronto. Dixie l'aidait à l'arrière de l'ambulance. Non. Il l'avait perdue à la cafétéria. On était en juin ou en juillet ? Combien de temps s'étaient-ils absentés ? Il avait froid, il se sentait moite et désorienté. Deux infirmières et un aide infirmier étaient là, l'aide infirmier, c'était Tony. Il se souvenait de lui, un infirmier, une saleté d'infirmier. Il lui sourit et dit :

– On me ramène au bercail.

Puis il se demanda ce qu'il avait dit.

– Tout va bien, monsieur Thornton ?

– Hmm, oui, mais qu'est-ce qui se passe ?

Il voulut se retourner pour regarder l'ambulance, mais déjà celle-ci s'éloignait, et, pris de vertiges, il s'effondra sur l'épaule de Tony.

On poussa un fauteuil roulant sous ses jambes, il s'y assit en chancelant.

– Nom de Dieu. C'est pour quoi faire ?

– Chut. Du calme. C'est juste pour vous conduire à l'intérieur sans que vous tombiez.

– Je ne vais pas tomber. Quelqu'un devrait être là, pour nous attendre. La police. Pour nous accueillir.

– Tout est arrangé, dit Tony. Ne vous faites aucun souci.

– Aucun souci, répéta-t-il. Aucun souci…

Seuls ces mots lui venaient à la bouche. On le poussait vers l'entrée du bâtiment ; les portes allaient l'avaler. Au-delà, il y avait le vide, effrayant. L'angoisse lui coupait le souffle.

Il chercha à apercevoir Dixie, en vain. Ann disait :

– Oh, mon pauvre Henry, vous devez être épuisé, courir le guilledou ainsi dans tout Toronto…

Tony, qui le poussait sur la rampe d'accès de l'entrée principale, ajouta :

– Pas de problème. On s'est occupé de tout. Vous n'avez plus rien à craindre, maintenant.

Et Henry qui bafouillait :

– Mais, mais, mais…

La colère éclaircissait ses pensées, les mots lui venaient désormais, mais personne ne l'écoutait. Il secoua le bras de Tony.

– Bon sang, je vous en prie…

– Dès que vous serez installé, le docteur Bennet viendra vous voir.

Il entendit Dixie crier son nom au loin, puis il franchit la double porte, passa devant le vieux machin-chose assis à l'entrée avec son sourire de maboul et la bave aux lèvres, puis il traversa le hall et pénétra dans l'ascenseur. Pendant tout ce temps, Tony ne cessait de lui répéter, d'un ton apaisant, que tout allait bien, qu'il n'avait aucune raison de s'inquiéter, et Henry répondait par des grognements, des gémissements, en essayant d'obliger son cerveau à se souvenir de la raison de sa frayeur.

– La… la police devrait être ici pour empêcher d'autres meurtres.

– C'est un bon établissement, Henry. Nous allons prendre soin de vous. Inutile de vous inquiéter.

Henry se souvint qu'il avait parlé des meurtres à l'interne ; il lui demanda de prévenir la police.

– Est-ce qu'ils ont appelé de Toronto ?

Tony le faisait entrer dans son ancienne chambre.

– L'hôpital a appelé. Ils nous ont dit que la police vous avait trouvé allongé sur le trottoir.

– Et la police montée ? Ils ont dit qu'ils mettraient la police montée sur le coup.

– C'est exact, répondit Tony en levant doucement Henry du fauteuil roulant pour l'asseoir sur le lit.

– Alors, ils l'ont fait, Tony ? Est-ce qu'ils ont prévenu la police montée ?

Trop fatigué pour lutter, il laissa Tony lui enfiler un pyjama propre.

– Evidemment, dit l'infirmier en l'allongeant sur son lit avant de lui remonter les couvertures.

– Qu'est-ce que ça veut dire, « évidemment » ? Vous me racontez des conneries. Qu'est-ce que ça veut dire ?

Tony s'assit sur le lit à côté de lui.

– Calmez-vous. Tout va bien. Le docteur Bennet va venir d'un instant à l'autre.

– Personne ne me croit.

– Bien sûr que si.

Henry lâcha le poignet de Tony.

– Je ne veux pas voir Bennet. Si ça se trouve, c'est lui le meurtrier.

– C'est un bon docteur, Henry.

– C'est un charlatan. Il ne fait pas la différence entre son cul et un trou dans le sol.

– Ah, je retrouve le Henry Thornton que je connais !

– Et Dixie ? Où est Dixie ?

– Allez, rallongez-vous. Laissez-moi prendre votre tension.

Henry se tut pendant que Tony relevait sa manche de pyjama et pressait sur la poire du tensiomètre. Il commençait à éprouver une douleur dans la poitrine, il était oppressé et la frustration lui pompait tout ce qui lui restait d'énergie.

– Votre tension a monté, Henry. Vous n'auriez pas dû arrêter vos médicaments.

– Ils me tuaient à petit feu. Ce charlatan n'y connaît rien. Si seulement quelqu'un m'écoutait, ma tension redescendrait.

– Allongez-vous et restez calme. Cessez donc de parler.

– Et Dixie. Où est-elle ?

– Je ne suis pas au courant.

Après que Tony l'eut bordé et eut quitté sa chambre, Henry s'abîma dans la contemplation du plafond. Ses pensées le ramenèrent jusqu'à ce voyage qu'ils avaient effectué, son épouse, son fils de sept ans et lui, dans la Chevrolet 38, juste après la guerre, quand la voiture était déjà plus ancienne. Vingt-quatre litres au cent, et seulement trois litres d'huile pour tout le trajet. Il revoyait encore le bleu soutenu et les courbes sensuelles de la carrosserie. Il se souvenait davantage de sa voiture que de son fils. Que penser de ça ? Il y avait quelque chose d'anormal. Des occasions manquées. Mais, à cet âge-là, on ne sait pas. On peut se permettre de gaspiller le temps et les gens.

La douleur réapparut dans sa poitrine, comme une main qui lui appuyait lourdement sur la cage thoracique.

Le docteur Bennet entra en coup de vent.

– Vous avez fait une sacrée excursion, Henry.

Il lui prit le pouls et lui souleva les paupières.

Henry fronça les sourcils en grognant. Il aurait dû se lever, mais ses jambes étaient trop faibles.

– Votre tension est élevée, Henry ; cette fois-ci, vous allez prendre les cachets que je vous prescris, même si je dois vous les faire avaler moi-même.

Il posa la main sur le front moite de Henry et fit la grimace. Henry voulut dire quelque chose, mais le docteur Bennet se coinça les écouteurs du stéthoscope dans les oreilles et se plia en deux pour écouter le cœur du vieil homme.

Il se redressa.

– Avez-vous mal à la tête ou dans la poitrine ?

Henry acquiesça.

– Dans la poitrine ?

– Un peu. Une indigestion.

Bennet fronça de nouveau les sourcils, puis sourit.

– Nous allons arranger ça rapidement.

Puis il quitta la chambre.

Henry les entendait parler dans le couloir. Des bribes de conversation, le mot hôpital, une histoire de morphine. Bennet demandant avec colère pourquoi diable ils l'avaient renvoyé dans cet état. Ann discutant avec Bennet. Son ton inquiet résonna à ses oreilles.

Elle entra rapidement dans la chambre, déposa un petit cachet sur le bout de sa langue, retapa ses oreillers et épongea son front à l'aide d'un mouchoir en papier. Elle lui dit de ne pas s'en faire, tout irait bien, avec un joli sourire et une voix rassurante, mais il n'aimait pas la lueur d'inquiétude qu'elle avait dans les yeux. Elle revint avec une petite seringue pour lui injecter un truc dans l'épaule. Henry était résigné, maintenant. Forcé de tout supporter. Il demanda des nouvelles de Dixie.

– Nous ne savons rien, Henry, répondit Ann. Toujours pas de nouvelles.

Puis elle ressortit et il perdit toute notion du temps, jusqu'à ce que deux inconnus en blanc entrent dans sa chambre, en parlant rapidement, posant des questions sans attendre les réponses. Ils le soulevèrent de son lit pour l'allonger sur un brancard à roulettes. Au second plan, Tony lui dit quelque chose qu'il ne comprit pas. On lui mit une couverture, on l'attacha, on le fit sortir à reculons, puis effectuer un demi-tour, et on le poussa dans le couloir, les pieds en avant ; le produit que lui avait injecté Ann peuplait son esprit de nuages doux. Henry perdit toute notion de temps et de lieu, mais cela lui était égal maintenant, complètement égal, dans l'ascenseur qui descendait, les garçons de salle gardaient les yeux fixés sur des chiffres, on le sortait dans l'air du soir, dehors dans son lit, on le hissait à l'arrière d'une autre ambulance.

*« Bon sang. Ce gamin est encore malade ? Je t'avais dit de lui interdire de manger un deuxième hot-dog.*
*– Si seulement tu t'arrêtais, Henry, au lieu de toujours attendre le prochain, le prochain. On est censés être en vacances...*
*– Ce n'était pas sur le bon côté de la route. »*
*Penchée par-dessus le siège avant, elle essuyait le vomi sur le tee-shirt du garçon.*
*« Et celui qu'on vient de passer il y a une demi-heure ? Hein, et celui-là ? Tu es passé devant sans t'arrêter. Ça fait trois heures qu'on roule. C'est trop long pour un enfant... »*
*Il se rangea sur le bas-côté. L'enfant geignait. Il descendit de voiture et marcha à pas lents le long de l'autoroute déserte, près du champ de blé qui bruissait. Il s'éloigna de plus en plus. Quand il se retourna, ils n'étaient plus que des points minuscules tout au bout d'un long ruban. Marion. Brian.*

Ils avançaient maintenant dans un couloir violemment éclairé, les hauts murs blancs défilaient, puis ils pénétrèrent dans une pièce sombre avec des lits et des fils, des appareils de toutes sortes, des bips sonores. On le souleva du brancard pour l'allonger sur un autre lit, sur le dos. Des individus en blanc enduisirent son corps de baumes et de lotions, avant de le relier à des machines, comme s'il se trouvait à bord d'un vaisseau spatial. Il en percevait le vrombissement des moteurs à travers la dureté du matelas.

Ils ressortirent sans bruit ; du coin de l'œil, il voyait une ligne verte fluorescente dessiner des montagnes russes sur un écran de télévision, avec des chiffres et des lettres jaunes qui clignotaient.

Un gros oiseau se posa sur sa poitrine, le silence s'abattit dans la salle, de nouveaux visages se penchèrent au-dessus de lui. Il montra au garçon l'océan Pacifique, enfin, pas exactement l'Océan, le détroit de Géorgie, mais il est relié à la mer. « Est-ce que l'eau de l'océan est différente ? » demanda le garçon, et Henry regretta de ne pas l'avoir emmené jusqu'au bout, de l'autre côté du détroit de Géorgie, sur l'autre rive de l'île de Vancouver, là il aurait pu se promener avec lui et Marion sur le sable mouillé et apprendre à aimer.

L'oiseau quittant sa poitrine avec un long et unique bip, des nuages chauds et ambrés envahirent la pièce.

# 26

Pourquoi moi ? se demandait Janet, assise au volant de sa Mazda et fonçant sur l'autoroute en direction de Toronto. Pourquoi moi ? Mais que pouvait-elle faire d'autre ? S'en désintéresser alors que Henry était mal en point ? Dire à Dixie de prendre le car ? Mais lui proposer de venir la chercher, ça, oui, c'était ridicule. De plus, elle ne pouvait en parler à personne, pas même à Ann. Et surtout pas à Willoughby, bien évidemment. Elle aurait eu droit à une leçon sur l'interdiction de transporter des pensionnaires dans un véhicule particulier. D'ailleurs, elle n'aurait jamais proposé d'aller la chercher si elle avait su qu'elle resterait bloquée à la Villa à cause des médicaments, Hilda étant en retard comme toujours, obligée de répartir les Valium et les Seconal dans des gobelets en carton munis d'étiquettes. Certaines vieilles prenaient jusqu'à dix médicaments différents. Mme Paul avait établi un record cette année : dix-sept cachets en même temps. Merde alors ! Trois pour sa tension, un pour ses douleurs de poitrine, un pour stimuler son cœur fatigué, un pour ses reins, un autre pour remplacer le potassium éliminé par ses diurétiques, un pour sa thyroïde, un autre pour son arthrite, quelque chose pour dormir, un autre pour la calmer, un autre pour lui donner du tonus, encore un autre pour annihiler les effets du précédent, un autre pour lutter contre les tremblements provoqués par le tranquillisant, sans compter le Tylenol et les laxatifs. Mais, évidemment, elle perd la boule, alors ils lui donnent du Haldol pour la calmer. Et après, elle débloque pour de bon, elle est complètement défoncée et malade, et on se demande pourquoi. Mais à cause des médicaments, bordel !

Ils les avalaient goulûment. A la Villa, nombreux étaient ceux qui ne vivaient que pour ces foutus médicaments. A croire qu'ils renfermaient des petits messages de Dieu.

Certes, il y avait Mme Jacobs, qui croisait les bras sur sa forte poitrine en disant : « Pas question. Jamais je n'avalerai vos saloperies avant d'avoir vu un avocat. » Quelle crise de rire ! Le docteur Bennet restait là, bouche bée, en répétant : « Allons, soyez raisonnable, ma belle. » Et Mme Jacobs qui lui répondait : « N'essayez pas de m'avoir aux sentiments. Je refuse d'ouvrir la bouche, regardez. » Et elle pinçait les lèvres. Janet sourit. Toujours à hurler et à se débattre, la mère Jacobs. Ne jamais céder. C'était comme ça qu'il fallait faire.

Des files de voitures venaient de Toronto, mais, dans le sens contraire, la circulation était relativement fluide. Elle inséra une cassette dans son lecteur, écouta un peu de rock pendant quelques instants, puis éteignit la musique. Elle avait entrouvert les deux vitres avant pour lutter contre la chaleur moite de cette fin d'après-midi. Sur le siège arrière, des feuilles et des emballages de chewing-gum voltigeaient dans le courant d'air. Janet pianotait sur le volant en se disant qu'elle refuserait de vieillir, ou alors elle rédigerait un testament, un petit document scellé à la cire où elle menacerait de poursuites colossales tous ceux et celles qui, Janet Walker étant devenue sénile ou incapable de communiquer ses désirs, se serviraient de lanières, de camisoles, de fauteuils roulants, de moufles, pour lui faire avaler des calmants, ou prendre plus de deux médicaments à la fois. Mais peut-être qu'il n'y aurait aucun médicament, d'ailleurs. Juste un Black Russian sur sa table de chevet chaque après-midi. Et la télé allumée sur la chaîne câblée pour adultes. Et un infirmier genre Tony pour lui donner son bain et lui masser le dos. Enfin quoi… ce genre de choses.

Janet emprunta la bretelle de sortie pour rejoindre la 401, huit voies encombrées de voitures. Elle se concentra sur sa conduite afin d'arriver entière à King Street. En ville, sa Mazda lui paraissait petite et fragile.

Dixie l'attendait patiemment dans les locaux du centre d'information. Déchaussée, les pieds posés sur une chaise, elle était en compagnie d'une employée. Janet promit à cette dernière de ramener immédiatement Dixie à la Villa.

Après avoir remercié l'infirmière et lui avoir demandé si elle ne souhaitait pas se reposer avant de reprendre la route, Dixie plongea dans le mutisme en s'asseyant à l'avant de la Mazda, sa valise posée sur la banquette arrière. Concentrée sur le flot de véhicules qui s'éloignaient de Toronto comme chaque soir, Janet gardait les yeux fixés sur les voitures de devant, sur leurs feux arrière. Elle écoutait la respiration de Dixie. En longeant les parkings, zones industrielles, hôtels et grands panneaux publicitaires, elle fut frappée par l'impression de violence et de vitesse qui contrastait avec cette vieille femme pâle et frêle assise à côté d'elle. Les dents serrées, elle maudit toutes ces voitures, sans quitter un instant la route des yeux.

Aucune parole ne fut échangée jusqu'à ce qu'elles se retrouvent sur l'autoroute 10, roulant vers le soleil, à travers les banlieues, les villages et la campagne. Janet baissa son pare-soleil et jeta un regard à Dixie.

Cette dernière poussa un soupir et demanda :

– Il ne va pas bien, hein ?

– Si, il va bien. Bennet est furieux qu'ils ne l'aient pas gardé plus longtemps à l'hôpital de Toronto. Ils envisageaient de l'envoyer quelques jours à Shelburne, pour réguler sa tension et son rythme cardiaque.

Sentant que Dixie reprenait son souffle, Janet saisit le poignet fragile de sa voisine dans sa main droite.

– Simple précaution. Il se plaignait de douleurs à la poitrine.

– Et la tête ?

– Il est un peu déboussolé.

189

Des nuages noirs se rassemblaient dans le ciel, le vent se levait.

— Vous savez pourquoi on est partis ? demanda Dixie.

— On en a parlé après le coup de téléphone du fils de Henry. Il a fait un de ces scandales.

— Pour quelle raison ?

— Il nous reprochait de ne pas avoir assez surveillé son père « qui perd la tête ».

— Je ne pense pas qu'il perde la tête.

Des gouttes de pluie éclaboussèrent le pare-brise. Bientôt, ce furent des rafales. Janet mit les essuie-glace sur position rapide.

— Il croit vraiment que quelqu'un assassine les pensionnaires ?

— La nuit où nous nous sommes enfuis, quelqu'un a essayé de le tuer. Lui aussi.

Janet gardait les yeux fixés sur ce qu'elle apercevait de la route ; elle enclencha le dégivrage et ralentit.

— Bon sang, on n'y voit pas à un mètre. C'est le moment de faire un arrêt-pipi.

Elle bifurqua sur le parking d'un restaurant situé sur le bord de l'autoroute et dont les lumières se diffusaient sous la pluie. S'emparant du parapluie posé sur la banquette arrière, elle descendit de voiture, fit le tour pour aider Dixie à sortir et entraîna rapidement cette dernière à l'intérieur du restaurant, s'ébrouant une fois la porte franchie. Les deux femmes balayèrent du regard les boxes en pin noueux, les routiers et les cow-boys accoudés au comptoir, les publicités lumineuses pour marques de bière, l'éclairage chaleureux de l'endroit, et Janet se souvint qu'elle n'avait encore rien mangé. Elle conduisit Dixie vers un box et s'assit en face d'elle.

— Je vous offre un double cheeseburger avec un milk-shake.

— Vous avez entendu ce que j'ai dit dans la voiture ?

— J'ai entendu. Que diriez-vous d'une bière, plutôt ?

— Je l'ai cru, Janet ; il y avait une preuve.

– Quelle preuve ?

– Une seringue et un flacon d'insuline abandonnés près du lit.

– Et ?

La serveuse s'approcha. Elles commandèrent des cheeseburgers et des bières.

– Et ?

– Henry a dit que quelqu'un avait tenté de lui faire une piqûre en pleine nuit.

Janet se frotta le visage.

– Dixie, vous savez bien que... Je veux dire...

– Vous pensez qu'il a tout inventé ?

– C'est probable...

– J'ai vu la seringue et le flacon de mes propres yeux, il y avait aussi un garrot en caoutchouc.

– Vous voulez des frites ou des rondelles d'oignon frit ?

– Je n'ai rien inventé.

On leur apporta leurs bières ; Janet remplit son verre en dévisageant la vieille femme.

– Bon, d'accord, où ils étaient, la seringue et le flacon ?

Elle écouta Dixie lui raconter son histoire, la mort du chef indien, la certitude de Henry, la seringue trouvée par terre. Dixie lui narra ensuite leur fuite au petit matin, le voyage à Toronto, l'agression, sa nuit dans le refuge.

– Bon sang ! s'écria Janet entre deux bouchées de hamburger. Vous avez fait une sacrée expédition, tous les deux !

– Il n'avait pas perdu la tête, Janet. (Et puis, comme pour en apporter la preuve, elle ajouta :) Nous avons fait l'amour à Toronto, la première nuit.

Voilà qui expliquait tout, se dit Janet ; une femme sensée et intelligente, mais elle en pinçait pour Henry Thornton, quelques ébats, et elle était prête à tout avaler.

Elles commandèrent du café. Janet dit :

– Bon, écoutez. Je ne crois pas un seul instant à toute cette histoire, mais, d'après Henry, qui est le meurtrier ?

– Son suspect numéro un est le docteur Bennet.

L'infirmière ouvrit de grands yeux.

– Vous vous moquez de moi.

– C'est ce qu'il a dit.

– Adam Bennet ?

– Vous le connaissez bien ?

Janet la regarda par-dessus sa tasse de café.

– Non, pas du tout.

Sur l'autoroute, elles replongèrent dans le silence ; la pluie d'été avait rafraîchi et nettoyé l'atmosphère. Janet aimait bien Dixie, et Henry aussi ; elle aimait bien imaginer de bons grands-parents, ou même des parents tout court. Elle laissa ses pensées dériver vers son pauvre père, qui ne devait pas être beaucoup plus jeune que Henry. Mais elle ne pouvait imaginer à quoi il ressemblait, cela faisait vingt-cinq ans qu'elle ne l'avait pas revu. Sauf une fois, dans un tramway à Toronto, où elle avait aperçu la tête d'un homme assis trois sièges devant et avait été persuadée que c'était lui. Plus elle le regardait, plus elle en était convaincue. Elle avait eu envie de se lever, de se frayer un chemin au milieu des voyageurs debout, pour voir son visage ; mais elle était restée comme paralysée.

Malgré tout, pas moyen de s'ôter cette idée de la tête. De longs cheveux gris et sales, comme ceux d'un vieil alcoolique.

Elle se souvenait d'en avoir parlé à sa mère, qui avait continué à évoquer le cancer du sein d'Ann, affirmant que c'était un crime de lui avoir ôté tout le devant de la poitrine au lieu de retirer uniquement la tumeur comme c'était possible, maintenant, à en croire le *Reader's Digest*.

Ce n'était qu'en rentrant de son rendez-vous galant et en retrouvant sa fille toujours assise à la table de la cuisine que sa mère lui avait finalement déclaré : « Ce n'est pas ton père que tu as vu. Il est parti quelque part dans l'Ouest. A Vancouver ou à Calgary. »

C'était peut-être vrai. Mais peut-être pas. De toute façon, sa mère ne lui dirait jamais la vérité. D'après ce qu'on racontait dans la famille, il s'était mis à boire et était incapable d'assumer ses responsabilités ; il vivait, semblait-il, comme un clochard. Un jour, quand elle était adolescente, il avait essayé de la revoir, mais sa mère l'en avait empêché. « Il ne nous a jamais envoyé un penny, dit-elle. Je préfère encore crever plutôt que de l'aider à assumer ses remords, c'est trop tard. » Un de ces jours, il faudrait qu'elle essaye réellement de le retrouver.

Mais à quoi bon ? Et puis merde.

– Ecoutez-moi un instant, Janet.

Elle constata avec étonnement qu'elles approchaient déjà d'Orangeville. Dixie s'était redressée sur son siège, elle lui pinçait la main.

– Si Henry a raison, il est en danger.

– Allons…

– Moi, je le crois.

– Encore maintenant ?

– Oui.

Janet s'engagea sur un parking près d'un terrain de sport ; elle coupa le moteur.

– Nous ne sommes pas à la Villa…

Elle se tourna vers Dixie.

– Bon. Mettons les choses au point. Vous, une femme saine d'esprit et intelligente, vous venez me dire qu'à votre avis quelqu'un assassine des pensionnaires à la maison de retraite…

– Oui.

– Bon sang, vous le croyez sincèrement ?

– Oui, je pense.

– Vous n'en êtes pas sûre ?

– Je crois ce que m'a raconté Henry, et je sais ce que j'ai vu.

Janet avait les yeux fixés sur le terrain de sport où deux équipes féminines s'affrontaient dans une partie de softball. Elle baissa sa vitre et tourna la tête.

– Alors, que fait-on, maintenant ? Je ne peux pas vous ramener à la Villa si vous pensez des choses pareilles.

– Pourtant, vous ne me croyez pas.

– Là n'est pas la question.

Dixie la regardait avec tristesse.

– Que vais-je faire de vous ? Vous avez de la famille ? Quelqu'un ?

– J'ai un lit très confortable à la Villa.

– Mais, si vous pensez que Henry a raison, je ne peux pas vous y reconduire. Et, d'ailleurs, comment leur expliquer que je suis venue vous chercher ?

– Vous pourriez me déposer dans un motel.

– Oui, peut-être...

– Mais je n'ai pas d'argent.

– Bon Dieu.

Janet enclencha la marche arrière et fit demi-tour.

– Où m'emmenez-vous ?

– Chez moi. Je vais vous héberger cette nuit et nous reparlerons de tout ça demain matin.

– Vous n'êtes pas obligée. Je peux retourner à la Villa.

– Pour l'amour du ciel, Dixie ! Je vous emmène chez moi ce soir. D'accord ?

– Donc, vous croyez ce que je vous ai raconté ?

– Non. Mais vous dormirez quand même chez moi, alors...

Elle dut freiner brutalement, car une voiture en stationnement venait de déboîter. Elle insulta le chauffeur en lui montrant son majeur dressé.

Pourquoi moi, Bon Dieu !

## 27

Il les entendait, parfois tout près, parfois très loin.
– C'est encore la maison de retraite qui nous l'envoie.
– C'est quoi, son histoire à celui-là, il a perdu la boule ?
– Allez, mon mignon, entre là-dedans, voilà, ça y est !
Ils s'éloignaient, leurs voix lui parvenaient faiblement
dans des tourbillons de brume chaude.
– Très bien, les gars, allons-y. Tout le monde est prêt ?
Quand je dirai un...
Il sentit l'explosion monter dans sa poitrine et traverser
son cerveau, petites particules qui tournoient et forment
une nébuleuse, foncent à travers l'espace, vers l'infini,
Marion à ses côtés, et sa mère, son visage aussi net qu'une
photographie, son père en train d'agoniser dans un lit
d'hôpital, mourant de pneumonie comme sa mère le lui
avait prédit, son gros visage rugueux, son grand nez aqui-
lin, ses yeux qui le regardent, et sa bouche qui prononce
ces mots ultimes, les mots qui concluaient chacune de ses
phrases les dernières années. « Et ainsi de suite. » Et ainsi
de suite...
– Demi-ampoule de bicarb'. On lui fait les gaz du sang.
C'est une attaque.
– Oxygénation régulière. Fréquence cardiaque inégale.
– Tension 14-9.
Les particules tourbillonnèrent et se fondirent, plongeant
dans un vortex, à toute allure, l'entraînant avec elles,
furieusement, en direction des voix.

Il se réveilla tard, après avoir fait la grasse matinée, souf-frant d'un rhume, mal de gorge, avec un cataplasme sur la poitrine, tandis que les autres gamins étaient déjà partis explorer Tomie Hill, le parc aux endroits secrets, avec ses rochers, le marécage et ses racines sucrées comestibles; il avait la gorge en feu, quelque chose lui tirait la tête en arrière, un truc coincé dans le dosseret du lit, encore son frère qui lui faisait une farce, attends un peu, il détestait qu'on lui serre la gorge, c'était quoi ce truc, nom de Dieu?
– Il revient à lui.
– OK.
Quelque chose sortit de sa poitrine, de sa bouche, laissant une cavité nouvelle, immense soulagement. Sa mère appli-quait des serviettes fraîches sur son front fiévreux, nouveau cataplasme, en lui soutenant la tête pour l'aider à avaler un peu de jus d'orange et une cuillerée de sirop rose, avant de le recoucher pour qu'il se repose, et qu'il dorme.

Elle était assise là depuis longtemps, cette femme qu'il ne reconnaissait pas, tandis qu'il dérivait entre le sommeil et la conscience; elle s'était penchée sur lui, elle lui avait parlé, il s'en souvenait, ou croyait s'en souvenir, et mainte-nant elle semblait dormir dans un fauteuil, la tête appuyée sur la poitrine, des touffes de cheveux roux se dressant sur son crâne. Sa tante, une aide soignante, la sœur de sa mère, venue d'Irlande pour lui apporter des livres en guise de cadeaux de Noël. *L'Ile au trésor*. Derrière elle, il y avait des machines et, à côté de son lit, un flacon accroché à un pied métallique. Il avait tellement envie de faire pipi qu'il lui aurait suffi de se laisser aller pour mouiller ses draps, à moins qu'il puisse se lever rapidement et galoper jus-qu'aux toilettes sans réveiller ses parents, mais, bon sang! il ne pouvait presque pas bouger, et plus il y réfléchissait, plus il avait l'impression qu'on lui avait enfoncé une cochonnerie dans son pénis. Et ses mains, nom de Dieu, enveloppées dans des moufles, comme s'il ne les avait pas

196

enlevées hier soir, et il s'aperçoit, nom de Dieu, que sa saleté de petit frère lui a attaché les poignets, d'une manière ou d'une autre, et, Bon Dieu, le simple fait d'essayer de les détacher l'épuise. Son poignet droit d'abord, avec les dents, se saisissant du joli petit nœud fait avec un ruban blanc, avec les dents, en tirant dessus, libérant son poignet, retombant sur son oreiller, portant la moufle à sa bouche pour dégager sa main, et ce truc dans son pénis qui le rend dingue, ôtant la moufle, l'arrachant avec ses dents, et plongeant sa main entre ses jambes pour découvrir, nom de Dieu, ce tube ? cette saloperie de gros tube qui lui entre dans le pénis, pauvre chose, étirée comme une guimauve, il faut la sortir de là, cette chose, si seulement il parvenait à s'en saisir et à tirer dessus. Aaah, bordel, il y avait des lames de rasoir au bout, coincées à l'intérieur. Et cette vieille femme rousse qui lui agrippe le poignet et lui écarte la main en disant « Henry, Henry, tout va bien. Ce n'est rien, c'est juste un cathéter », et lui qui essaye de dégager son bras, qui essaye de la frapper avec sa main gauche attachée, mais qui est obligé de se rallonger pour se reposer et reprendre son souffle. Marion, pour l'amour du ciel, arrête ces conneries, il faut que je dorme. Puis il partait à la dérive, il replongeait, une blouse blanche penchée au-dessus de son lit lui épongeait le front, et rattachait sa main…

Lorsqu'il se réveilla, elle n'était plus là, la femme rousse qu'il ne reconnaissait pas. Le fauteuil était vide et la chambre paraissait déserte ; il aurait aimé qu'elle soit là, qui qu'elle soit, sa tante, pas sa tante, ou Marion. Ce devait être sa mère, qui veillait à son chevet en attendant que la fièvre retombe, ou alors elle était dans la cuisine en train de préparer de la soupe à la tomate, un œuf à la coque, avec des toasts, pour lui monter à manger sur un plateau après avoir regonflé ses oreillers, le merveilleux sentiment d'avoir sa mère près du lit, les couvertures chaudes, trois oreillers derrière la tête, le plateau de nourriture sur les genoux, un illustré pour lire dans la lumière tamisée par les rideaux, passer toute la journée au lit, à écouter sa mère dans la cuisine, puis dans le salon, suivre ses pas dans l'escalier jusqu'à la cave. Dans quelques minutes, elle viendrait le voir.

Dixie était penchée au-dessus de lui, une main posée sur son épaule, une jeune femme à ses côtés, Janet, c'était peut-être son nom, et Dixie. Il connaissait cette femme rousse, il la connaissait bien cette visiteuse, Dixie. Il prononça son nom et la vit sourire.

— Tout va bien, Henry. Tu es à l'hôpital, tu as eu une attaque. (Elle se tourna vers la jeune femme.) La mémoire lui revient.

— Où on est?

— A l'hôpital de Shelburne. Ça fait quatre jours que tu es ici.

— On était à Toronto.

— Ils t'ont renvoyé à la Villa, puis à l'hôpital.

— Je ne m'en souviens pas. Je me souviens de Toronto, du centre commercial Eaton, et d'un truc dans une ruelle.

— Ça va te revenir, ne t'inquiète pas.

— Dixie.

Elle lui prit la main. L'autre femme, Janet, avait détourné la tête.

— Tu vas bientôt rentrer à la maison… dans quelques jours.

Il avait du mal à se représenter la maison, dans ce contexte, et il ignorait ce que signifiait « une attaque », mais il ne posa pas la question.

— Alors, bien dormi?

— Vous avez terminé dans la salle de bains?

— Désolée, ma chère, mais à mon âge on ne peut pas faire attendre la Nature… Voilà.

Janet passa devant Dixie en se massant le bas du dos.

— Vous auriez dû me laisser dormir sur le canapé. J'ai l'habitude. Après le départ de mon second mari, je n'ai pas pu dormir dans un lit pendant trois ans.

198

Plongée dans son bain, Janet essaya de se remémorer par quel stratagème Dixie avait réussi à s'accaparer son lit. Le premier soir, elle avait suggéré qu'elles dorment ensemble, mais Janet n'y était pas prête. Mon Dieu. « Ecoutez, avait-elle dit à Dixie, je pense que vous ne devriez pas être ici, mais, si vous passez la nuit chez moi, vous prendrez le lit. » Et Dixie, vieille maligne, sachant comment s'y prendre, avait répondu « Puisque vous insistez », et elle était repartie d'un pas pesant. Janet s'était souvenue que ses draps avaient au moins une semaine, alors elle avait envoyé Dixie dans la salle de bains pendant qu'elle les changeait. Et maintenant ?

Après s'être séchée, maquillée, et avoir enfilé un cafetan, elle se rendit dans la cuisine sur la pointe des pieds et découvrit Dixie penchée à l'intérieur du réfrigérateur.

— Vous n'avez pas grand-chose là-dedans, ma chère.

— Généralement, je ne prends pas de petit déjeuner.

— Grave erreur. C'est le repas le plus important de la journée. (Elle se redressa en tenant trois œufs dans la main gauche.) Si vous faites un gros repas le soir, ça vous tombe directement sur les cuisses et les fesses. Au petit déjeuner, il faut des féculents, des protéines et des vitamines. Tous les spécialistes le disent. Je n'ai trouvé que trois œufs.

— Je ne garantis pas leur fraîcheur. Ils datent peut-être de la semaine dernière, ou bien de l'année dernière.

— Il y a un truc immonde qui pousse dans le bac à légumes. C'est vert, orange, avec un joli violet. Et vous devriez penser à dégivrer.

Assise à la table de cuisine ronde et blanche, Janet observait Dixie debout devant le plan de travail. Cette dernière s'immobilisa, un œuf dans une main, un bol et un fouet dans l'autre, pour regarder par la fenêtre, et une profonde tristesse traversa son regard. Elle serra les dents et cassa avec dextérité les trois œufs dans le bol.

— Le secret des œufs brouillés, c'est de mettre beaucoup de beurre, dit-elle en déposant devant Janet une assiette d'œufs crémeux et fumants, avec des toasts.

Janet buvait sa deuxième tasse de café lorsqu'elle s'aperçut que Dixie portait un chemisier et un pantalon à elle.

— Ils étaient au fond de la penderie. Je me suis dit que ça ne vous gênerait pas.

— Non, bien sûr. Je suis surprise qu'ils vous aillent si bien. Moi, je n'arrive plus à les enfiler, au niveau des hanches.

— Si je peux me permettre, vous devriez choisir des vêtements plus gais. Tout ce noir, ce blanc, ces couleurs terre. Un vert bouteille ferait ressortir vos yeux. Ou bien alors la couleur pêche, pour le contraste.

— Vous y retournez aujourd'hui ?

— Cette après-midi. Hier, il allait beaucoup mieux. Il commençait à retrouver la mémoire.

— Ils lui gardent son lit à la Villa. Le vôtre aussi.

Dixie regarda autour d'elle, un sourire de regret sur le visage.

— Je croyais que vous viviez seule.

— Oh…

— Vous avez eu quelqu'un ? Un mari ? Un concubin ou je ne sais pas comment on dit maintenant ?

— Un PSOVSMT.

— Quoi ?

— Une personne du sexe opposé vivant sous le même toit.

— Ça ne change pas beaucoup du mariage.

— Je vais faire la vaisselle, déclara Janet.

Elle commença à rassembler les assiettes.

— Alors, vous avez été mariée, vous êtes divorcée, vous vivez avec quelqu'un ? Vous avez un petit ami en ce moment ?

— On peut dire que vous êtes directe.

— En vieillissant, Janet, on s'aperçoit qu'on n'a plus le temps de tourner autour du pot.

— Vous ne m'avez jamais posé ce genre de questions, à la Villa.

– Vous étiez mon infirmière. J'étais votre pensionnaire.
– Et maintenant ?
Dixie se versa une autre tasse de café et sourit.
– Nous sommes des copines de chambre.

## 28

Il comprit qu'ils le renvoyaient à la Villa; et il comprit aussi qu'il ne voulait pas y retourner. Brian avait débarqué en coup de vent pour s'entretenir avec les médecins, comme s'il n'était qu'une espèce d'animal rare dans un zoo; Brian avait passé combien de temps? une demi-heure en tout avec lui ces deux derniers jours, et son regard semblait dire : « C'est l'enfer, il vaudrait mieux qu'il claque et qu'on en finisse », avant de foncer à Toronto pour aller voir de vieux amis, autant en profiter maintenant qu'il était dans l'Est, il ne pouvait rester qu'une semaine, il devait tout régler en moins d'une semaine, bon sang, tout mettre en ordre en une semaine, pour qu'il ne cause plus d'ennuis, et Brian qui lui disait : « Bonne nouvelle, ils vont te reprendre. »

« Je ne veux pas y retourner », avait-il répondu, il s'en souvenait maintenant. Et il lui avait expliqué : « Ils tuent, là-bas. » Brian avait pris son air bizarre, il n'écoutait pas ce que disait son père, il bavardait à voix basse avec le médecin au pied du lit, comme si son propre père n'existait pas. Le médecin avait parlé maladie d'Alzheimer et psychose paranoïaque, Brian avait hoché la tête, et Henry avait compris qu'il allait retourner à la Villa, il n'y avait rien à faire, il pouvait à peine se lever pour aller aux chiottes sans qu'on l'aide.

Quand il annonça à Dixie qu'on le renvoyait là-bas, elle acquiesça avec tristesse et lui promit qu'un jour ils vivraient ensemble à Toronto ; mais d'abord il devait se rétablir et le seul endroit pour ça, c'était une maison de retraite. Il lui rappela ce qui se passait là-bas, à la Villa, et dans son regard, il comprit qu'elle n'en était plus aussi sûre, comme tout le monde elle commençait à penser que, côté tête, l'ascenseur de Henry T. ne montait plus jusqu'au dernier étage, néanmoins, elle venait chaque jour, et il se sentait aimé, pas son pauvre corps non, ni son cerveau peu fiable, mais lui-même, lui, Henry Thornton, qui essayait de voir, d'entendre et de se souvenir.

Peut-être avait-il inventé tous ces meurtres et la tentative d'assassinat dont il avait été victime, il y avait tant de choses confuses dans sa tête ; il avait déjà perdu la boule plusieurs fois et il n'avait plus la force de lutter ; aussi, quand son fils était venu lui dire au revoir avant de rentrer à Vancouver et quand l'ambulance était passée pour le reconduire à la Villa, il n'avait offert aucune résistance. Dixie lui avait promis que Janet s'occuperait de lui, et ils s'enfuiraient de nouveau ensemble dès qu'il serait en état de courir, alors il les avait laissés le transporter du lit jusqu'au brancard, jusqu'à l'ascenseur, jusqu'à l'ambulance, sans même un juron.

Perturbé par le changement et le mouvement, il avait beaucoup de mal à se concentrer, à s'accrocher à l'instant présent, à comprendre exactement où il allait et ce qui allait se passer ; aussi avait-il mis plusieurs minutes à s'apercevoir qu'il était de retour à la Villa, mais ils ne l'avaient pas fait entrer dans l'ascenseur pour le monter dans sa chambre, non, il était toujours au rez-de-chaussée, ils l'avaient emmené tout au fond du couloir, derrière la grille, celle avec la serrure spéciale, dans le corridor étroit avec les fauteuils alignés de chaque côté, les fauteuils normaux, les fauteuils rembourrés et les fauteuils pour grabataires, avec les planchettes fixées sur le devant, des vieux et des vieilles, perdus, tristes et désœuvrés, assis dessus, certains attachés, tous faisant des tas de bruits, une vieille demandant « Est-ce que je vous plais ? » au moment où il passait sur sa civière, un autre criant un nom, Harry, sans cesse, « C'est toi Harry ? », de sa voix inquiète, pendant qu'un autre vieillard gémissait, comme un enfant qui veut entendre sa voix, tous, il le savait, se trouvaient ici, au rez-de-chaussée, au pavillon des soins spéciaux.

Le pavillon des soins spéciaux.

Ils l'avaient mis dans cette saloperie de pavillon ! ! Il allait leur dire qu'ils se trompaient, sa place n'était pas ici, jamais de la vie, avec les demeurés qui se bavaient dessus sans savoir où ils étaient ! Il leur parlerait calmement pour bien leur faire comprendre leur erreur, leur montrer qu'il savait qui et où il était, il pourrait même leur donner la date, mais, quand ils l'avaient mis au lit, le garçon de salle qui ressemblait à Brian ne l'avait pas écouté, « Oui, bien sûr, pas de problème, Papy, vous voulez un peu de jus d'orange, dans un ou deux jours ça ira déjà mieux ». La seule chose qu'il était parvenu à articuler ? « Non, c'est une erreur, non, non... » Son cerveau était trop fatigué pour exprimer sa pensée, trop fatigué pour actionner sa langue.

Soins spéciaux.

Il ferma les yeux et partit rejoindre Marion et le gamin.

– Ils l'ont mis dans l'unité des soins spéciaux.
– Oh, non ! Pauvre Henry. C'est ma faute.
– Ce n'est pas votre faute.
– Je l'ai laissé aller à Toronto, il a arrêté de prendre ses médicaments. J'ai cru ce qu'il racontait.
– Il pourra peut-être revenir dans une section normale dans une ou deux semaines.
– Ça se produit rarement, n'est-ce pas ?
– C'est vrai.

Janet était rentrée chez elle à onze heures et demie après son service de l'après-midi, et les deux femmes étaient assises dans le salon, à minuit passé, buvant des Martini dry avec trois olives au minimum ; Dixie avait le visage badigeonné de lotion à la vitamine E et les cheveux brossés et défaits. Elle fumait une Craven A mentholée et Janet, éreintée mais énervée, était affalée dans un fauteuil, la jupe relevée jusqu'à mi-cuisses, sans chaussures, les pieds en éventail, remuant les orteils.

– Peut-être que si j'allais le voir tous les jours... lança Dixie.

Janet se redressa, imaginant Dixie en locataire permanente.

– Votre lit vous attend toujours à la Villa.

– Encore ? Après presque deux semaines ?

– Ils vous ont classée dans les « absences temporaires ». C'est votre caisse de retraite qui paye ; du moins, c'est ce que m'a expliqué Willoughby.

– Personne ne m'a vue à l'hôpital ?

– Personne de la Villa.

– Mais, si je rends visite à Henry, ils sauront où je suis, pas vrai ?

– Sans doute.

– Et vous aurez des ennuis.

– De sérieux ennuis, oui, pour ne pas leur avoir dit où vous êtes depuis... combien ? dix jours ?

– Neuf.

Janet ajouta une olive dans son verre pour remplacer les deux qu'elle avait pêchées entre ses doigts pour les manger.

– Regardez un peu cette grille ! Des collants tout neufs !

– Ne les jetez pas.

– C'est ça...

– Je ne plaisante pas. Vous coupez la jambe qui est filée et vous gardez l'autre jusqu'à ce que vous ayez une paire avec un trou à l'autre jambe, ensuite vous portez un collant à une jambe et le second à l'autre jambe. C'est une petite astuce que j'ai apprise pendant la Dépression.

– On n'avait pas encore inventé les collants à l'époque.

– Ça ne change rien à l'idée. Vous voulez un autre Martini ?

Janet était trop fatiguée pour refuser, mais elle voulait rester sobre pour convaincre la vieille femme de retourner à la Villa, sans la brusquer, même si, nom de Dieu, elle commençait à s'habituer à trouver la vaisselle faite en rentrant, la maison rangée, et parfois le repas prêt.

Dixie versa une dose de vermouth et vida la bouteille de gin dans son verre.

— Je continue à croire ce que dit Henry... Il se passe des trucs bizarres là-bas.

Janet se pencha en avant, but une gorgée.

— Il est perturbé, Dixie. Ça arrive. Les gens dans son cas imaginent des tas de choses.

— Il en parlait déjà avant d'avoir l'esprit embrouillé.

Janet se leva, s'approcha de Dixie et passa son bras autour d'elle.

— Vous n'en êtes pas sûre ?

— Non. Mais, si je retourne là-bas, je pourrai essayer d'en savoir plus, et je passerai un moment avec Henry tous les jours.

— C'est peut-être préférable, oui. Du moins, jusqu'à ce que tout soit éclairci et que Henry soit rétabli.

En s'entendant prononcer ces mots, Janet se sentit coupable ; elle savait que cela n'arrivait jamais, jamais ils ne ressortaient sur leurs deux jambes, ils vieillissaient, leur état se dégradait et ils mouraient.

— Je m'occuperai de vous deux.

— Vous êtes adorable. J'aurais aimé...

— Quoi ?

Dixie caressa le visage de Janet.

— J'allais dire une bêtise à l'eau de rose du genre « Si j'avais eu une fille, j'aurais aimé que ce soit vous ».

— Ne le dites pas, alors.

— Non.

Elles se mirent à pleurer toutes les deux, reniflant dans des mouchoirs en papier et riant en même temps.

— Dommage qu'il n'y ait plus de gin, dit Dixie.

Elles partageaient le lit à deux places, ce n'était pas si pénible une fois qu'on s'habituait à sentir quelqu'un respirer dans son oreille et qu'on apprenait à rester de son côté. Dixie lui avait demandé pourquoi elle avait un grand lit et

Janet lui avait répondu qu'elle bougeait beaucoup la nuit. En la regardant avec malice, Dixie avait ajouté : « Oui, et c'est pratique quand on attend de la compagnie. »

Cette nuit-là, Janet connut un sommeil agité, à cause de l'alcool, et, pendant que Dixie ronflait à ses côtés, elle se dit que ce n'était pas une mauvaise chose de la renvoyer à la Villa, ils sauraient veiller sur elle, et il était temps qu'elle-même reprenne le cours normal de son existence, qu'elle mette un homme dans son lit. Après tout, la vie à la Villa n'était pas si désagréable, à condition de faire abstraction de la nourriture dégueulasse, de la chaleur étouffante et de la monotonie ambiante. Là-bas, Dixie serait bien, et Henry avait peut-être une chance de se rétablir... Bon Dieu, mais qui espérait-elle convaincre ?

## 29

Il était assis dans le couloir, dans l'éclat brutal de la lumière artificielle, pouvant à peine lever la tête, une couverture étalée sur les jambes, le sol lisse et brillant reflétant le plafond. L'homme qui se trouvait sur sa gauche tirait sur sa robe de chambre, puis s'arrêtait avec un grand sourire, puis recommençait ; la femme à sa droite était figée comme un cadavre, l'homme en face de lui se balançait sur son fauteuil, retenu par un bavoir en toile blanche, il parlait tout seul, celui qui se tenait à côté psalmodiait des paroles en polonais, en ukrainien ou Dieu sait quoi. Henry ne se souvenait pas de s'être levé de son lit pour s'asseoir dans ce fauteuil, ce siège de salle d'attente. Il avait la bouche sèche et pâteuse, le cou raide, tout son corps était mou et affaibli, son cerveau ne cessait de virevolter, incapable de se fixer sur la moindre pensée.

– Henry.

Un nom dont il se souvenait.

– Henry.

Il tourna la tête en direction de la voix et aperçut une grille, une jolie grille en fer, et, de l'autre côté, dans le jardin, une femme qui le regardait, une femme avec des cheveux roux.

– Henry.

Amusé par ces cheveux roux, il se mit à rire.

– Henry, tout va bien ? Ils ne veulent pas que je vienne te voir.

Pourquoi est-ce que ça n'irait pas, alors que j'attends l'arrivée de la parade, au premier rang, une couverture chaude sur les genoux, avec Maman et Papa derrière moi ? Une infirmière s'adressait à la femme aux cheveux roux, lui ordonnait de dégager la route pour laisser passer le défilé ; la vieille femme protesta, avant de repartir honteusement. Henry sourit intérieurement et attendit, c'était les chevaux qu'il préférait.

L'homme à sa gauche voulait une cigarette. Il suppliait la grosse aide soignante, Greta, « Allez, soyez gentille, filez-moi un clope, une cigarette », et Greta répondit non pendant encore une demi-heure, alors l'homme lui dit : « Va te faire foutre, espèce de salope de connerie de merde », et Greta s'éloigna dans le couloir, deux garçons de salle venant chercher l'homme qui faisait des moulinets avec ses bras. La femme assise près de lui, de l'autre côté de la chaise vide, se tourna alors vers Henry et demanda, d'une voix indifférente : « Est-ce que je vous plais ? », Henry détourna la tête en murmurant « Nom de Dieu », et se souvint alors qu'il était vieux, malade, et qu'il se trouvait dans le couloir du pavillon des soins spéciaux. Il tripota la couverture posée sur ses genoux, sentit un mouvement dans son fauteuil, bascula le poids de son corps et se sentit bouger de nouveau. Il était assis dans un fauteuil roulant. Mais, malgré ses efforts, pas moyen d'avancer ; il fit glisser ses mains le long des jantes à la recherche des freins, il trouva un levier de chaque côté et les bascula d'un geste sec. Et s'élança, traversa le couloir, alla se cogner dans les jambes du type qui se balançait. « Bon Dieu ! Bon Dieu de merde ! », s'exclama celui-ci et, pendant un instant, Henry se demanda quel était donc cet endroit où des tas de vieux blasphémateurs juraient à qui mieux mieux. Il recula en actionnant la roue de droite et, pivotant, se retrouva face à la grille, les bras déjà fatigués. Posant les pieds sur le sol, il fit avancer le fauteuil jusqu'à la porte, jusqu'à la grille en fer qui séparait la section des soins spéciaux du monde réel.

Il se laissa retomber dans son fauteuil et reposa sa tête un instant, manquant perdre ses esprits, ne sachant plus où il était, puis il leva les yeux, agrippa un des barreaux de la grille et tira. Rien. Poussa. Toujours rien. Observant la poignée, la serrure, il découvrit un truc qui ressemblait au cadran d'un téléphone à touches, tout ça faisait penser à l'entrée d'un complexe militaire étroitement protégé. Il rapprocha son fauteuil. Le boîtier se trouvait à une trentaine de centimètres au-dessus de sa tête, juste à portée de main, intégré à la serrure. Il comprit : c'était une serrure à combinaison, avec des touches numériques. Le bras tendu, il appuya sur plusieurs chiffres, il fatiguait rapidement. Une femme en uniforme blanc se tenait près de son fauteuil, la main posée sur le dossier; elle lui disait de faire demi-tour.

– C'est fermé, dit-il.

– C'est une simple serrure à combinaison.

Il avait du mal à garder la tête levée pour regarder son visage, mais il aperçut son badge sur sa poitrine empesée, Ann quelque chose.

– Vous m'avez enfermé, dit-il.

– C'est pour votre sécurité, monsieur Thornton, et celle des autres.

– Vous n'avez pas le droit de m'enfermer.

Elle lui caressait l'épaule. Ça l'agaçait.

– Nous ne nous pouvons nous permettre de perdre nos meilleurs pensionnaires.

– C'est illégal. Il doit bien y avoir une loi contre ça.

– Monsieur Thornton, vous êtes libre d'ouvrir la porte. Personne ne vous en empêche.

– Je ne connais pas la combinaison.

– Elle est inscrite sur le mur au-dessus de la grille.

Il leva les yeux, il n'y avait rien directement au-dessus de la grille, ni non plus au-dessus de la serrure, mais une petite carte était scotchée au pilier. Il plissa les paupières. La carte se trouvait à deux mètres environ au-dessus du sol. Avec des chiffres écrits à la main. Pas moyen de rien distinguer, neuf quelque chose. Sa tête retomba sur sa poitrine. L'infirmière le reconduisit à sa place le long du mur.

L'après-midi, il s'assoupit dans son fauteuil et se réveilla avec une terrible envie d'aller aux toilettes, craignant de faire sous lui et sachant qu'il ne pouvait pas s'y rendre seul ; il avait besoin d'aide, mais il ne voulait pas, nom de Dieu ! Alors, il dirigea son fauteuil vers sa chambre, n'importe laquelle, ça pressait. Il aperçut Tony, l'infirmier, à ses côtés, Tony qui lui demandait : « Où allez-vous, Henry ? » Grognant et ahanant, Henry poussait sur les roues du fauteuil, mais Tony le retenait.

— Et alors, que se passe-t-il ? Ce n'est pas encore l'heure d'aller se coucher.

— Toilettes...

Tony l'y conduisit, l'aida à descendre du fauteuil, l'assit sur la cuvette et commença à baisser son pantalon de pyjama. Henry, qui détestait ça, fit la grimace, agita les bras et essaya de faire une remarque sur quelque chose, la porte ouverte, les gens au-dehors qui gémissaient et braillaient, les aides soignants qui passaient dans le couloir, des hommes et des femmes, et, lui, cul nu sur les chiottes. Et Tony debout devant lui qui attendait qu'il chie, lui tenant l'épaule un peu plus fort qu'il n'était nécessaire. Saloperies de sphincters, contractés par la honte, et son ventre qui lui faisait mal. Un vieillard entra d'un pas non-chalant, le pantalon autour des genoux, Tony appela quelqu'un, une femme entra à son tour et emmena le vieil homme. Tony ricana : « Il faudrait installer des doubles chiottes », et Henry qui essayait de lui dire quelque chose, mais les mots refusaient de sortir, il remarqua qu'il pissait à côté. Tony le repoussa au fond du siège et rabaissa son machin, et Henry, ce qui restait de Henry, se libéra, woosh, il sentit son ventre se vider et, pris de vertige, il bascula vers Tony ; une pensée lui traversa l'esprit, une pensée sur la mort, sur le moment et la façon de mourir.

Elle reçut l'autorisation de l'emmener faire une promenade dans l'après-midi, de l'autre côté de la grille, au bout d'un couloir, dans une pièce calme, joliment meublée, avec un grand écran de télé muet dans un coin. Assise à côté de lui, elle remarqua que son regard était flou, bien qu'il l'ait reconnue et lui ait demandé de rentrer chez lui. Son visage s'était creusé, ses cheveux étaient plus secs, ses doigts plus hésitants. Les yeux fixés sur elle, il commençait une question, une conversation, mais semblait perdre le fil de ses pensées et revenait à des préoccupations intérieures. Elle essaya de bavarder, évoquant leur voyage à Toronto, leurs souvenirs plus anciens, et, de temps à autre, il réagissait. Mais il paraissait abruti, sonné, incapable de contrôler les mouvements de sa bouche. Ses jambes ne cessaient de remuer au ralenti, ses doigts tremblèrent lorsqu'il se saisit du verre de jus d'orange que leur avait apporté la jeune bénévole et Dixie en conclut qu'ils lui donnaient certainement des médicaments. Il faudrait qu'elle interroge Janet. La jeune bénévole gazouilla quelques joyeuses inepties sur cette belle journée d'été qu'on avait et demanda à Henry s'il désirait un journal. Dixie fit non de la tête.

Il semblait réfléchir à quelque chose, ses doigts remuaient, sa langue sèche essayait vainement de mouiller ses lèvres, son regard s'éclaircit. Il leva la tête et dit :

– Ils sont en train de me tuer.

– Pauvre Henry.

– Petit à petit. Ils me tuent petit à petit.

– Ils essayent seulement de te soigner, Henry.

– Ils me donnent un truc.

– Oui, des médicaments pour ta tension. Et pour ton cœur.

– Non, autre chose.

– Les médecins connaissent leur métier, Henry.

– Ils me font quelque chose.

Elle lui prit la main, remarquant les petits muscles qui tressaillaient involontairement.

– Oh, Henry.

– Ils m'asphyxient le cerveau.

– C'est peut-être un léger sédatif, Henry.

Il détourna la tête.

– Pourquoi ?

– Janet a dit que tu ne savais pas où tu allais, que tu rentrais dans les gens avec ton fauteuil roulant.

Il la regarda et, au prix d'un terrible effort, il dit :

– Dixie. Aide-moi.

Elle serra ses doigts dans sa main.

– Bien sûr.

Les mains de Henry tremblaient sous l'effet de la concentration.

– Ils essayent de me tuer. Avec des médicaments. Il faut que tu fasses quelque chose.

– Compte sur moi, Henry.

– Le temps presse.

– Henry...

– C'est Bennet. C'est lui, le meurtrier.

– Tout va s'arranger, Henry.

– Non. Il faut que tu me sortes d'ici.

Ses bras retombèrent, son regard redevint flou, son corps s'affaissa. Dixie se sentait impuissante devant toute cette maladie, cette folie, cette peur.

Tandis qu'elle le ramenait vers la section des soins spéciaux, en l'écoutant murmurer des propos incohérents sur des événements survenus bien des années avant, elle se demanda si on ne lui donnait pas des médicaments trop forts, et si, sans toutes ces drogues, il ne pourrait pas aller mieux.

Elle l'abandonna dans le couloir après avoir veillé à ce qu'il ne manque de rien et posé un tas de questions à Greta, pour savoir comment il allait, s'il mangeait, s'il buvait, s'il dormait bien, et quels médicaments on lui donnait, jusqu'à ce que l'aide soignante, agacée, la congédie avec un regard noir ; alors elle s'en alla, soulagée de quitter la section des soins spéciaux. Arrivée à la grille, elle leva les yeux vers la combinaison inscrite à la main. 9-4-7-2-6. Elle la répéta dans sa tête, baissa les yeux et appuya sur les touches, se trompa et mémorisa de nouveau les chiffres, c'était plus dur quand c'était écrit; cette fois, elle réussit et laissa échapper un soupir de soulagement. Elle adressa un signe de la main à Henry de l'autre côté de la grille, puis regagna sa chambre au quatrième. Elle se sentait mal à l'aise, dépassée par les événements. Par où commencer? Comment faire venir un autre médecin? Janet ne goberait jamais la théorie de Henry au sujet des meurtres, mais peut-être l'écouterait-elle pour l'histoire des médicaments. Demain, elle travaillait de jour, elle pourrait lui en parler. Ou pourquoi ne pas lui téléphoner aujourd'hui? Oui. Dixie se redressa dans son fauteuil. Non. Que pourrait faire Janet aujourd'hui? Rien. Elle se rassit, en se répétant que Henry n'avait rien à craindre, le docteur Bennet savait ce qu'il faisait, puis elle se surprit à pleurer de frustration.

## 30

– Il ne va pas bien, disait-elle. Il ne va pas bien du tout.

– Je suis désolée.

– Ils m'ont autorisée à le sortir de la section des soins spéciaux hier, mais il est perdu et déprimé.

Janet était assise sur le lit, Dixie dans un fauteuil. Janet était pressée de continuer à s'occuper des bains et des distributions de médicaments, pour ne pas prendre du retard. La compagne de chambre de Dixie somnolait dans un fauteuil près de la porte.

– Il continue à penser que quelqu'un essaye de le tuer.

Janet haussa les épaules.

– Oui...

– Il croit que c'est les médicaments qu'on lui donne.

– Il a fait une crise cardiaque, Dixie, et sans doute...

– Quoi ?

– Vous me comprenez, son cerveau a pu être atteint. Peut-être a-t-il subi des dommages.

Dixie baissa les yeux et secoua la tête avec tristesse.

– Oui, je sais.

Janet changea de position comme si elle s'apprêtait à se lever, puis hésita.

– Il a la bouche sèche, reprit la vieille femme, et les petits muscles de ses mains n'arrêtent pas de se convulser.

Janet se rassit en regardant Dixie.

Cette dernière poursuivit :

– Je crois qu'on lui donne trop de médicaments, ou bien ce ne sont pas les bons. (Elle leva les yeux.) Oh, Janet, je ne sais pas quoi faire.

– Vous devriez sortir vous promener, au lieu de rester enfermée ici à vous faire du souci.

– Je lui ai promis d'essayer de me renseigner.

– C'est Ann qui s'occupe de son service. Je n'ai aucune idée de ce qu'on lui administre.

– Janet, peut-être qu'il se trompe quand il dit qu'on essaye de le tuer, mais il se peut que les médicaments aggravent son état.

Janet se leva, retapa le dessus du lit et regarda à travers la fenêtre les grands nuages blancs, gonflés et libres, de cette belle journée d'été.

– La plupart du temps, il n'a plus toute sa tête, dit Dixie. Je le sais, mais, pendant quelques minutes, il était parfaitement lucide. Pauvre Henry. C'est quand il est lucide qu'il continue à penser que quelqu'un lui veut du mal.

Janet se détourna de la fenêtre.

– Je suis certaine que le docteur Bennet...

Dixie la regardait. Janet songea à tous les médicaments, stimulants, calmants et autres, qu'ils déversaient dans la bouche des pensionnaires, surtout les vieillards ronchons, les vieilles casse-pieds, et elle s'entendit prononcer la réplique habituelle pour rassurer Dixie, « Les médecins savent ce qu'ils font ». Elle soupira.

– Entendu, Dixie. Je jetterai un œil sur le cahier, je demanderai à Ann, si ça peut vous soulager. Mais plus tard dans la journée, d'accord ?

Au moment où Janet s'en allait, la compagne de chambre de Dixie se réveilla et demanda *« Dove ? Dove ? »* en essayant de la retenir par la manche.

Janet s'arrêta.

– Shelburne Villa, madame Molinari. Shelburne Villa.

– Je veux rentrer chez moi.

– C'est ici chez vous.

– Je veux rentrer.

Certains jours, elle aimait son travail, d'autres, elle ne pouvait le supporter, surtout ceux où elle réfléchissait trop et où tout lui semblait déprimant.

# 31

Il y avait quelqu'un dans son lit. C'était agréable. Un corps chaud qui faisait bruisser les draps, qui se contorsionnait, soufflait dans son oreille, peut-être Marion, ou quelqu'un d'autre, la réceptionniste qu'il avait repérée et qui était enfin grimpée dans son lit, ici, durant ce voyage, au cottage. Elle était couchée sur lui maintenant, ses mains couraient sur sa poitrine, ses lèvres humides embrassaient son visage, son cou, elle glissa sa main sous le drap, pour saisir sa queue et ses couilles dans sa paume, un peu brutalement, hé, plus doucement, ce corps qui remue sur lui, une autre main sur son ventre. Où est-il ? Qui est-elle ? Pourquoi se plaindre ? Mais la porte qui donne sur le couloir est ouverte et n'importe qui pourrait entrer, Marion par exemple, revenant à la maison et le trouvant au lit avec... Mais qui est cette femme qui lui caresse les couilles à deux mains, lèvres humides sur son ventre, sa queue gonflée et dure peut-être, il l'espérait, puis un genou sur son visage, du calme, nom de Dieu, du calme, oh nom de Dieu, sa bouche en bas, qui faisait ce que Marion n'aurait jamais fait, pour rien au monde, même en cinquante ans. Le lit faisait un raffut épouvantable et il entendait des bruits provenant des autres lits. Les autres lits... Bon sang, il était dans un dortoir, son frère dormait dans le lit voisin et lui, il était avec cette nana dans son lit, foutrement gênant, mais la fille s'affairait comme une vieille pro, et, bon sang, c'était sacrément bon et troublant, mais il n'avait pas le droit de faire ça. Le genou de la fille était appuyé sur son torse, puis son cul nu glissa sur son ventre, elle s'assit sur lui, en tenant sa queue comme un levier de vitesse, manœuvrant pour s'asseoir dessus… Et soudain, son pire cauchemar se réalisa, les lumières s'allumèrent, merde, il y avait un tas de gens autour de son lit, des gens qui parlaient, il était mort de honte, ils obligèrent la femme à descendre de sur lui, en la tirant par les bras, en la réprimandant, pour l'emmener, et la femme qui hurlait et se débattait. Il entendit l'un d'eux éclater de rire, l'autre, le visage sévère, qui disait : « Vous vous rendez compte, madame Webber, faire ça avec Henry, vous, l'épouse du pasteur, et si jamais il l'apprend », et l'autre voix qui répondait : « Elle est très malade, elle n'a plus toute sa tête, elle n'aurait jamais fait une chose pareille, il a dû… » et une troisième voix disant qu'il faudrait les séparer, « Il est anormal que certaines de ces vieilles dames respectables soient obligées de supporter de vieux cochons », et quelqu'un d'autre éclata de rire, un grand rire sain. Perturbé par tout cela, Henry commençait à s'apercevoir confusément qu'il était vieux, qu'il se trouvait dans une maison de retraite, dans une chambre commune, et que cette femme dans son lit… il ne la connaissait absolument pas, mais peut-être n'était-ce qu'un rêve, il devrait se rendormir et rêver encore un peu pour voir comment ça se terminait, mais on ne vous laissait jamais tranquille ici, un sale emmerdeur debout près de son lit ôtait sa main de ses bijoux de famille et la reposait sur la couverture remontée jusqu'en haut, le bordait, éteignait la lumière. Henry savait que c'était trop tard maintenant, trop tard pour retrouver le rêve et s'y replonger.

Ann fut profondément attristée en apprenant cette histoire. Pauvre Mme Webber, sa maladie la conduisait à faire des choses insensées. Greta, elle, en riait encore à la pause-café, « Si vous les aviez vus ! Mme Webber chevauchant le vieil Henry comme une Harley-Davidson, le visage écarlate, en soufflant comme un bœuf, et le pauvre Henry qui

LA VILLA DES OMBRES

ne comprenait pas ce qui lui arrivait », et Janet riait, elle aussi, « A ce qu'il paraît, il avait quand même saisi le sens général », et toutes les deux riaient, en regardant Ann. Cette dernière leur retourna un sourire.

— Avoue, dit Janet, que ce devait être sacrément drôle...

— Willoughby a failli avoir une attaque, elle nous a fait jurer de ne rien dire au pasteur ni à ses enfants.

— Ce serait un choc terrible pour eux, dit Ann.

Sur ce, Tony les rejoignit, et Greta lui raconta de nouveau l'histoire, en agitant les bras, une lueur joyeuse sur son visage habituellement morose.

Ann buvait son thé à petites gorgées.

— Allez, Ann, dit Janet, ce n'est pas dramatique.

— Ça vous fait peut-être rire, répondit Ann, mais imaginez un peu ce que ressentirait Mme Webber si... si elle savait. Elle serait morte de honte.

— J'ai plutôt l'impression qu'elle prenait du bon temps, dit Greta.

Ann haussa les épaules, avec un petit sourire crispé.

Tony prit la parole :

— Certaines de ces vieilles chéries sont vraiment surprenantes.

— Il faut leur ôter la moitié du lobe frontal avant qu'elles commencent à s'amuser, dit Janet.

— Peut-être faudrait-il les séparer, dit Ann. Une section des soins spéciaux pour les hommes et une autre pour les femmes.

— Ça ne fait de mal à personne, Ann, répondit Janet. Cesse de voir tout en noir.

Ann déposa sa tasse dans l'évier.

— Et si c'était ta mère ? Tu viens la voir et tu apprends qu'elle a... fait ça avec M. Thornton ?

Ignorant le regard que Greta adressait à Janet et celle-ci qui répondait qu'elle voudrait bien que sa mère le fasse avec quelqu'un, Ann sortit de la salle de repos et regagna la section des soins spéciaux.

Elle rendit visite à Mme Webber et eut beaucoup de mal

à faire le lien entre l'histoire que racontait Greta et cette petite vieille fragile et sénile attachée dans son fauteuil et que ses deux grands enfants venaient voir chaque dimanche après-midi et son mari, le pasteur Webber, presque tous les jours.

Mme Webber la regarda et dit :

– Ann ?

– Qu'y a-t-il ?

– Ton père a dit qu'il fallait que je te parle de certaines petites choses.

Ann se souvint que Mme Webber avait une fille prénommée Ann.

– Voulez-vous un peu de jus d'orange ?

– Merde... merde, merde, merde.

Ann tressaillit.

– Voulez-vous aller aux toilettes ?

Mme Webber secoua la tête.

– Je ne sais pas, je ne sais pas...

Elle jetait des regards inquiets autour d'elle.

Ann retourna dans le bureau des infirmières. Pauvre Mme Webber. Une vieille femme si formidable. Janet et Greta ne comprenaient pas l'importance de la dignité. C'était affreux de voir comment la maladie d'Alzheimer les privait de toute dignité, en leur faisant faire ou dire des choses auxquelles ils n'auraient jamais songé avant. C'était très pénible et choquant pour leur famille. Il n'y avait pas de quoi rire. Ils souffraient tous, Mme Webber, son mari et ses enfants.

# 32

Toute la matinée, Henry resta assis dans un fauteuil dans le couloir, attendant avec impatience l'apparition du docteur Bennet. Ses pensées s'éclaircissaient peu à peu. Il était de nouveau capable de réfléchir. Au petit déjeuner, il avait fait semblant d'avaler deux des médicaments qu'ils lui donnaient et n'avait pas touché à la confiture de fraise. C'est généralement là qu'ils les mettaient, écrasés dans la confiture. Les infirmières étaient trop occupées pour s'en apercevoir.

Il pensait à toutes les choses qu'il aimerait faire à Bennet. Le faire trébucher avec sa canne, s'il pouvait la récupérer, lui faire avaler un mélange de poivre noir et de sable, pour lui donner une idée de la sensation que lui procuraient tous ces médicaments dans la bouche. Lui bourrer la tête de boules de coton, le faire tournoyer comme une toupie jusqu'à ce qu'il ne sache plus où il était, ou encore, pourquoi pas ? l'obliger à avaler les médicaments qu'il lui prescrivait, histoire d'inverser les rôles pour une fois.

Il regardait la grille au bout du couloir. Quand Bennet arriverait, il… quoi ? Il lui demanderait poliment pourquoi il tuait les gens ? Il l'accuserait de charlatanisme et de meurtre ? Il réclamerait un autre médecin ? Un deuxième avis ? Il essaierait d'abord la voie diplomatique ? Avant de lui balancer un coup dans les parties ?

Au déjeuner, il évita de nouveau ses médicaments. Un garçon de salle qu'il ne connaissait pas l'aida à regagner son fauteuil dans le couloir. Il avait sommeil. Une des femmes dans l'alignement répétait inlassablement : « C'est toi, Harry ? C'est toi, Harry ? » Il essaya de rester éveillé. Impossible. Peut-être avaient-ils mis quelque chose dans sa soupe.

Il était parti quelque part, dérivant entre des rêves agréables et la réalité déprimante quand il s'aperçut tout à coup que Bennet, ses jolies chaussures et son beau pantalon venaient d'arriver et se dirigeaient vers le bureau des infirmières, sans prêter attention aux patients alignés le long du mur.

Henry se redressa, secoua la tête et se leva péniblement. Il se sentait étonnamment faible. Se tenant au bras du fauteuil, il se retourna, chancela, manqua tomber et se cogna dans un déambulateur abandonné à côté de l'homme assis à sa gauche. Henry s'en saisit et le mit en position, une main, deux mains, les pieds en place, soulever, reposer, puis avancer en traînant les pieds. C'était trop lent, ce machin. Le temps qu'il arrive, Bennet serait déjà monté à un autre étage. « C'est toi, Harry ? » demanda l'amie d'Harry, son épouse ou sa sœur. Qui le savait ? « Je vous plais ? » demanda une autre femme. « Cigarette ! » s'exclama quelqu'un d'autre. Un « Youpi ! » strident retentit.

– Fermez-la, dit Henry. Pour l'amour du ciel, laissez-moi réfléchir...

Son manque d'équilibre ne lui permettrait pas d'aller jusqu'au bureau des infirmières... Oh, mon Dieu. Il s'arrêta pour regarder d'un air hébété l'homme qui se trouvait sur sa gauche, les genoux relevés, les jambes écartées, et qui pissait par terre depuis son fauteuil, en un long arc de cercle élégant qui éclaboussait le sol dallé. Peut-être pourrait-il arriver jusque là-bas, en se penchant en avant, se laissant entraîner dans la bonne direction.

Il lâcha le déambulateur, inclina son corps vers l'avant, parallèlement aux murs du couloir, et avança les pieds le plus vite possible pour rattraper son corps qui basculait au milieu du couloir. Il vira sur la droite, se cogna contre une chaise, trébucha, encore quelques pas, avant de percuter le comptoir du bureau, de se raccrocher au rebord comme à la berge d'une rivière. Il se redressa.

Bennet était là, de l'autre côté, assis, occupé à remplir un dossier. Il leva les yeux. De toute évidence, il ne l'avait pas reconnu. Il replongea le nez dans son dossier.

— Docteur Bennet, dit Henry.

Celui-ci ne leva pas la tête.

— Une infirmière va s'occuper de vous, marmonna-t-il.

Henry se pencha au maximum par-dessus le comptoir.

— Bennet !

Le médecin leva les yeux.

— Henry... Vous êtes plein d'entrain aujourd'hui.

— Ce n'est pas de votre faute.

Bennet feuilleta son dossier.

— Une infirmière va vous reconduire à votre lit.

— J'exige un autre médecin.

Voilà. Il l'avait dit. Ce n'était pas exactement un coup de pied dans les parties, mais c'était un bon début.

Bennet écrivit quelque chose sur une feuille d'ordonnance.

— Vous avez l'air d'aller beaucoup mieux, Henry. Votre état s'améliore grandement depuis quelques jours.

— Vous avez entendu ? Je veux un deuxième avis.

— Je suis à vous dans quelques minutes, Henry, le temps de finir ça.

— Tout de suite !

Il frappa du poing sur le comptoir et grimaça de douleur.

Bennet fit pivoter son fauteuil, rangea le dossier à sa place et en sortit un autre.

— Nom de Dieu ! dit Henry. Je veux vous parler immédiatement... de ces médicaments que vous me faites prendre.

Bennet ouvrit le nouveau dossier. Sans regarder Henry, il répondit :

— Calmez-vous, monsieur Thornton. Ce n'est pas bon pour votre tension.

– Je l'emmerde, ma tension.

Bennet chercha de l'aide du regard.

– Tony, vous devriez ramener M. Thornton dans son lit. Je vais lui prescrire un sédatif. (Henry vit un uniforme blanc avancer vers lui.) Vous ne pensez pas vraiment ce que vous dites, Henry.

Celui-ci sentit quelqu'un lui saisir le coude.

– Et comment ! Voyez vous-même. Je vais beaucoup mieux parce que je ne prends plus vos saloperies de médicaments. Ils me font crever !

– Allez, Henry, on va se coucher.

Tony était sur sa gauche, il le tirait par le bras. Henry se souvint qu'il aimait bien Tony, il l'avait même vu à Toronto, mais, depuis son retour, celui-ci se montrait intraitable. La gentillesse avait disparu de son regard.

Henry dégagea son bras, une rage impuissante montait en lui.

– Vous m'entendez, Bennet ? J'exige un autre médecin. Regardez-moi, Bon Dieu !

– Allez, Henry, venez avec moi.

Une femme en blanc était apparue de l'autre côté, pour l'emmener.

– Vous voulez me tuer. Ils veulent tous me tuer. Nom de Dieu.

Il se débattit pour se libérer. Tony et la femme lui saisirent les bras avec davantage de fermeté et l'emmenèrent.

Henry décocha un coup de pied dans le comptoir.

– Bon Dieu de merde !

– Mettez-le au lit, ordonna le docteur Bennet. Et injectez-lui cinq centimètres cubes de Droperidol.

– Non, pas question, espèce de sale con !

Henry donna un second coup de pied. Tony le fit se retourner. Henry récidiva, décocha une ruade, atteignit sa cible, la douleur qu'il eut au pied lui arrachant un cri.

– Merde, dit Tony. Prenez-lui les jambes. Portons-le.

Il avait mal au pied. Il avait mal à la main. Toute son énergie et ses espoirs se déversaient à gros bouillons comme d'une plaie béante. Il se laissa transporter jusqu'à sa chambre et hisser sur son lit. Il s'aperçut trop tard qu'ils lui attachaient les poignets. Il se débattit. Tony revint avec une seringue. Ils le firent rouler sur le flanc. Il sentit l'aiguille s'enfoncer dans ses fesses. Il voulut parler, mais les mots lui échappaient. La drogue se répandit dans son sang. Les yeux fermés, il laissa son esprit dériver vers le passé.

Ils expliquèrent à Dixie que Henry n'était pas en état de quitter l'unité des soins spéciaux ; il était très agité et il avait fallu lui administrer d'autres médicaments, en revanche, elle pouvait lui rendre visite dans sa chambre. Assise près du lit, elle lui tenait la main à travers les barreaux, elle contemplait son visage triste, constatait combien il avait maigri, remarquait l'expression crispée sur ses lèvres. Janet n'avait toujours aucun renseignement sur les médicaments. Zut. Elle se sentait inutile et impuissante, mais peut-être se berçait-elle d'illusions avec cette histoire de médicaments, Henry était tout simplement en train de succomber peu à peu à ses diverses maladies, et personne n'y pouvait rien. Elle lui parla, mais il ne réagit pas. Quand elle se pencha au-dessus de son visage, ses yeux semblèrent la reconnaître un bref instant, avant de redevenir totalement vides et lointains, comme s'il voyait à travers elle. Ne sachant plus quoi lui dire, elle eut l'idée de lui faire la lecture, mais il n'y avait ni livre, ni magazine dans cette chambre double, alors elle essaya de se souvenir d'une chose qu'elle pourrait réciter, pour établir le contact, et le garder, et soudain elle se souvint :

*J'ai beaucoup voyagé aux royaumes de l'or,*
*Et vu bien des Etats et monarchies prospères,*
*J'ai exploré maintes îles occidentales*
*Qu'en allégeance à Apollon des bardes tiennent...*

Elle s'interrompit. Cela ne lui semblait pas un bon choix. En y réfléchissant, c'était même la chose la plus stupide qu'elle avait jamais demandé à ses élèves d'apprendre par cœur. Keats pouvait faire mieux que ça. Elle recommença :

*Après que de noires vapeurs eurent écrasé nos plaines*
*Durant une longue et terrible saison, voici venir un jour,*
*Né du Sud si doux, qui efface*
*Des ...*

Des bruits dans le couloir l'interrompirent, des voix, quelqu'un qui pleurait, sanglotait, une voix remplie de colère.

— Pourquoi ne nous avez-vous pas prévenus ?
— C'est arrivé très brutalement.
— Pourtant, elle allait très bien la semaine dernière. Enfin, je veux dire, je ne pouvais pas imaginer...
— Je suis désolée. Nous non plus, nous ne nous attendions pas à la voir partir si vite. (Dixie reconnut la voix de Willoughby.) Nous avons fait tout notre possible.

Une femme dit :

— Si seulement vous nous aviez prévenus. Je n'étais pas venue la voir depuis plusieurs jours.

Une voix d'homme dit :

— Elle a reçu les meilleurs soins, Ann. Peut-être est-ce un bienfait qu'elle soit partie si vite.
— Sans aucune doute, dit Willoughby. Elle n'a pas souffert à la fin.

La femme dit :

— Elle prenait tellement de médicaments.
— C'est la volonté de Dieu, Ann.
— C'est ta réponse à tout, hein ?... (Un silence.) Excuse-moi, Papa, je ne voulais pas dire ça.

Willoughby intervint :

— Voulez-vous venir dans mon bureau, je vous prie ? Il faut signer quelques papiers... Je vais vous faire apporter une tasse de thé, révérend.

En levant les yeux vers Henry, Dixie s'aperçut que celui-ci la regardait fixement, en serrant sa main dans la sienne.

– Quelqu'un l'a tuée, dit-il.

– Qui ?

– Mme Webber.

– Elle était certainement très malade, Henry.

Il esquissa un sourire.

– Pas dans ce sens-là. (Puis, redevenant sérieux, il lui serra la main encore plus fort.) Quelqu'un l'a tuée. Je le sais. Les médicaments du docteur Bennet. Je crois que je suis le prochain sur la liste. Ils m'ont fait une piqûre aujourd'hui.

– Henry...

– Trouve-moi un autre docteur. Avant qu'il ne soit trop tard.

– Tu te fais des idées, Henry.

Le regard du vieil homme redevint flou. Son visage s'affaissa. Il était parti ailleurs.

– Ne t'inquiète pas, Henry.

Elle lui caressa les cheveux, déposa un baiser sur son front et quitta la section des soins spéciaux. Elle sentait que Henry s'éloignait d'elle peu à peu, prisonnier de son labyrinthe, de ce mausolée complexe où il n'y avait ni réponse ni espoir, et elle, elle n'était qu'une vieille gâteuse, sans personne pour l'aider, excepté Janet. Janet. Elle essaierait encore une fois auprès d'elle.

Seul le plafond faiblement éclairé entrait dans le champ de vision de Henry, c'était un plafond comme un autre, dans une maison comme une autre. Il ne pouvait pas bouger la tête, son corps était étendu et ligoté. Une silhouette en ombre chinoise apparut devant lui. Venue pour l'étouffer, venue pour le tuer. Il regarda ce visage inconnu. Sans pouvoir bouger.

Le visage dit quelque chose, « Henry quelque chose Janet », puis, plus clairement :

– Comment vous sentez-vous, Henry ?

Comment je me sens ? Nom de Dieu. Comment je me sens ? C'est évident. Qu'est-ce que ça peut vous faire ?

– Vous avez mauvaise mine, Henry. Je vais vous détacher.

Mauvaise mine ? Mauvaise mine ? Hé, c'est un concours
de beauté ou quoi ?

– Ils vous ont vraiment bourré de drogues, pauvre vieux.

– Hmmmm.

Pas mal, cette fille, qui qu'elle soit, une amie de Marion,
je ferais mieux de surveiller mon langage, ravi de faire
votre connaissance, ma jolie.

– C'est mieux comme ça ?

– Hmmmm.

– Pouah ! On dirait que vous avez fait dans votre lit,
Henry. Il est temps de vous mettre des couches.

– Salope.

– Du calme, Henry.

– Où on est ?

– A la section des soins spéciaux. A la maison de
retraite, Henry.

Maison de retraite, Henry. Maison de retraite.

– Et vous ?

– Je suis infirmière… Janet. Vous vous souvenez ?

Janet l'infirmière. La Janet de Dixie.

– Que…

– Je vais chercher quelqu'un pour vous nettoyer.

Non, attendez, ne… Elle est partie.

Ils se jetèrent sur lui à deux, le firent rouler sur le côté, le
retournèrent, lui baissèrent son pantalon, lui retirèrent les
draps sous lui, le lavèrent, le frottèrent et lui mirent une
couche.

– Faites chier, merde ! dit Henry.

– Ouais, comme vous dites, répondit l'un des deux.

– On le met dans la baignoire ?

– Ça peut attendre demain.

Ils repartirent.

Il était épuisé, mais parfaitement réveillé maintenant, et il
se souvenait. Il ne devait pas avaler les médicaments, ne

pas contrarier Bennet, prendre son temps, faire le tri dans ses pensées, et y aller en douceur. Pas d'insultes. Pas de cris. Rester calme. Il faudrait s'en souvenir demain matin. Il le fallait.

C'était foutrement humiliant de porter une couche.

Faites chier, merde.

Dixie était assise dehors dans le patio. Janet la rejoignit, prit une chaise à côté d'elle, sourit ; puis jeta un rapide coup d'œil aux alentours.

– Alors, demanda Dixie, vous avez trouvé ?

– J'ai consulté le cahier des médicaments.

– Et ?

– A vrai dire... je ne devrais pas parler de ça.

– Son état s'aggrave, hein ?

– C'est compliqué. On lui donne un tas de cachets.

– Et c'est la faute de certains d'entre eux ? Ou bien à cause des mélanges ?

Janet tourna la tête, en direction de l'alignement de vieux peupliers, de l'érable touffu et vert, écoutant les merles qui échangeaient des cris de mise en garde.

– Il prend des tonnes de saloperies, dit-elle. N'importe laquelle pourrait le détraquer, sans parler du mélange. Ils lui donnent du Mellaril, du Tagamet, de l'Hydrodiuril et de la Cimetidine. Le Tagamet et la Cimetidine, c'est la même chose, je crois. Le Symmetrel, c'est l'autre. Plus du Nitro-paste et de l'Inderal. Et de l'Halcion *pro re nata*, ça veut dire « en cas de besoin ».

– A quoi ça sert, tout ça ?

L'infirmière se tourna vers Dixie.

– Le Mellaril est un tranquillisant et un antipsychotique, le Tagamet, c'est pour les ulcères. L'Hydrodiuril est un diurétique, le Symmetrel sert à arrêter les tremblements de la maladie de Parkinson.

– Henry n'a pas de Parkinson.

– C'est sans doute pour les tremblements causés par le Mellaril.

– Ce que ça peut être compliqué.

– Ecoutez, tous ces médicaments peuvent lui faire du bien, ou au contraire aggraver les choses. La seule façon d'en avoir le cœur net, ce serait d'en arrêter certains, ou de demander l'avis d'un spécialiste.

– Pourtant, le docteur Bennet…

Elle n'acheva pas sa phrase.

– Oui, il veut bien faire, je pense, j'en suis même sûre, mais, dès qu'il s'agit de ce genre de médicaments, les médecins généralistes sont un peu perdus.

– Henry croit qu'on cherche à l'empoisonner délibérément… (Janet ne dit rien, elle attendait.) Il prétend que Mme Webber a été assassinée, ajouta Dixie. (Janet haussa les épaules.) C'est sérieux, Janet. Ne vous moquez pas.

– Que voulez-vous que je vous dise ?

– De quoi est morte Mme Webber ?

– Le cœur a lâché, à ce qu'il paraît.

– Et les médicaments ?

– Elle en avalait énormément, elle aussi.

– Comme Henry ?

– Certains médicaments étaient les mêmes.

– Et si on interrogeait le docteur Bennet ?

– C'est lui qui rédige les ordonnances ; il ne vous répondra pas.

Dixie se pencha en avant.

– Henry a une théorie, Janet. Le docteur Bennet facture de faux examens, puis il supprime les patients avant que n'arrivent les lettres de demande de justificatif.

– Dixie ! Bennet n'est peut-être pas Albert Schweitzer, mais ce n'est pas un assassin !

– Oui, c'est un peu tiré par les cheveux, je le reconnais. Voilà pourquoi je ne vous en ai pas parlé avant. J'ai essayé de lui expliquer que la négligence et l'incompétence étaient beaucoup plus répandues que la malveillance.

– Et vous avez raison.

Dixie se renfonça dans son fauteuil.

– Alors, qu'en pensez-vous ? Sincèrement ?

– Je pense que la plupart des pensionnaires prennent trop de médicaments. Mais c'est compréhensible, d'une certaine façon, il faut bien essayer de faire fonctionner les reins, de faire baisser la tension, de contrôler l'agressivité. Mais il y a une patiente, le mois dernier, je suis certaine que c'est le mélange de médicaments qui l'a rendue folle, elle avait des hallucinations, et puis elle est morte brutalement. Pour Mme Webber, je ne sais pas.

– Je me sens si impuissante et stupide ici, avoua Dixie. Il faut faire quelque chose, mais je n'en sais pas suffisamment, je ne sais pas à qui m'adresser.

Janet consulta sa montre, se leva pour s'en aller, posa sa main sur l'épaule de la vieille femme.

– J'irai en parler à Bennet, je lui demanderai de regarder la liste des médicaments de Henry. Je pourrai peut-être même lui suggérer de prendre un avis extérieur, si je trouve un moyen de formuler ça sans le vexer.

– Vous viendrez le lui dire demain ?

– Bien sûr.

– Il n'a plus beaucoup de temps, Janet. Je le sens…

Et voilà, elle avait proposé de mettre son nez dans des affaires qui ne la regardaient pas, après avoir gardé ses distances pendant si longtemps, en se répétant que c'était juste un boulot, elle n'était pas responsable, elle rentrait chez elle le soir sans se soucier des choses qu'elle avait vues dans la journée. Comme cette femme sous Haldol qui n'avait pas parlé depuis trois ans, ils avaient arrêté le Haldol, mais, comme elle ne voulait plus la boucler ensuite, ils avaient recommencé le traitement. Et ce mélange d'antidépresseurs, de Chlorpromazine, de Tagamet et de Symmetrel, qui leur fait perdre la boule, toutes ces séquestrations inutiles parce qu'ils ont la trouille des procès. C'était un métier vraiment dur, sans aucune reconnaissance sociale, avec des familles qui jetaient là leurs vieux parents, qui venaient les voir une fois par mois et se plaignaient des soins qu'on leur donnait. Et les médecins, ce n'étaient peut-être pas les meilleurs, mais c'était une chance qu'ils acceptent de venir. Et elle avait proposé de questionner Bennet, qui, depuis un certain temps, se contentait de lui adresser un signe de tête quand il la croisait dans les couloirs. Merde, si elle allait le voir, il croirait qu'elle le relançait. Et cette pauvre Mme Webber, elle s'était certainement achevée en chevauchant Henry, mais, évidemment, elle ne pouvait pas expliquer ça à Dixie.

Elle jetterait quand même un coup d'œil au dossier Webber. Pour s'assurer que c'était bien le cœur ou les médicaments, ou autre chose. De façon à pouvoir au moins la rassurer.

# 33

A dix heures du soir, tous les étages étaient plongés dans l'obscurité et le silence. Des petites veilleuses brillaient le long des plinthes dans les couloirs. En revenant de sa ronde d'inspection au rez-de-chaussée et de sa brève visite à Henry Thornton, Janet ne put s'empêcher de jeter un coup d'œil par-dessus son épaule. S'installant dans le bureau du poste des infirmières, elle guetta des bruits de pas. Elle secoua la tête. Ça devenait ridicule. On n'entendait que les bruits nocturnes habituels d'une maison de retraite, un cri ou un gloussement, parfois, dans un des services, une quinte de toux au loin, le bourdonnement des néons de la pharmacie.

Le bureau de Willoughby était situé juste en face, c'est là que se trouvait le dossier de Mme Webber. Janet regarda la porte, regarda les clés accrochées au mur près du téléphone, se demanda ce qu'elle pourrait bien découvrir, rien sans doute, mais elle avait promis à Dixie de jeter un œil, sans oublier le pauvre Henry drogué jusqu'aux yeux, alors merde, au moins pourrait-elle lui dire sans mentir qu'elle avait consulté le dossier, et que Mme Webber était morte d'une attaque, d'une crise cardiaque ou autre.

C'était le moment ou jamais. Elle s'empara des clés. Elle les remit en place. Puis elle les reprit, se leva, déverrouilla la porte et la referma derrière elle.

Un grand bureau trônait au centre de la pièce, encombré de papiers et de dossiers répartis en deux piles ; une étagère supportait des livres et des manuels, un échantillon de serviettes et de culottes pour incontinents laissé par un représentant, plus un portemanteau, des photos sur le rebord de la fenêtre, un diplôme accroché au mur, et un double classeur.

Janet parcourut les tranches des dossiers posés sur le bureau, sans y trouver le nom de Webber, mais, maintenant qu'elle était là, autant en profiter pour jeter un vrai coup d'œil.

Le tiroir du bureau ne renfermait que les cochonneries habituelles : une boîte de diapositives, des coupons de cartes de membre, deux cartes postales, des trombones, des stylos Bic secs, des emballages de bonbons, une lime à ongles, un carnet de chèques, du correcteur liquide, des brochures publicitaires pour de luxueuses vacances d'hiver. Janet examina les documents étalés sur le bureau : du courrier de parents, des circulaires du ministère de la Santé.

Elle ouvrit le premier tiroir du classeur et tomba sur ce qu'elle cherchait : le dossier de Mme Webber. Elle le sortit, retourna s'asseoir au bureau de Willoughby et commença à le feuilleter. Il n'y avait pas grand-chose. Rien sur Mme Webber. Rien sur son passé. Sa vie commençait lorsqu'elle était arrivée à la Villa en octobre 1984, pas de passé médical, juste quelques notes griffonnées à côté des ordonnances de médicaments.

Janet se surprit à parcourir le dossier à toute vitesse, tournant les pages sans même les lire, sentant monter l'angoisse. Voilà des années qu'elle n'était pas entrée dans une pièce interdite. Depuis le jour où son père l'avait surprise en train de fouiller dans les tiroirs de son bureau, avant qu'il parte, ou qu'on le chasse. Elle avait neuf ou dix ans, elle se revoyait pénétrant en cachette dans la chambre de ses parents pour fouiller dans la boîte à bijoux de sa mère, ouvrant tous les poudriers et les flacons de parfum, essayant les robes, elle aimait cette intimité poudrée aux senteurs de fleurs, l'éclat de ses colliers, l'excitation de la chose interdite. Surtout le petit tiroir qui renfermait les agendas et les lettres d'amour, un petit paquet de lettres écrites par son père, et un autre entouré d'un ruban bleu, envoyées par un certain Paul. Jamais elle n'avait osé demander qui était ce Paul. Un de ces jours, elle lui poserait la question. Juste avant que ses parents ne se séparent, les objets personnels de son père étaient devenus plus intéressants que ceux de sa mère. Peut-être, malgré ses dix ans, avait-elle compris qu'elle allait bientôt le perdre.

Elle repensa à la colère de son père lorsqu'il l'avait surprise, immobile à la porte du bureau, puis s'avançant vers elle comme s'il allait la tabasser pour de bon, mais quelque chose s'était produit. Quoi au juste ? Des larmes ? Oui, c'est ça. Des larmes. Il s'était agenouillé, l'avait prise dans ses bras, et il avait pleuré.

Un bruit dans le bureau des infirmières ou dans la pharmacie l'arracha brutalement à ses rêveries. Reportant toute son attention sur le dossier, elle examina les dernières ordonnances. Suite à l'incident avec Henry, Bennet avait demandé qu'on augmente les sédatifs. Ann était de garde cette nuit-là, elle avait signé le registre de la pharmacie. On retrouvait le Symmetrel, et l'Haloperidol, dix milligrammes, carrément ! Adam Bennet avait simplement noté : *Déclarée morte à huit heures.* Sur le double du certificat de décès, on pouvait lire : maladie d'Alzheimer, troubles cardio-vasculaires, et, sous la mention CAUSE IMMÉDIATE : *Défaillance cardiaque.* Le bruit au-dehors provenait de la pharmacie, aucun doute.

Sa montre indiquait onze heures moins le quart. Ce devait être Ann, avec un quart d'heure d'avance pour prendre son service à la pharmacie. Janet se leva, rangea le dossier dans le classeur et tendit l'oreille ; la porte de la pharmacie qui se ferme, des bruits de pas qui s'éloignent dans le couloir. Elle attendit une bonne minute avant d'entrouvrir la porte du bureau avec précaution. Son cœur cognait dans sa poitrine. Bon sang, pourquoi était-elle si angoissée ? Elle n'aurait aucun mal à trouver un prétexte pour justifier sa présence dans le bureau de Willoughby. Elle ouvrit la porte et sortit.

Elle faillit faire un bond au plafond.

Ann se tenait devant elle et la regardait.

– Hé ! tu m'as fait une sacrée peur…

Ann la dévisagea avec curiosité.

– Pourquoi es-tu si nerveuse ?

– C'est la culpabilité. Ou autre chose. Je ne sais pas.

– Que faisais-tu dans le bureau de Willoughby ?

– Je voulais connaître le planning pour la semaine prochaine. Ma… euh, ma mère doit venir.

– Il est déjà affiché. Depuis hier. Là-bas.

D'un mouvement de tête, Ann désigna le tableau dans le bureau des infirmières.

– Tout ça pour rien…

– On est de nuit toutes les deux.

– Parfait. Dans ce cas, je préfère qu'elle vienne à un autre moment, à la fin du mois d'août ou dans ces eaux-là.

– Je croyais qu'elle était déjà venue la semaine dernière…

Janet passa devant Ann pour pénétrer dans la pharmacie.

– Qu'est-ce qui te fait croire qu'elle est venue consulter ?

– Je ne sais pas. Quelqu'un me l'a dit.

– Bon, je te passe le relais. J'ai terminé.

– Tu n'as pas rédigé ton rapport.

– Zut, j'ai complètement oublié.

Elle ne partit pas avant onze heures et demie. Ann ne la quitta pas des yeux pendant qu'elle rédigeait son rapport ; Janet se sentait coupable, sans raison, Bon Dieu, et maintenant elle avait le choix entre rentrer chez elle et retrouver un appartement vide ou rejoindre les filles au Shooters pour boire un verre, en se répétant qu'elle n'était pas là pour se faire draguer, se sentant vieille et succombant finalement au charme d'un avocat en chasse. Aussi ne sut-elle quelle attitude adopter en découvrant la Mercedes d'Adam Bennet garée à côté de sa Mazda, les vitres baissées.

– Que fais-tu ici ?

C'est tout ce qu'elle trouva à dire.

– Je croyais que tu ne sortais jamais par cette porte.

– Et alors ?

– Je n'arrive pas à t'oublier.

– Tu parles !

– Bon, d'accord, ma réunion s'est terminée plus tôt que prévu et, en passant, j'ai vu ta voiture sur le parking. Ça te convient ?

– Tu ne devrais pas être déjà rentré chez toi ?

– Généralement, je vais boire un verre ou deux avec les autres après la réunion, enfin... tu vois le genre.

Janet hésitait devant la portière ; elle recula d'un pas pour l'obliger au moins à l'inviter. Elle n'allait quand même pas sauter immédiatement dans sa Mercedes.

– Je me suis dit que je pourrais t'inviter à boire un verre.

– Où ?

– Comment ça où ? N'importe où.

– Et ta réputation ?

– Bah, si on reste à Shelburne, si on ne va pas à Orange-ville, pas de problème.

– Formidable. Un bar miteux où personne ne te connaît.

– Que veux-tu que je te dise ?

– Et ma voiture ?

– Je te ramènerai.

Elle regarda la nuit étoilée, se demanda si elle devait continuer à discuter, se demanda si elle devait monter dans sa Mazda et rentrer chez elle. Conneries. Elle fit le tour de la voiture et s'installa à la place du passager.

– Tu allais quelque part ? demanda-t-il.

Il avait un beau profil, moustaches, nez robuste, menton correct, cheveux noirs ondulés, suffisamment de sourcils et de rides aux coins des yeux pour l'empêcher d'être beau. Sur le volant ses mains étaient puissantes tandis qu'il faisait marche arrière et descendait Lawrence Street.

– A ton avis ?

– Tu n'es pas en jean.

Elle s'appuya contre la portière.

– J'allais au Shooters.

– Tu as toujours envie d'y aller ?

– Tu es trop bien habillé. Et je serais obligée de te présenter à mes copines.
– Oui, tu as raison.
– Où on va alors ?
– Où aimerais-tu aller ? Tu as faim ?

Elle connaissait suffisamment bien les hommes pour savoir qu'il avait une image inaccessible en tête. Quelque chose comme un petit restaurant italien discret, sans aucun autre client, avec des violons tziganes peut-être, et, tout au bout du couloir, une pièce privée avec water-bed. Ou bien un lit magique, qui apparaîtrait tout à coup pour les transporter dans une autre dimension. Comme la fois, à l'époque où elle était encore élève infirmière, où Andy, avec lequel il ne s'était rien passé et d'ailleurs elle n'en avait aucune envie, où Andy donc l'avait emmenée faire un tour en voiture pour lui dire au revoir avant de partir pour l'Australie ; il avait roulé et roulé à travers la campagne, à la recherche de quelque chose, en se dévissant le cou de tous les côtés, le visage empreint de détermination, jusqu'à ce qu'elle comprenne qu'il ne trouverait jamais un endroit pour s'arrêter, car il rêvait d'un bosquet de pommiers isolé à côté d'un petit ruisseau, avec un grand lit à baldaquin, des draps en satin et une bouteille de champagne dans un seau à glace.

Il fallait qu'elle vienne à son secours, mais une autre pensée s'en mêla. Elle demanda :
– De quoi est morte Mme Webber ?
Il haussa les épaules.
– Maladie d'Alzheimer.
– Non, je veux parler de la véritable cause.
– Crise cardiaque.
– Sur le certificat de décès, c'est marqué arrêt du cœur.
Il la regarda.
– Crise cardiaque, arrêt du cœur, c'est la même chose.
– Henry Thornton ne va pas très bien, hein ?
– Non, on dirait.
– Il prend beaucoup de médicaments.

– Où veux-tu en venir, au juste ?

– Je me demandais si tous ces mélanges n'aggravaient pas son état.

Il accéléra pour passer à l'orange.

– Bon sang, Janet, c'est vous, les infirmières, qui voulez qu'on les calme. Tu préfères prendre un coup de poing dans la figure ? Ce vieux fou est complètement paranoïaque. D'ailleurs, c'est une chance qu'il soit encore en vie après son accident cardiaque. Et je te rappelle que je suis de congé ce soir, Bon Dieu. On ne va pas parler boutique.

– Tourne ici, dit-elle. On va prendre un verre au Best Western.

L'endroit ne ressemblait pas vraiment à un bar avec son décor western minable, ses lambris de pin noueux, ses roues de chariot bâché, ses peintures de têtes d'Indiens sur velours noir, ses vieux jougs en bois. Les types à casquette de base-ball alignés au bar leur jetèrent un coup d'œil par-dessus leurs épaules et se retournèrent vers leurs bières.

Adam parcourut la salle du regard et se détendit.

Ils choisirent une table dans un coin ; Janet se pencha vers lui.

– Je me fais du souci pour Henry. Ou plutôt, Dixie se fait du souci.

– Dixie ?

– Ils ont fait le mur tous les deux.

– Hmm.

Il essayait de capter l'attention de la serveuse.

– Tous ces médicaments qu'on lui donne, est-ce que ça ne risque pas d'aggraver son état ?

Le docteur Bennet se retourna vers elle.

– Bon. Dis-moi ce qu'on lui donne.

– C'est toi qui as fait les prescriptions.

– Ecoute, j'ai plus de cent patients à la Villa. Et je ne suis pas un putain d'ordinateur.

– C'est le mélange de Mellaril, Symmetrel et Tagamet. J'ai regardé dans le vademecum, chacun peut entraîner une réaction anticholinergique. Je me posais la question, voilà tout.

Bennet la regarda.

– Qu'est-ce que tu veux boire ?

La serveuse attendait devant leur table.

– Du vin blanc.

– Un whisky soda pour moi.

– Son état s'est tellement dégradé, en l'espace d'un mois.

– Je te le répète, il a fait un arrêt cardiaque à l'hôpital de Toronto après son infarctus.

– Oui, je comprends.

– D'ailleurs, ça faisait longtemps qu'il était sur la mauvaise pente ; il devenait de plus en plus paranoïaque, sénile et agressif.

La serveuse leur apporta leurs verres et demanda :

– Je vous fais l'addition ?

Adam acquiesça, puis se retourna vers Janet.

– Changeons de sujet, tu veux ? Il n'en a plus pour longtemps, il aurait dû mourir quand il a fait son infarctus. Bon Dieu, parle-moi d'autre chose.

Elle le regarda et se demanda par quel miracle elle avait pu trouver séduisant ce mâle vaniteux et superficiel. Il lui sourit en la regardant droit dans les yeux. Elle se souvint. D'un trait, elle vida son verre de vin. Il lui en commanda un second.

– Au fait, comment vont ta femme et tes enfants ?

Il l'observa, surpris.

– Bien.

– Et le chien ?

Il haussa les sourcils, sans répondre. Tenant son verre entre ses mains, elle dit :

– Excuse-moi, ce n'est pas ta faute.

– Qu'est-ce qui te tracasse ? La Villa ?

– Non, ça. Nous deux. Je croyais que c'était terminé.

– Et maintenant ?

Ce petit sourire, il croyait avoir la situation en main, merde.

– Peut-être que je ne peux pas le supporter, te voir entrer

et sortir de ma vie. (Il ne dit rien.) Que cherches-tu, Adam ?

– Ce soir ? Boire un verre, bavarder avec quelqu'un.

– Et après ?

– Ça dépend.

– Quelqu'un pour baiser ?

Il la dévisagea un long moment, avant de répondre :

– La baise, c'est important.

Le fait qu'il ne lui plaisait plus n'arrangeait rien. Il restait sexy en diable, elle se sentait excitée, et peut-être qu'après un autre verre de vin blanc elle parviendrait à oublier la Villa, et, finalement, le fait qu'il ne lui plaisait plus facilitait peut-être les choses, aussi, quand il frotta sa cuisse contre la sienne, en proposant d'aller voir discrètement à la réception s'ils n'avaient pas une chambre, elle ne refusa pas, elle se contenta de hausser légèrement les sourcils en sirotant son vin blanc.

Il lui dit qu'il n'en avait pas pour longtemps, quitta le bar et revint au bout de cinq minutes avec une clé. Ils quittèrent le parking du bar et vinrent se garer derrière le motel.

Heureusement, se dit-elle, la chambre était propre et décorée sans trop de mauvais goût, mais ils se trouvaient dans une chambre de motel, et ils ne s'étaient même pas embrassés. Cet instant de réalité déprimante menaçait de briser l'illusion. Lorsqu'il ressortit de la salle de bains, elle se leva du lit. Il lui caressa le visage et l'attira contre lui. Son odeur était agréable, virile.

– Je ne sens pas trop les vieux ? lui demanda-t-elle. Ça m'inquiète toujours.

– Mon Dieu, non. Tu sens délicieusement bon.

Il colla ses lèvres sur les siennes, sa langue s'agitait, sa main caressait ses seins, Janet respirait plus vite, son nez était bouché, toutes ces saletés de muqueuses la laissaient tomber, elle refusa d'écouter son cerveau raisonnable qui lui disait de foutre le camp, « Tu n'as même pas de respect pour ce type, nom de Dieu ».

Elle tressaillit quand il lui glissa la main dans la culotte ;

242

elle était toujours très sensible à cette intrusion brutale.

Il s'interrompit, le temps d'ôter ses chaussettes, et par la même occasion sa montre, qu'il déposa sur la table de chevet.

Elle s'assit sur le lit pour enlever son collant, pendant qu'il la mordillait dans le cou, sachant qu'il ne fallait surtout pas interrompre le contact au risque de briser le charme, leur fragile emprise sur le rêve.

Entre ses cuisses, la main d'Adam était douce et attentionnée.

Elle saisit son sexe dans sa main, fermement, le sentant battre entre ses doigts.

Puis elle s'allongea sur lui, bruyamment, respirant comme une vieille asthmatique, une vierge folle qui essaye de s'empaler. Le salaud, se disait-elle. Le salaud qui lui faisait perdre son self-control. Salaud, salaud, salaud. Elle pesait sur lui de tout son poids, avec brutalité, le guidant avec sa main.

Surpris par tant de violence, Adam se rétracta. Il sentit son érection se dégonfler, une lourdeur se répandit dans ses jambes, tout son bas-ventre s'engourdit. Il tenta de se concentrer, de ne penser qu'à cela, il tenta de faire renaître son érection, mais l'engourdissement gagnait ses yeux, et le corps nu de Janet lui apparaissait comme un simple corps, une chose intéressante, congestionnée et frémissante, une chose qui se frottait de haut en bas, tête rejetée en arrière, respirant comme un enfant souffrant du croup. Son visage n'avait rien de beau. Excitants un moment, ses seins étaient redevenus ordinaires. Il se demanda quelle heure il était, et pourquoi diable elle lui avait posé toutes ces questions.

Pour Janet, c'était presque aussi bon comme ça, peut-être même meilleur. Alors, mon salaud, qui était maître de la situation maintenant ? Elle parvint à atteindre un léger orgasme.

Il n'avait pas l'air heureux. Elle s'allongea sur sa poitrine ; sa colère s'était dissipée. Elle éprouvait maintenant le besoin de materner quelqu'un.

– J'ai dû lui faire peur.

– Je suis désolé.

– Ce n'est rien.

– Ça ne…

Il n'acheva pas sa phrase.

– Ça ne t'est jamais arrivé, c'est ça ?

– Non, j'ai quarante-deux ans, ce sont des choses qui arrivent.

– Je ne t'ai pas excité.

– Ce n'est pas ça. Je ne m'attendais pas…

– J'ai été trop agressive.

– Ce n'est pas grave. J'ai été surpris, voilà tout. Et je me sens peut-être un peu coupable aussi. Ça peut faire ça, également.

– Coupable ? Toi ?

– Eh oui, ça m'arrive.

Il jeta un œil à sa montre sur la table de chevet.

Il la tenait dans ses bras et lui caressait tendrement le dos, mais elle entendait les cristaux de quartz égrener les minutes dans son cerveau, calculant le temps qu'il lui fallait pour s'habiller, la raccompagner jusqu'à sa voiture, prendre congé de manière pas trop brutale et rentrer ensuite chez lui sans se faire mettre une amende pour excès de vitesse. Il était déjà ailleurs.

– On ferait mieux d'y aller, dit-elle, un peu énervée, mais venant à son secours malgré tout.

L'infirmière Janet à la rescousse ! Pourtant, Bon Dieu, c'était son problème à lui, pas le sien ; c'est lui qui rentrait chez sa femme. Elle avait suffisamment à faire de son côté, elle allait retrouver un appartement vide, elle se sentait mal dans sa peau, le dégoût avait remplacé l'excitation. Quand on y réfléchissait, il n'y avait pas eu vraiment d'échange.

Sur le chemin du retour, Adam ne dit pas un mot, mais, quand ils arrivèrent à la Villa, il se détendit, l'embrassa sur la joue, puis sur les lèvres, sourit et dit :

– Je t'appelle.

Elle lui rendit son sourire, sans savoir ce qu'elle voulait,

peut-être lui demander : « Quand, nom de Dieu ! demain ou l'année prochaine ? », mais elle lui répondit :
– Bien sûr.
Elle descendit. Il repartit sans même se retourner.
Elle roulait déjà au volant de sa Mazda lorsqu'elle remarqua la feuille de papier coincée sous son essuie-glace. Pensant qu'il s'agissait d'un prospectus, elle la laissa claquer au vent, en espérant qu'elle s'envolerait. Arrivée devant chez elle, elle l'arracha de sous le balai et l'emporta pour la lire à la lumière du hall.

*J'ai vu que ta voiture était toujours là. Si elle refuse encore de démarrer demain, je te donnerai ma carte de l'Automobile Association pour que tu puisses la faire remorquer gratuitement.*
*Ann.*

Serviable, généreuse… et fouineuse, la salope.

# 34

Ann était arrivée à dix heures trente pour prendre son service de nuit à onze heures. En avance, comme toujours. Voilà les choses dont elle tirait fierté ; la ponctualité, la courtoisie et le sens des responsabilités. Peut-être était-ce un peu démodé. Mais le manque de professionnalisme de certaines jeunes infirmières diplômées faisait véritablement peine à voir.

Ann arrivait et repartait toujours en uniforme, évitant le vestiaire où la plupart des filles réendossaient leurs tenues civiles avant de sortir. Bon, pour commencer, elle devrait s'occuper de la pharmacie. Janet avait dû préparer les médicaments pour la distribution.

En entrant dans la pharmacie, elle avait trouvé les médicaments répartis dans les gobelets en carton, mais aucune trace de Janet.

Elle avait refermé la porte, était partie à sa recherche, puis avait changé d'avis et était revenue sur ses pas. Quelque chose l'incitait à marcher le plus discrètement possible. Un bruit montait du bureau de Willoughby. Elle avait attendu.

Soudain Janet était ressortie, l'air coupable ; elle avait fait un bond en l'air en se retournant et en apercevant Ann. Cette dernière allait lui demander une explication quand quelque chose l'avait fait hésiter ; elle s'était demandé ce que Janet manigançait.

Janet lui avait expliqué qu'elle voulait consulter le planning, alors que celui-ci était affiché au mur, visible de tous. En outre, elle s'était bizarrement comportée quand Ann avait mentionné qu'elle avait entendu dire que sa mère était déjà venue.

Aussi, après le rapport et durant la quinzaine de minutes qu'il avait fallu à Janet pour prendre sa douche et se changer dans le vestiaire, Ann avait trifouillé les médicaments et emprunté un cachet de codéine parmi ceux destinés à Mme Hanson, en attendant que Janet ressorte, passe devant le bureau des infirmières, traverse le hall principal vers la sortie.

Ann l'avait suivie et regardée s'éloigner à travers les larges portes vitrées. Janet parlait avec un individu au volant d'une voiture garée à côté de sa Mazda. Elle n'apercevait pas le conducteur, mais la voiture était une Mercedes. Puis Janet était montée à bord et ils étaient partis ensemble ; Ann avait alors distingué le profil de l'homme qui conduisait. Le docteur Adam Bennet.

Sa première pensée avait été que Janet fréquentait un homme marié, rien de bon ne pouvait en découler, et quel potin brûlant ç'aurait été... si elle avait été du genre à colporter des potins. Puis elle avait éprouvé de la pitié pour Janet et le désastre que devait être sa vie.

Secouant la tête avec tristesse, elle était retournée à son travail, traversant les couloirs d'une démarche fière, habitée par l'importance de sa tâche. Elle savait que Janet et les autres ne comprenaient pas vraiment ces pauvres vieilles créatures prisonnières de leurs corps délabrés. Janet ne comprenait ni la souffrance ni la douleur. Aucune empathie. Pas de véritable dévouement à son métier d'infirmière. Contrairement à elle, Janet n'était pas motivée par la bonté. Le père d'Ann lui parlait toujours de la bonté. Ce sentiment faisait tristement défaut dans le monde d'aujourd'hui, disait-il. La bonté humaine ordinaire, banale, naturelle. Ce que ça pouvait être vrai chez certaines personnes ! Comme les infirmières de maintenant, avec leurs syndicats, leurs revendications, leurs pauses café. Ann n'oubliait jamais qu'elle était la descendante des religieuses, de ces sœurs infirmières qui se vouaient avec désintéressement au soulagement de la souffrance humaine.

Elle avait pris une feuille de papier, y avait inscrit quelques mots, était retournée dans le hall et était sortie dans la nuit limpide. Un quartier de lune trônait au-dessus de l'église presbytérienne, non loin de là. Une brise légère caressait son visage, la main douce et transparente de Dieu. Elle avait frissonné.

La Mazda de Janet était une vraie porcherie. Elle avait repensé à un autre dicton favori de son père : « Chambre en désordre, esprit en compote. »

Elle ne comprenait pas Janet, céder aussi facilement à la tentation ! Son comportement était confus, sans finalité aucune.

Ann avait plié la feuille de papier, l'avait coincée sous le balai de l'essuie-glace et était retournée vers l'entrée principale de la Villa.

Sa mère était lucide quand elle rentra chez elle après son travail. Un de ces rares instants qui lui redonnaient l'espoir, avant de l'abandonner cruellement quelques heures plus tard, brisée comme une porcelaine fragile. Elle s'était levée et avait fait un peu de ménage, superficiellement, sans aller dans les coins, avant de découdre une vieille robe. Qui avait dû appartenir à Ann quand elle avait douze ans.

– C'est un très joli tissu. C'est une honte de le laisser dévorer par les mites au fond d'une armoire. Il suffit de reprendre un peu ici, de changer le col, d'ôter les épaulettes. Ça fera une ravissante robe pour l'été.

Elle était assise à la table de la cuisine, devant le panier à ouvrage, les lunettes posées sur le nez, tenant l'aiguille à bout de bras pour passer le fil dans le chas. Ann n'avait pas eu le cœur de lui dire que les épaulettes étaient revenues à la mode.

Sa mère n'avait pas débarrassé les couverts du petit déjeuner, elle s'était contentée de les pousser sur le côté de façon à dégager une moitié de la table pour travailler, et elle n'arrêtait pas de repousser la robe qui glissait sur ses genoux.

– Tu te sens mieux aujourd'hui, Maman ?

– Mieux ? Ce serait mentir. Si tu savais ce que j'ai souffert rien que pour me lever. C'est pire chaque jour.

Ann savait, par habitude, que sa mère ne finirait jamais la robe. Bientôt, elle s'en désintéresserait ou elle oublierait. La robe, décousue, ourlets défaits, épinglée sur les côtés, finirait dans le coffre de sa chambre, avec les autres projets inachevés.

Quand Ann ressortit de la salle de bains, sa mère s'était transportée toute seule jusqu'au canapé du salon, d'où elle s'écriait, d'une voix plaintive :

– Ann ! Ann, tu es là ?

Ann entra dans la pièce pour s'occuper d'elle, ce qui signifiait, selon les cas, aller chercher quelque chose qu'elle réclamait, veiller à ce qu'elle ne manque de rien, ou simplement rester là, auprès d'elle. Sa mère avait de nouveau cette lueur d'effroi et de panique dans le regard, comme si elle craignait, en ne voyant pas sa fille pendant plusieurs minutes, que celle-ci ne disparaisse pour toujours.

– Je ne suis bonne à rien, Ann. J'aurais dû te préparer ton déjeuner. Je ne sais pas quoi faire de ma peau. Ah, je serais aussi bien morte. Tu as tellement de travail. Tellement de soucis.

Ann lui apporta un verre de lait, pour lutter contre l'ostéoporose, sa pauvre mère avait déjà assez d'ennuis sans, en plus, aller se briser la hanche ou subir un tassement des vertèbres, et elle l'aida à se redresser pour boire. Sa mère but en fermant les yeux et, bien qu'elle eût avalé très peu de lait, se mit à roter. Depuis quelque temps, elle avait pris cette habitude-là. « Oh, c'est affreux, disait-elle, ça me descend dans l'estomac, et ça remonte, oh... » Et il fallait sans cesse la conduire aux toilettes, et laisser la porte ouverte, elle se plaignait d'être constipée, elle se plaignait d'avoir la diarrhée.

Les rots se transformèrent en hoquets, des hoquets qui lui secouaient tout le haut du corps.

— Retiens ta respiration, Maman.

— Retenir ma… hic ! respiration… Pas facile…

— Bois un peu de lait.

Elle approcha le verre de la bouche de sa mère et se retrouva éclaboussée en guise de remerciement.

— Oh, Ann. Ce doit être mon cœur.

— Non, c'est juste une indigestion, Maman, rien de plus.

Durant toute la matinée et une bonne partie de l'après-midi, sa mère montra des signes d'agitation. A peine Ann eut-elle tiré les rideaux de sa chambre à l'étage que sa mère se déplaça jusqu'au pied de l'escalier pour l'appeler, marmonnant qu'elle n'était plus bonne à rien, et pourquoi était-elle ainsi ? Si seulement elle savait ce qui lui arrivait, est-ce qu'elle ne pourrait pas avoir encore un petit comprimé marron ? Ann redescendit pour donner à sa mère un autre Ativan, puis elle l'installa dans le salon devant la télé, et remonta se coucher afin de dormir. Mais sa mère continuait à faire les cent pas, elle allait jusqu'au pied de l'escalier, elle en gravissait quelques marches, elle s'arrêtait, et appelait, « Ann ! Ann ! », en répétant qu'elle était un fardeau, Ann devrait se débarrasser d'elle ou bien l'aider à en finir. Ann se leva de nouveau, redescendit, s'assit avec sa mère sur le canapé, lui caressa le front pour la rassurer, lui donna encore un Ativan, avant de s'assoupir elle-même, là, sur le canapé, l'esprit tout embrouillé de jeux télévisés et de feuilletons.

Sa mère commença enfin à se calmer en début de soirée, à l'heure où Ann fit à manger, avant de l'aider à se préparer pour se mettre au lit, et de la border, non sans lui avoir donné un autre Dalmane. Puis elle s'habilla pour partir travailler, de vingt-trois heures à sept heures du matin, calculant qu'elle avait dormi moins de trois heures en tout. La tête lui tournait légèrement. Elle avala deux tasses de café, puis alla jeter un dernier coup d'œil à sa mère, qui dormait d'un sommeil fragile malgré les somnifères.

La vieille femme ouvrit les yeux. Elle saisit Ann par le poignet.

– Je t'en prie, aide-moi.

– Il faut que j'aille travailler, Maman.

– Ma poitrine... J'ai mal à la poitrine.

Ann s'assit sur le lit.

– J'ai laissé la télé allumée si tu es mieux sur le canapé. Le numéro de la Villa est juste à côté du téléphone.

– Ann, j'ai besoin...

– Quoi?

– Tu sais bien ce qu'il me faut.

Elle attira sa fille plus près.

Ann comprit qu'elle voulait plus qu'un baiser ou une étreinte rapide. Elle libéra son bras pour caresser la joue de sa mère.

Celle-ci gémit :

– Oh, je sens que ça ne va pas...

– Je vais laisser un cachet supplémentaire sur la table de la cuisine, mais ne le prends pas avant minuit.

Pendant un instant, elle se demanda combien de temps encore elle pourrait continuer ainsi, sans dormir, mais, l'air frais de la nuit lui redonnant des forces, elle se dit que sa pauvre et chère mère qui avait eu une existence si dure méritait tout l'amour et l'attention que pouvait lui apporter sa fille durant ses dernières années.

Généralement, Ann aimait travailler de nuit, de vingt-trois heures à sept heures, sa mère confortablement installée dans son lit, avec la bonne dose de somnifères. Elle avait tout loisir de marcher seule dans les couloirs pour entrer en contact avec l'esprit curatif de Dieu, avec le mystère de la vie. Cela lui donnait toujours des frissons d'excitation. Mais, ce soir, elle se sentait nerveuse, elle n'avait pas dormi assez, et sa mère lui causait davantage de souci. Sa paupière gauche semblait légèrement tombante, son élocution n'était pas très claire. L'Ativan sans doute. Peut-être dormirait-elle bien cette nuit, elle serait plus calme demain, et Ann pourrait enfin goûter un repos bien mérité.

Janet s'était comportée bizarrement lors du rapport, obnubilée par cette histoire de Dixie Brown qui se faisait, paraît-il, du souci pour M. Thornton à la section des soins spéciaux, lui donnait-on trop de médicaments, aurait-elle la gentillesse de veiller au moins sur lui ? Pauvre Janet ! Pour une fois qu'elle semblait réellement faire preuve de sollicitude ! Elle exagérait, elle s'investissait trop, et elle perdait le sens des proportions.

L'état mental de Henry Thornton se détériorait depuis des mois, bien avant son escapade à Toronto. C'était une erreur cruelle de l'avoir ranimé après son accident cardiaque. On ne pouvait pas interrompre le cycle naturel de la vie et de la mort, prolonger la souffrance au lieu de la soulager. S'opposer ainsi à la volonté de Dieu !

A la section des soins spéciaux, elle demanda à Greta si elle avait eu des problèmes. « Ils dorment tous comme des bébés », lui répondit celle-ci avant de retourner à son *Cosmopolitan* et à son café. Néanmoins, Ann jeta un coup d'œil dans toutes les chambres, promenant le faisceau de son petit stylo-lampe sur chaque lit. Greta penserait-elle qu'elle ne lui faisait pas confiance ? Tant pis. Ça ne pouvait pas faire de mal.

Elle s'approcha de M. Thornton, comme le lui avait demandé Janet. Debout près du lit, elle contempla son visage torturé, à peine reconnaissable dans la lumière tamisée du couloir. Pauvre vieil Henry. Pourquoi Dieu les faisait-il souffrir si longtemps ?

Henry ouvrit les yeux ; il regarda cette silhouette en blanc penchée au-dessus de son lit. Un ange avec une coiffe et une auréole. Une vision. Sa mère. Personne. Il avait la bouche sèche. Qui que ce fût, on lui apportait peut-être à boire, de l'eau, ou quelque chose de plus fort. Il avait la tête lourde et le cerveau embrumé. Sans doute avaient-ils réussi à lui faire avaler une drogue quelconque. Une main se posa sur son front, un voile blanc descendit devant ses yeux.

## 35

Dixie ne parvenait pas à trouver le sommeil. Trois fois déjà, elle avait essayé de lire, tournant et virant dans son lit, mais son esprit refusait de renoncer à son anxiété. Janet lui avait dit qu'elle n'avait pas appris grand-chose auprès du docteur Bennet, et le dossier de Mme Webber n'était d'aucune aide, mais…

— Mais quoi ?

— J'ai consulté le vademecum.

— Le quoi ?

— C'est un ouvrage qui recense tous les médicaments et leurs effets secondaires.

— Et alors ?

— Le problème, c'est que presque tous les médicaments peuvent tuer. Thrombocytopénie, leucocytose, etc., etc.

— Parlez-moi en langage clair.

— Ce livre dresse la liste des complications graves pour quasiment tous les médicaments. En revanche, il ne dit pas si elles sont fréquentes. Ça met simplement en garde contre certains mélanges. Mais…

— Il y a encore un mais ?

— Je pense que les médicaments que prend Henry peuvent accentuer les troubles mentaux, le délire, seuls ou mélangés à d'autres.

— En a-t-il besoin ?

— Sans doute pas.

— Mon Dieu, Janet. Qu'a dit le docteur Bennet ?

— Rien. Il a refusé d'en parler.

La vieille femme discerna une expression différente dans les yeux de Janet.

— Est-ce que vous me cachez quelque chose ?

— Non, je pense que vous avez raison. Les médicaments ne lui font certainement pas de bien, mais j'ignore s'ils lui font du mal.

— Vous ne pouvez pas interroger encore une fois le docteur Bennet ?

— Ça ne servira à rien.

— Vous ne le connaissez pas suffisamment bien ?

Janet sourit.

— Je le connais trop bien, Dixie.

— Oh, Janet ! Il vous faudrait une mère, pour vous donner des conseils !

L'infirmière lui tapota la main.

— Oui, peut-être.

— Mais que va-t-on faire pour Henry ?

— Je ne sais pas. Je vais y réfléchir. Peut-être pourrais-je réclamer une réunion consultative...

— Qu'est-ce que c'est ?

— On se réunit tous, parfois avec un autre médecin, et on réexamine le cas d'un patient de fond en comble.

— C'est une bonne idée.

— La décision doit être prise par Willoughby. Je peux seulement la lui suggérer.

— Combien de temps cela prendra-t-il ?

— Au moins une semaine pour tout organiser.

Dixie s'affaissa dans son fauteuil.

— Je crains que ce ne soit trop tard.

Voilà, il était plus de minuit et c'était ça le problème : une semaine, dix jours, il serait trop tard, car Henry s'enfonçait un peu plus chaque jour. En vérité, cette nuit même, cette nuit dans l'obscurité, au milieu des bruits solitaires de la maison de retraite, sa vie était en danger. Dixie le sentait au plus profond d'elle-même. Aujourd'hui, il allait très mal, il était totalement déprimé et délirant, ne retrouvant ses esprits qu'un bref instant au cours des visites. S'il mourait alors qu'elle aurait pu faire quelque chose, jamais elle ne se le pardonnerait. Raisonnable ou pas, il fallait qu'elle descende le voir.

Elle se leva, enfila ses pantoufles et une robe de chambre et longea le couloir d'un pas vif en direction des ascenseurs. La surveillante de l'étage était invisible. Dixie appuya sur le bouton pour descendre et attendit, en faisant les cent pas, appuyant de nouveau sur le bouton et laissant son doigt dessus. La surveillante sortit d'une chambre au bout du couloir et se précipita vers elle. Dixie appuya encore une fois sur le bouton de l'ascenseur et les portes s'ouvrirent.

Il y avait quelque chose de bizarre dans ce blanc qui lui couvrait le visage, les yeux, la bouche, le nez, dans ce drap qu'on lui avait tiré sur la tête. Peut-être était-il mort et enterré. Ou bien il n'était pas tout à fait mort et on l'avait enterré vivant dans un cercueil tapissé de satin blanc, et maintenant il suffoquait, c'était une farce que lui faisait son petit frère ; il détestait qu'on l'étouffe, comme le jour où il nageait entre les jambes de son copain et que celui-ci l'avait coincé entre ses cuisses, à peine quelques secondes peut-être, mais assez longtemps pour le convaincre que l'eau n'était pas son amie. Et maintenant ça recommençait ; bras immobilisés, il était incapable de respirer, il avait les poumons en feu, il haletait, réussissait à libérer un bras pour frapper son frère dans le ventre ou dans les couilles, par surprise, bien fait pour ce petit salopard, ah, un peu d'air, ça allait beaucoup mieux, il pouvait se rendormir, oublier tout ça, oublier le chahut en bas, demain il y avait école, Marion qui recommençait à se faire de la bile... mais bon sang que se passait-il ?

Sa main jaillit brusquement et l'atteignit en plein dans l'os pubien. Elle fit un bond en arrière, plus sous l'effet de la surprise que de la douleur, et lâcha l'oreiller. Pauvre

Henry, totalement sénile, il ne savait plus ce qu'il faisait. Elle reprit l'oreiller, mais une vive agitation se produisait, quelqu'un secouait la grille du couloir en poussant des cris, Greta passa rapidement devant la porte de la chambre. Elle remit l'oreiller en place et borda Henry ; celui-ci murmurait des paroles incohérentes, il oubliait tout dans l'instant.

Dixie secouait la grille, poussant et tirant, de façon à attirer l'attention de la surveillante, qui, Dieu soit loué, s'avançait vers elle. Mais comment lui expliquer la raison de ce chahut ? Greta lui chuchotait d'arrêter, elle allait réveiller les morts, c'est alors qu'elle vit une infirmière sortir de la chambre de Henry. C'était Ann, grande et sûre d'elle, ça signifiait qu'elle ne s'était pas trompée, il y avait un grave problème, il s'était certainement produit quelque chose pour faire descendre l'infirmière, Henry était très malade, voire mort. Greta avait atteint la grille, elle composait le code d'ouverture en lui disant de se taire, mais Dixie gardait les yeux fixés sur Ann qui marchait vers elles, cherchant à deviner dans son regard, dans son attitude, si Henry était encore vivant ou pas.

La grille s'ouvrit. Dixie, tenant sa robe de chambre fermée, les cheveux en bataille, pénétra dans la section des soins spéciaux et saisit Ann par la manche de sa blouse.

— Est-ce que Henry…

— Il va bien.

— J'ai cru que son état s'était encore aggravé aujourd'hui, j'étais sûre que…

Ann la conduisit jusqu'à un fauteuil et la fit asseoir.

— Son état est stationnaire, ni mieux ni pire.

— En vous voyant, je me suis dit…

Ann recula pour l'observer. Dixie vit son sourire, son sourire chaleureux, compatissant, inquiet, étrange.

— Voulez-vous le voir ? lui proposa Ann.

— Rien qu'une minute, il faut que je remonte.

Tandis qu'elles se dirigeaient vers la chambre de Henry, Ann lui dit :

– Il faut vous attendre au pire, Dixie. N'oubliez pas à quel point il souffre.

Accélérant le pas, Dixie atteignit la chambre de Henry avant Ann; debout près du lit, elle se pencha pour lui caresser le front. Il ouvrit les yeux.

Ah, c'était bon de voir sa mère et Marion ensemble, amies, cela lui faisait chaud au cœur. Marion, si tu nous faisais un petit café? Avec un toast? Quel beau voyage nous faisons! Il faudra emmener Brian la prochaine fois, il faut réparer les gouttières, et une centaine d'autres choses, il faut s'y mettre, on ne va pas gâcher ce beau dimanche après-midi, ah, j'oublie quelque chose, quelque chose qu'il devait faire, ah oui, leur parler du cercueil, le cercueil tapissé de satin blanc, très troublant, tout ça. Ses yeux la regardaient, ils semblaient faire un terrible effort pour la reconnaître, pour établir un lien. Il murmura quelques paroles incompréhensibles, à l'exception de ces deux mots, « enterré vivant ». Elle se tourna vers Ann. « Pauvre Henry », répétait cette dernière en contournant le lit pour arranger son oreiller. Elles ressortirent ensemble.

– Son état ne cesse de se dégrader, peu à peu, dit Dixie. Ses instants de lucidité sont de plus en plus rares.

Ann la conduisit jusqu'à la grille.

– Il s'enfonce, Dixie. Il faut l'accepter.

– Je me posais des questions pour ses médicaments. Janet dit qu'ils le font peut-être délirer.

Ann s'arrêta. Dixie vit quelque chose dans son regard.

– Oh, je n'aurais peut-être pas dû dire ça, s'excusa la vieille femme.

Ann composa le code de la grille.

– Ce n'est rien. Mais Janet devrait s'abstenir de faire des spéculations à voix haute. De plus, M. Thornton n'est pas son patient.

– Mais... est-ce que ce serait possible?

– Le docteur Bennet est un excellent médecin, Dixie, très

attentionné. Mais, si ça peut vous aider à trouver le sommeil, je lui poserai la question demain.

De retour dans son lit, après avoir été sermonnée par la surveillante d'étage, sans trop de sévérité toutefois, Dixie éprouva un sentiment de soulagement, et de l'espoir pour le lendemain. Ann était plus âgée que Janet. Peut-être réussirait-elle enfin à éclaircir toute cette histoire.

# 36

Elle coinça Adam Bennet alors qu'il effectuait sa visite du matin. Il se retourna et lui dit « Bonjour ». Pas un simple bonjour, non, un bonjour appuyé, traînant, charmeur. Bon sang, il ne renoncerait donc jamais !

— Docteur Bennet.

— C'est « docteur » Bennet, maintenant ?

— Devant les pensionnaires, oui.

— Bon.

— A propos de Henry Thornton, serais-tu d'accord pour réduire sa dose de Mellaril ?

— Encore cette histoire ?

Et puis zut, si c'est la seule manière, jouons le jeu de la séduction, personne ne nous regarde, se dit Janet.

— Je suis vraiment inquiète, Adam. Ça ne peut pas lui faire de mal.

Elle lui prit le coude.

— D'accord, dit-il. Pourquoi pas ? Supprime le Mellaril pendant un jour ou deux. Mais ne viens pas te plaindre s'il agresse quelqu'un.

— Tu es un amour.

Elle pivota sur ses talons et s'éloigna.

Dans le dossier, elle nota : *Ordre verbal du docteur Bennet : suspendre le Mellaril et le Symmetrel.* Elle en rajoutait un peu, mais l'état du pauvre Henry ne pouvait pas être pire, et Adam Bennet ne s'en souviendrait plus ; et même s'il s'en souvenait, ce serait une erreur sincère. Elle signa d'un grand geste.

Dans l'après-midi, elle passa voir Dixie pour l'informer qu'on avait réduit le traitement de Henry, et pour lui demander de surveiller d'éventuels signes d'amélioration ou du contraire.

– Du contraire ? demanda Dixie.

– Les symptômes qu'étaient censés traiter les médicaments, l'agressivité, l'agitation…

– Merci, Janet.

– Ne vous faites pas trop d'illusions et ne vous attendez pas à un changement immédiat.

– Je vais aller le voir. De savoir qu'il n'est plus bourré de médicaments, je me sens déjà mieux.

Au cours du rapport de changement d'équipe, Janet signala à Ann la diminution du nombre de médicaments de Henry.

Ann haussa les sourcils, observa Janet pendant un long et pénible moment, puis lui demanda :

– C'est grâce à toi ?

– Oui, je l'ai demandé au docteur Bennet.

– Et je suppose que vous êtes en excellents termes…

– Qu'est-ce que ça signifie ?

Elle se sentit rougir.

– Rien.

– Quoi qu'il en soit…

– Henry Thornton est dans un état de profonde détresse, Janet.

– Je sais.

– Ces médicaments lui faisaient du bien.

Janet leva les yeux.

– Les mélanges peuvent entraîner des intoxications et des poussées délirantes.

– Ah ! Tu es médecin maintenant ?

– Bon sang, Ann, ne le prends pas comme ça ! C'est aussi notre responsabilité. Enfin quoi, on les gave tous de médicaments, certains en sont à dix ou douze cachets différents. Et Bennet n'y connaît rien, à ces putains de trucs !

– Inutile d'être grossière.

– Désolée, mais je pense qu'on n'en fait pas suffisamment. Je ne parle pas du travail. Non, je parle de nos responsabilités : si on estime que quelque chose ne va pas, il faut en parler.

– Dixie est venue te trouver.

– Evidemment. Elle se fait un sang d'encre pour Henry.

– Janet, il faut apprendre à accepter la maladie et la mort. Tout cela fait partie du dessein de Dieu.

Nous y revoilà, branchez-la sur la religion et vous passerez la nuit à écouter l'Evangile selon sainte Ann.

– Je comprends, dit Janet. Henry est sans doute sur le point de mourir. Mais à quoi bon le bourrer de sédatifs, il ne souffre pas.

– Il existe différentes sortes de souffrances, Janet.

Nom de Dieu, pas moyen de parler avec cette femme !

– En tout cas, Bennet a donné son accord ; et c'est juste un essai pour un jour ou deux.

Ann ne dit rien tout de suite ; elle continua à toiser Janet de son air supérieur. Puis, se levant, elle déclara :

– La semaine prochaine, nous sommes de nuit toutes les deux.

## 37

Ann bénéficiait de deux jours de repos avant de reprendre le travail le dimanche soir. Deux jours pour rattraper le sommeil en retard et s'occuper correctement de sa mère. Pourtant, en rentrant chez elle au petit matin, elle ne se sentait pas fatiguée, bien qu'elle n'ait pas dormi plus de deux à trois heures en moyenne par nuit durant toute la semaine. D'où lui venait toute cette énergie ?

Elle pénétra dans la maison sans éprouver son inquiétude habituelle. Ce matin, au contraire, elle se sentait sûre d'elle, sûre de son rôle et de sa force, une force suffisante pour s'occuper de sa mère et retourner ensuite auprès de ses patients à la Villa. Elle était presque remplie d'allégresse, comme si quelque chose d'extrêmement important allait se produire, quelque chose de spécial, quelque chose qui ferait d'elle un être à part, quelque chose qui balaierait tous ses doutes et justifierait son but.

Toute la semaine durant, sa mère avait montré les signes avant-coureurs de la petite attaque, faiblesses dans la main, paupières tombantes, prononciation lente et indistincte pendant plusieurs heures. Mais Ann n'avait appelé ni le médecin ni l'hôpital. Elle savait ce qu'il en résulterait : les sirènes d'ambulance, le service des urgences surpeuplé, les radios, les intraveineuses, les cathéters, les inconnus qui inspecteraient et sonderaient son corps, de jeunes internes qui la considéreraient comme un cobaye de laboratoire et lui infligeraient joyeusement des électrolyses, des piqûres, des médicaments, les infirmières indifférentes et, pour finir... quoi ? Cela ne servirait qu'à abréger son existence et à la rendre plus pénible. Elle était bien mieux à la maison avec sa fille, avec Ann, qui s'occupait vraiment d'elle et possédait vraiment, elle en était désormais convaincue, des pouvoirs de guérison.

La maison était silencieuse. Sa mère dormait. Ann avait augmenté la dose de somnifères hier soir, pauvre femme.

Elle rangea ses clés de voiture, alluma le feu sous la bouilloire et entra sans bruit dans la chambre de sa mère. La pièce était plongée dans l'obscurité, à l'exception de la lumière du matin qui se répandait sur les côtés des épais rideaux. Sa mère dormait profondément, allongée sur le dos. Ann s'assit sur le bord du lit et caressa son front. Les traits de sa mère lui apparurent à mesure que sa vue s'habituait à l'obscurité. Sa mère avait les yeux ouverts.

– Je suis rentrée, Maman. Tu veux ton petit déjeuner ?

Elle caressa le front froid de sa mère avec sa main chaude, sa main apaisante qui guérissait.

– Je vais te conduire aux toilettes.

D'autres détails du visage et des yeux de sa mère lui apparurent.

Elle avait les pupilles dilatées par la terreur et la douleur.

– Maman ?

Ann plaqua ses mains sur la tête de sa mère, une de chaque côté, et la tint serrée pour lui transmettre la chaleur et la vie.

– Maman ?

Elle se pencha pour l'embrasser sur le front. La peau de sa mère était froide sous ses lèvres.

– Je vais t'apporter ton petit déjeuner au lit, Maman.

Elle se coucha sur elle, l'oreille droite collée contre sa bouche. Elle ne percevait aucun souffle, aucun mouvement. Elle recula, chercha à tâtons l'interrupteur de la lampe de chevet, alluma la lumière. Les yeux de sa mère, écarquillés et fixes, regardaient à travers elle, au-delà, sans ciller.

– Je vais te préparer ton petit déjeuner préféré, Maman.
Avec un œuf à la coque cuit trois minutes exactement.
Maman ?

Ann se leva, toisa le corps immobile étendu sur le lit.
Soudain, elle prit conscience de l'odeur. Sa mère avait eu
un accident durant la nuit. Elle prit conscience de la froideur qui régnait dans la chambre ; la froideur de sa mère.
Elle entreprit de défaire le lit, courant entre la chambre et la
salle de bains pour chercher des gants de toilette et des serviettes. Elle lava et talqua sa mère, elle lui enfila une chemise de nuit propre, elle nettoya l'alaise en caoutchouc,
changea les draps et empila des couvertures sur le lit.

Le sifflement de la bouilloire l'appela dans la cuisine.
Elle se fit une tasse de café instantané et alla s'asseoir sous
la véranda, dans le fauteuil en rotin préféré de sa mère.

# 38

— Tu as l'air d'aller beaucoup mieux, dit Dixie, assise au chevet de Henry en ce samedi après-midi. Depuis qu'ils ont diminué ta dose de médicaments…

Henry n'en était pas aussi convaincu. Pour deux raisons. Premièrement, il ne faisait confiance à personne. Sans doute essayaient-ils encore de lui fourrer des cachets dans son jus d'orange ou dans sa confiture. Et si son cerveau fonctionnait un peu mieux, en effet, c'était uniquement parce qu'il avait cessé de manger tout ce qui pouvait contenir des drogues. Et deuxièmement, il était beaucoup plus conscient de son état pitoyable. Et d'une certaine façon, c'était mille fois mieux de se laisser dériver dans le passé, en compagnie de Marion, de son frère et de ses parents. Ainsi, il savait que, le soir venu, il serait déboussolé et grincheux, et il sentait combien il était vieux et faible.

— Je continue à croire qu'ils veulent me tuer, lui dit-il.

— Sois tranquille, Henry. Avec l'aide de Janet et d'Ann, tout va s'arranger.

Il la regarda.

— Encore deux jours pour reprendre des forces et ensuite je fous le camp d'ici.

— Tu veux quitter ton service ?

— Non, je veux quitter cette saloperie d'endroit.

— Calme-toi, Henry.

— Tiens, aide-moi à me lever. Emmène-moi faire une promenade.

– Dans un fauteuil roulant peut-être…si les infirmières sont d'accord.

Il lui jeta un regard noir, puis se radoucit. Elle était assise à son chevet, comme chaque jour. Ça voulait dire qu'elle tenait à lui. Peut-être même était-elle amoureuse. Il se surprit à avoir envie de pleurer. Il avait les larmes aux yeux. Il détourna le regard.

– Qu'y a-t-il, Henry?

– Rien.

Elle lui prit la main.

– Va plutôt chercher cette saloperie de fauteuil roulant.

C'était le petit matin et il se sentait bien, très bien même. Il n'avait pas pissé au lit. Ni dans ses couches. Il avait oublié. Il les avait encore, ces putains de couches. Il se débattit avec les draps, défit le Velcro, se trémoussa et roula sur le côté, parvint à les retirer et les lança à travers la chambre avant de se rallonger. Bon. Eté 1980 et quelque. Shelburne Villa. Dixie là-haut. Viendra me voir cette après-midi. Eviter d'avaler les médicaments. Reprendre des forces.

Greta entra en se dandinant, avec un petit panier contenant des gobelets en carton et des pilules. Elle s'affaira d'abord autour du compagnon de chambre de Henry, le fit se redresser pour avaler ses médicaments. Soudain, elle aperçut la couche par terre. Henry vit qu'elle la regardait d'un air dégoûté, avant de se tourner vers lui avec un grand sourire écœurant.

– Henry! Qu'est-ce qu'on a fait?

Il détestait qu'on lui parle comme à un bébé. Elles le faisaient toutes. Il l'ignora.

– Allez, il est temps de prendre ses cachets pour la tension. On ouvre bien la bouche.

Elle tenait devant lui le petit gobelet en carton avec deux pilules à l'intérieur.

Il se recula le plus possible dans son lit.

– Je refuse d'avaler quoi que ce soit.

– Allons, Henry, pour me faire plaisir, hein?

266

Il n'avait aucune envie de lui faire plaisir. Il secoua la tête et se rallongea.

— Bon, peut-être après notre bain, alors.

Greta poussa un soupir et ressortit.

Il se lèverait tout seul si seulement il parvenait à abaisser les barreaux de l'intérieur. Impossible. Obligé d'attendre. Ici, il ne pouvait rien faire sans aide. Ils ne lui laissaient rien faire.

L'état de son cerveau s'améliorait chaque jour, il recommençait à raisonner de manière autonome, mais tout le monde s'en fichait, à l'exception de Dixie. Tous les autres le prenaient encore pour un maboul.

Evidemment, maintenant qu'il n'avait plus de couches, il avait envie de pisser. Pas de chance. Il n'avait qu'à se laisser aller.

Non, il ne pouvait pas faire ça. Ils les lui remettraient.

Alors il se retint, mais cela devenait de plus en plus difficile, enfin ils entrèrent dans la chambre. Greta et un type qu'il ne connaissait pas.

— La cavalerie, marmonna-t-il.

Ils abaissèrent les barreaux sur le côté. Le type en blanc était un nouveau, un garçon de salle sans doute. Il ne prit même pas la peine de se présenter.

— C'est l'heure de notre bain, Henry, annonça Greta.

Le saisissant chacun par un bras, ils le redressèrent. Ils balancèrent ses jambes par terre, sa chemise de nuit glissa sur ses épaules. Greta alla chercher un fauteuil roulant. Ils le retournèrent et l'assirent dedans.

— Faut que je fasse pipi, dit Henry.

Mais, au même moment, il s'aperçut qu'il était trop tard. La secousse lorsqu'il s'était assis brusquement avait déclenché quelque chose. Et voilà qu'il pissait dans le fauteuil, par-dessus le rebord, sur le sol et les chaussures du garçon de salle.

— Bon Dieu de merde ! s'écria celui-ci.

Henry savait qu'il aurait dû s'excuser, mais il était trop en colère. Il fit écho au garçon de salle :

– Bon Dieu de merde, en effet...

Ils saisirent brutalement le fauteuil et le poussèrent à toute vitesse dans le couloir, en direction de la salle de bains. Il y était déjà venu, quand il était à moitié cinglé. Il se souvenait vaguement des deux grandes baignoires avec leurs manières de monte-charge hydrauliques. Un pauvre vieux se trouvait déjà dans l'une d'elles, en train de se faire récurer avec énergie par deux aides soignants.

Le garçon de salle le souleva du fauteuil, lui ôta sa chemise de nuit et l'assit tout nu sur le siège du monte-charge. La porte était ouverte, des gens passaient dans le couloir. Les deux aides soignants qui s'occupaient de l'autre vieux parlaient d'un article dans un magazine. Le garçon de salle trifouilla les leviers et le fauteuil commença à s'élever. Henry se dit qu'il en avait assez. Il voulut se lever. Le type en blanc le saisit par les bras. Greta lui prit les pieds.

La colère de Henry se transforma rapidement en peur ; il était collé sur cet engin qui s'élevait lentement, les couilles coincées sur le siège, avec l'autre abruti qui lui faisait mal aux bras, dans un enfer de vapeur chaude, là, il se balançait au-dessus de la baignoire, il allait redescendre, redescendre dans l'eau tiède, et s'y noyer.

Non, il n'y croyait pas véritablement. Il ne croyait pas qu'ils allaient le noyer, pas ici, pas en plein jour, devant témoins. Bennet pouvait trouver mieux que ça. Mais il n'aimait pas ce qu'on lui faisait. Il détestait ça. Un chapelet d'injures lui vint à l'esprit et il les cracha au visage du garçon de salle qui, maintenant, lui savonnait le haut du corps, et ensuite les parties génitales, nom de Dieu.

Il les injuria pendant tout le temps que dura son bain ; c'était la seule chose qu'il pouvait faire à ces gens qui le savonnaient et le frottaient, et qui pourtant salissaient son pauvre vieux corps. Et plus il les insultait, plus ils semblaient le rudoyer, tout en répétant « Oh, c'est vilain ça, Henry. Oh, on n'est pas gentil aujourd'hui, Henry ». Alors, quand ils eurent terminé, quand le fauteuil mécanique l'eut sorti du bain et redéposé par terre, profitant de ce que Greta ne lui tenait plus les jambes et de ce que le garçon de salle, debout devant lui, l'essuyait sans ménagement, Henry visa avec soin et lui décocha un grand coup de pied, juste entre les deux jambes du pantalon blanc, en plein dans le mille.

Le type se plia en deux, le souffle coupé.

– Putaaaain !

La satisfaction de Henry fut brève. Ils le reconduisirent dans sa chambre, lui remirent ses couches et son pyjama, puis ils l'attachèrent sur un grand fauteuil, avec une espèce de bavoir noué derrière. Il hurla et se contorsionna, réussissant presque à s'extirper de ce machin. Ils revinrent pour le rattacher. A force de s'agiter, il parvint de nouveau à se libérer à moitié.

Aussi ne fut-il pas étonné de les voir revenir une deuxième fois, avec une seringue.

# 39

Adam lui téléphona le dimanche soir pour lui proposer de passer quelques minutes en sa compagnie. Elle s'apprêtait à sortir. Son sac sur l'épaule, ses clés de voiture à la main, elle lui répondit :

— Tu n'as rien de mieux à faire ?

— J'ai un peu de temps, voilà tout.

— Eh bien, pas moi. Je suis de service de nuit et je suis déjà en retard...

Elle se laissa glisser dans un fauteuil.

— Je n'ai pas l'intention de parler boutique, dit-il, mais je voulais quand même te prévenir que Thornton a agressé un garçon de salle ce matin.

— Merde.

— Ils ont voulu lui faire prendre un bain.

— Bon Dieu. Ils ont sûrement, je veux dire... pourquoi l'ont-ils forcé ?

— Ils m'ont appelé chez moi. J'ai dû prescrire un tranquillisant.

— Quoi ?

— Du Haldol.

— Pourquoi me racontes-tu tout ça, Adam ?

— Tu sembles t'intéresser particulièrement au vieil Henry.

— Tu étais obligé de prescrire de l'Haldol ?

— Il était très agressif, Janet.

— Tu es venu simplement pour me dire ça ?

— Non, ce n'est pas pour ça.

– J'ai l'impression que…

Elle n'acheva pas sa phrase. Ce n'était ni l'heure ni l'endroit. Elle consulta sa montre.

– Quoi ? demanda-t-il.

– Je vais être en retard, Adam. On reparlera de tout ça à la Villa, la semaine prochaine.

– Ou un soir de cette semaine.

– Oui, si je n'ai pas trop de travail.

– Evidemment… si tu n'as pas trop de travail.

Comme un fait exprès, sa Mazda, qui s'était bien conduite pendant six mois, choisit ce soir-là pour noyer son moteur. Janet dut attendre patiemment avant d'essayer de redémarrer et, pour finir, arriva à la Villa avec une demi-heure de retard.

Au premier étage, elle retrouva Ann en train de s'entretenir avec un aide soignant. Ann lui adressa un sourire poli et froid en jetant un regard entendu à sa montre.

Janet inspecta ses services, du troisième au cinquième. On s'attendait à ce que la vieille Mme Fortino meure très bientôt, mais, ce soir-là, elle avait l'air bien. Bronstein leur avait causé quelques soucis en début de soirée, mais les aides soignants l'avaient calmé. Beaucoup de pensionnaires étaient éveillés, mais ils restaient couchés sans bouger, en murmurant. Dixie, en revanche, dormait à poings fermés, et Janet décida de ne pas la déranger.

Le service de nuit n'était pas son préféré, même si cela lui permettait de se prélasser au soleil pendant l'après-midi. Généralement, il y avait un tas de tâches banales à effectuer, avant les longues heures d'ennui. A moins que deux ou trois pensionnaires n'aient des problèmes en même temps, auquel cas il lui fallait cavaler d'un bout à l'autre du bâtiment. Inutile d'espérer faire venir un médecin en pleine nuit. Les cas urgents étaient expédiés à l'hôpital central de Toronto en ambulance. Sans oublier le fait que les gens attendaient toujours la nuit pour mourir et que c'était à l'équipe de nuit que revenait le sale boulot. Mais ce soir, après sa visite d'inspection, elle fut quasiment certaine que tout le monde resterait en vie au moins jusqu'au lendemain matin. Vers trois heures, elle prit l'ascenseur pour descendre au rez-de-chaussée et boire un café avec Ann, et peut-être avoir des nouvelles de Henry.

Ann se déclara ravie de constater que Janet n'avait pas trop de travail, car elle, de son côté, nageait dans les problèmes et avait besoin d'un vieux dossier qui se trouvait aux archives au sous-sol. Janet ne comprenait pas pourquoi elle le voulait absolument en pleine nuit, mais comme elle était arrivée en retard et qu'Ann, en tant qu'infirmière chef de l'équipe de nuit, l'avait certainement consigné dans le livre de bord… En voyant l'étrange et froide détermination dans son regard, Janet se dit qu'il serait inopportun de discuter. Totalement inopportun, pensa-t-elle, en savourant ce mot dans l'ascenseur qui la conduisait au sous-sol.

Dixie se réveilla dans le noir. Sa compagne de chambre avait roulé sur le dos et commencé à ronfler.

Pendant plusieurs minutes, elle contempla les ombres sur les murs, avant de s'allonger sur le dos elle aussi. Que diable faisait-elle ici ? Comment toutes ces années avaient-elles pu passer si vite ? C'était dans ce genre d'instants qu'elle sentait son âge, en pleine nuit, dans la solitude, quand elle entendait battre son pouls, insistant mais fragile, quand elle prenait conscience du vieillissement de ses cellules mêmes, quand elle imaginait les mutations, les petites erreurs dans le processus de rajeunissement, les dérèglements chimiques, la lente détérioration de tout, l'accumulation des déchets et des débris dans tout son corps et dans son esprit.

L'heure de l'auto-apitoiement avait sonné.

Vieille idiote.

Ces derniers jours, l'état de Henry s'était amélioré, il était plus cohérent, plus résistant, et puis, vlan, il avait de nouveau perdu la boule ; allongé sur son lit, il marmonnait, sans même la reconnaître. Elle avait dû harceler les aides soignants pour qu'ils lui avouent que le docteur Bennet lui avait prescrit un petit quelque chose. Un petit quelque chose! Un petit quelque chose qui l'avait complètement sonné! Et elle ne pouvait rien faire. Absolument rien. Pas sans Janet ou Ann. Au moins l'amélioration de ces derniers jours avait-elle prouvé que c'étaient bien les médicaments qui le mettaient dans cet état. Demain, il irait mieux et ils pourraient parler, faire des projets.

Elle se leva et se rendit aux toilettes en traînant les pieds. Evitant de se regarder dans le miroir, elle se soulagea, puis regagna son lit. Des souvenirs anciens lui traversaient l'esprit, lui laissant un vif sentiment de gâchis. Un pas en avant, un pas en arrière.

Et si l'état de Henry s'améliorait de manière durable? Que se passerait-il ensuite? Ils ne pouvaient s'enfuir comme deux adolescents. Seraient-ils capables de survivre dans un appartement pour personnes âgées? De s'occuper de leurs problèmes de tension, de leurs cellules cérébrales défectueuses, de leur arthrite, de leurs ennuis de pieds et de genoux, de leurs gencives douloureuses, de leurs dentiers mal adaptés, de leurs intestins capricieux?

Elle pourrait lui avouer à quel point elle avait peur de voir ressurgir son cancer. Peut-être apprendrait-il à laver lui-même ses chaussettes et ses sous-vêtements. Elle sourit, puis se surprit en train de pleurer.

A cet instant, Ann entra dans la chambre... en arborant un grand sourire réconfortant.


Janet étant descendue au sous-sol pour y chercher un dossier qui n'existait pas, Ann avait le temps de faire ce qu'il fallait.

A la pharmacie, elle préleva cinq centimètres cubes d'insuline dans le flacon destiné à Mme Fortino, la pauvre vieille qui était maintenant si proche de la mort, si proche de la libération finale. Elle remit l'embout en plastique sur l'aiguille de la seringue et glissa celle-ci dans sa poche de blouse.

Elle prit l'ascenseur jusqu'au troisième et se dirigea

directement vers la chambre de Dixie Brown sans se soucier de l'aide soignante installée derrière le bureau ; sa belle blouse blanche bruissait contre ses bas.

Dixie ne dormait pas, pauvre créature torturée. Dans la lueur du stylo-lampe d'Ann, ses yeux étaient rougis et mouillés de larmes. Penchée au-dessus d'elle, l'infirmière regarda ses yeux écarquillés, ses yeux remplis de souffrance et de reconnaissance.

Dixie vit Ann sortir la seringue de sa poche. Tout d'abord, elle crut que la piqûre était destinée à quelqu'un d'autre, sa compagne de chambre sans doute. Puis elle comprit que cette seringue-là était pour elle, pour la guérir de son auto-apitoiement, de son chagrin, pour l'aider à dormir, un nouveau médicament contre le cancer peut-être, un produit pour ses os qui lui faisaient mal. Pendant plusieurs secondes, son esprit refusa d'envisager l'autre hypothèse : la seringue contenait en réalité un médicament dont elle n'avait pas besoin, un médicament susceptible de lui faire du mal, de la tuer. Puis elle comprit. Ann… Ann était venue pour la tuer. Ann, penchée au-dessus de son lit dans la lumière tamisée provenant du couloir, avec sa coiffe et sa blouse blanches. Un ange descendit, les yeux cachés par l'obscurité. Henry avait raison. Non, c'était impossible.

Elle éprouva juste de la peur, pas de la panique ; pourtant, elle resta couchée là, paralysée par la confusion et l'indécision. C'était une vieille femme dans une maison de retraite et elle ne savait pas quoi faire, à part rester allongée dans son lit en se demandant ce qui se passait, et pourquoi. Elle parvint à formuler sa question.

Ann tenait la seringue droite et fit jaillir une goutte de liquide à l'extrémité de l'aiguille.

— La volonté de Dieu ne peut être remise en question.

— La volonté de Dieu ?

— Mettre fin à la souffrance engendrée par la technologie de l'homme. Pour rétablir l'équilibre qu'Il a instauré.

C'était plus une litanie qu'une explication.

Sous la chemise de nuit en flanelle, Ann saisit la chair

flasque du bras. L'aiguille se planta dans sa peau avant que la vieille femme puisse réagir, avant qu'elle s'écrie « Non ! » et roule sur le flanc, tombant lourdement de l'autre côté du lit, sa hanche heurtant le sol. Elle essaya de se relever, mais retomba, sa hanche ne la soutenait plus ; alors elle rampa sous le lit et regarda les jambes gainées de bas blancs quitter la chambre, à travers les barreaux abaissés de son lit transformé en cage, en prison. En se trémoussant, elle ressortit à reculons de sous le lit, épuisée, se demandant quel produit on lui avait injecté. A supposer qu'il s'agisse d'un sédatif, de combien de temps disposait-elle ?

Ann savait que l'insuline ferait effet dans quelques minutes. Dans sa folie, Dixie essaierait de lutter, pauvre créature. Elle pria pour que ça ne soit pas trop long. Avant de pénétrer dans l'ascenseur, elle tourna la tête et vit la vieille femme sortir de sa chambre en rampant. Bientôt, elle serait libérée de sa souffrance et de son désespoir. Ann appuya sur le bouton du sous-sol.

# 40

Henry était réveillé. Nom de Dieu, il enrageait d'être enfermé, avec tous ces cinglés ; ses muscles continuaient à se contracter nerveusement, il se sentait bien pendant quelques jours et hop, on lui refaisait une piqûre et il était tellement groggy qu'il ne pouvait même pas parler quand Dixie venait le voir. Finalement, il était revenu à lui en début de soirée, reprenant peu à peu ses esprits. Maintenant qu'il était réveillé, il craignait de se rendormir. Il savait qui il était, où il se trouvait, et connaissait approximativement la date. On était en août. La prochaine fois, ce salopard de Bennet le tuerait. C'était sans issue : ou il restait ici sans réagir, et autant l'enterrer tout de suite, ou bien il protestait, et ils lui refaisaient une piqûre. Demain. Il devait se contrôler. Y aller lentement. Gober toutes leurs conneries et attendre la meilleure occasion.

D'un autre côté, s'il se laissait aller et s'endormait, il risquait de ne plus jamais se réveiller, ou bien de devenir fou encore une fois, c'en serait fini alors de Henry Thornton. Avec ses doigts décharnés et tremblotants, il tâta son pouls dans son cou. Il battait frénétiquement, boum, boum, une longue pause, deux petits coups rapides, une boule dans la gorge, boum, boum de nouveau. Deux semaines écoulées, peut-être trois, déjà, et uniquement des voix, des visions. Dixie était venue le voir cette après-midi. A moins que ce ne soit hier.

Difficile de conserver des repères.

Il s'assoupit. Un bruit le réveilla, il ne savait plus où il était, merde, retenu quelque part contre sa volonté, enfermé.

Son cerveau semblait fonctionner sur trois niveaux à la fois, naviguant de l'un à l'autre. Il était dans la section des soins spéciaux, Dixie se trouvait quelques étages au-dessus, il se sentait mieux, plus fort, demain il les convaincrait de le laisser sortir de ce trou. En prison, certains conspiraient pour l'éliminer, le rendre fou, lui faire perdre la raison, il fallait qu'il fiche le camp d'ici, il devait s'enfuir. La maison, il se réveillait, il avait trop bu, il avait des nausées, il fallait qu'il se lève pour vomir par la fenêtre, sans réveiller ses parents ; s'ils le surprenaient en bas en train de vomir dans les toilettes, ils feraient tout un foin, consigné à vie, mais Bon Dieu, où était-il ? la Villa, la maison de retraite, merde... vieux et à l'article de la mort.

Quoi qu'il en soit, il devait se lever.

Roulant sur le flanc, il trouva les barreaux du lit. Il souleva la jambe, la reposa sur le métal froid, la fit passer par-dessus, le saut en hauteur du vieillard, trente centimètres à escalader et le triple de l'autre côté. Gémissant et ahanant, il parvint à hisser son bras et son épaule par-dessus, une poussée, et tout son poids bascula, oh merde... il battit violemment des mains et s'écrasa sur le sol avec un bruit sourd.

Il resta allongé là quelques instants, rien de cassé, mais toutes les articulations sérieusement ébranlées, mieux valait les laisser se remettre. Il se releva péniblement, retrouva son équilibre en s'accrochant au paravent installé le long du lit. Foutre le camp. Prenant appui sur tout ce qu'il trouvait, le dossier d'une chaise, le pied du lit, un autre paravent, le lavabo, il avança en titubant vers le couloir, vers la lumière, la liberté.

Dans le couloir, son pied se prit dans quelque chose et il bascula vers l'avant. Il percuta une chaise avant de s'affaler une deuxième fois. Il sentit son bas de pyjama glisser et s'ouvrir, son point faible. Se relevant, il se dirigea vers la grille au bout du couloir.

Et soudain, quelqu'un le saisit par le bras, « Eh bien, Henry, où vous allez comme ça ? ». Il se libéra en faisant des moulinets avec ses bras, il se cogna violemment contre le mur et glissa jusqu'au sol. Il roula sur le flanc et se releva une fois de plus. Greta l'avait empoigné pour tenter de le calmer ; elle le serrait contre elle, comme une camisole humaine. A l'aveuglette, il frappa, son poing s'enfonça dans une masse molle ; il l'avait atteinte à la poitrine. L'aide soignante recula d'un bond. Il vit son visage empourpré, elle lui hurla de retourner se coucher, il la vit partir chercher de l'aide. D'un pas chancelant, il avança vers la grille.

Janet fouillait dans la salle des archives, à la recherche d'une certaine Mildred Johnson, morte à quatre-vingt-six ans. La salle des archives n'était pas très vaste, sept mètres sur sept environ, avec plusieurs rangées d'étagères métalliques éclairées par deux ampoules nues au plafond, mais, d'une certaine façon, elle était en harmonie avec la nature des dossiers. De la poussière partout. La petite pièce où l'on mettait les corps se trouvait juste en face dans le couloir.

Pas moyen de mettre la main sur cette Mildred Johnson, et la fatigue commençait à gagner ses jambes. Il n'y avait rien pour s'asseoir. Janet était sur le point d'abandonner ses recherches quand Ann ouvrit la porte et entra.

Janet reposa deux dossiers sur l'étagère où elle les avait pris.

– Je ne trouve pas. Tu es sûre du nom ?

– Peu importe.

Janet faillit lui rétorquer : « Pourquoi est-ce que tu m'as fait descendre ici en pleine nuit dans ce cas ? », lorsqu'elle remarqua le regard d'Ann.

– Je suis venue te chercher.

Ann se tenait dans l'embrasure de la porte, derrière elle, le couloir du sous-sol était plongé dans l'obscurité.

– Tant mieux. Cet endroit me file la chair de poule.

Janet s'avança vers la porte, mais Ann ne bougea pas. Elle s'arrêta.

– Pourquoi es-tu devenue infirmière, Janet?

– Quoi? Hé, tu choisis un drôle de moment pour me poser une question pareille...

Elle recula d'un pas.

Ann s'avança et referma la porte derrière elle.

– Je ne plaisante pas. J'aimerais vraiment le savoir.

– Non, tu te moques de moi. Ici? Tu veux parler de ça ici? Maintenant?

– Oui. Je crois que tu ne comprends pas vraiment ce qu'est le métier d'infirmière, Janet. Il faut que je sache comment tu envisages ta mission.

– Ma mission? Bon Dieu, c'est quoi ces conneries à la Florence Nightingale?

– C'est très sérieux.

Janet comprit alors qu'Ann ne plaisantait pas. Il était tard; elles étaient toutes les deux fatiguées. Elle avait envie de s'en aller et d'oublier toute cette histoire.

– Allons, ce n'est pas l'endroit idéal pour avoir une discussion philosophique sur le métier d'infirmière ou je ne sais quoi.

– Tu ne prends pas ton métier au sérieux, n'est-ce pas, Janet?

– Bien sûr que si. Je le prends très au sérieux. Surtout quand il s'agit de chercher en pleine nuit des dossiers qui n'existent pas.

– Tu ne comprends pas que ta mission est de soulager la souffrance.

– Allez, Ann. Sortons d'ici. Remontons.

Ann jouait avec les ciseaux attachés à sa ceinture.

– Tu pourrais être si utile. Si tu n'étais pas comme eux.

– Comme qui, pour l'amour du ciel?

– Les autres.

– Remontons, Ann. Allons-y... (Les longs ciseaux qui pendaient à sa ceinture étaient parfaitement aiguisés. Ann y veillait, toujours prête à couper un bandage, un sparadrap, de la gaze, des points de suture, un vêtement.) Ann, tu me fais peur…

Janet fit un pas en avant, mais sa collègue resta immobile. Janet comprit tout à coup qu'il lui faudrait écarter Ann pour pouvoir sortir.

— Est-ce que tu aimes les personnes âgées, Janet ?

Janet poussa un soupir.

— Evidemment. Même ceux qui braillent et qui vomissent.

— Est-ce que tu as conscience de l'agressivité de tes paroles ?

— Je plaisante, voyons ! Tu me connais, « Janet la blagueuse »… Je les aime et je les respecte. La plupart, en tout cas. Certains ne font rien pour être aimés. Bon, si on remontait maintenant ?

— En fait, tu t'en fiches, hein, comme tous les autres. Tu prends ta pause-café, tu colportes les ragots, tu te moques d'eux. Et leur souffrance te laisse indifférente.

— Ils ne souffrent pas tous, Ann. Certains sont très heureux. Même ceux qui ont la maladie d'Alzheimer.

— La plupart souffrent d'une angoisse terrible, Janet. La perte de toute activité, de leur liberté, de la mémoire, de leurs capacités. La douleur qu'ils doivent endurer. Et les médecins prolongent leur existence. Ils s'opposent aux desseins de Dieu.

— Il faut remonter, Ann. Les aides soignantes ont peut-être besoin de nous. Allez, viens.

Ann ne bougea pas. Janet se sentait comme paralysée, vidée de toute son énergie.

— Regarde au fond de ton cœur, Janet. Tu contribues à leur souffrance, car tu ne t'intéresses pas à leur sort. Tu ne les aimes pas.

— Si c'est ce que tu veux entendre, parfait. Je ne les aime pas. Je déteste l'idée de vieillir. Voilà, tu es contente maintenant ? On peut sortir d'ici ?

— Au fond de toi, tu veux prolonger leur agonie. Tu veux les maintenir en vie jusqu'à ce qu'ils deviennent des êtres impuissants, souffrant d'une terrible déchéance, jusqu'à ce qu'ils deviennent des bêtes.

— Tu dis n'importe quoi, Ann. Qu'est-ce qui te prend? Nous sommes infirmières toutes les deux, bon sang! (Tout en parlant, Janet se glissa derrière une rangée d'étagères, de façon à ne plus voir que le visage d'Ann par-dessus les dossiers.) En réalité, tu n'es pas différente de moi. Certes, tu ne te plains pas et tu ne rouspètes pas après eux comme je le fais, mais, intérieurement, tu ressens les mêmes choses. Je ne crois pas que tu les aimes plus que moi. On les supporte. On en aime bien certains. On compatit aux malheurs de certains autres. On s'intéresse à eux. Mais il y en a qu'on aimerait bien voir mourir. Je déteste nettoyer leur merde et essuyer leur bave, mais je le fais. Ça fait partie de mon métier. Tout ceci est ridicule, Ann. Remontons.

Ann lui sourit. A travers l'étagère. Ce sourire qui savait tout. Janet l'avait déjà vu. Sur le visage de ces fanatiques religieux qui viennent frapper à votre porte chaque mois pour vous annoncer qu'ils connaissent les solutions à tous les problèmes du monde. Le sourire des cinglés qui sont persuadés de parler directement avec Dieu.

— Tu as raison, Janet. Peut-être que je ne les aime pas plus que toi. Mais Dieu, Lui, les aime. Et je ne suis que Son instrument.

— L'instrument de quoi, pour l'amour du ciel! (Sa voix s'éleva dans les aigus, tandis qu'une pensée effroyable pénétrait son esprit.) Qu'as-tu fait, Ann?

— J'ai suivi Ses instructions.

Il y eut un silence de quelques secondes. Janet regarda le plafond, la rangée de dossiers, puis elle revint sur Ann.

— Qu'as-tu fait, *exactement*?

— Je les ai aidés à mourir. Ceux qui souffraient.

Janet sentit ses jambes vaciller.

— Bon Dieu. Tu n'as pas fait ça! Dis-moi que tu n'as pas fait ça!

— J'ai simplement suivi les instructions de Dieu.

— Qui? Lesquels?

— Mme Johnson, et un tas d'autres. Henry Thornton.

— Henry est encore parmi nous, Dieu soit loué.

— Il souffre terriblement, Janet.

— Mon Dieu, comment peux-tu justifier...

— Justifier ? Je n'ai pas besoin de justifier mes actes. Ils me demandent de les aider.

— Qui ? Qui te le demande ?

— Les pensionnaires.

— Comment ça, ils te le demandent ?

— Par l'intermédiaire de Dieu. Et je le vois dans leur regard. Comme Belshaw.

— Belshaw est tombé dans l'escalier.

— Il n'aurait pas pu tomber tout seul. Il m'a demandé de l'aider.

— Tu veux dire... Ann, écoute-moi. Tout ceci... Ils doivent se demander où on est passées. Il faut remonter.

— Pas avant...

Elle tourna la tête comme si elle tendait l'oreille.

Janet prit une profonde inspiration.

— Et ta mère, Ann ? Tu t'occupes d'elle depuis des années, tu la maintiens en vie.

Ann la regarda fixement. Le flot de colère qui se déversait de ses yeux fit tressaillir Janet.

— Très bien. Sortons d'ici. Remontons. On va boire une tasse de thé ou autre chose.

— Impossible.

— Impossible ? Comment ça ? Qu'est-ce que tu racontes ?

— Tu m'empêches d'accomplir ma tâche, Janet. Toi et Dixie.

— Dixie ? Que vas-tu lui faire ?

— C'est déjà fait.

Reculant d'un pas, elle détacha les ciseaux de sa ceinture.

— Qu'as-tu fait à Dixie, Ann ? Réponds-moi.

— Pas moi, Janet... Dieu. Sais-tu que les Inuit déposent leurs vieux sur des banquises et les expédient vers la mort ? Crois-tu vraiment que c'est normal de les maintenir en vie avec des tubes, des médicaments, des cœurs, des reins, des poumons artificiels ? Ils sont des millions, Janet. La moitié de la population, d'ici l'an 2000. Des millions qui épuisent toutes nos ressources, nos énergies, notre force. Pour quoi faire, Janet ? Pour souffrir davantage ?

En disant cela, elle longeait l'étagère de l'autre côté. Janet se déplaçait lentement dans la direction opposée.

– Et ta mère, Ann ? Est-ce que tu te débarrasserais de ta propre mère ?

La porte n'était plus qu'à trois mètres sur sa gauche. Mais elle ne pouvait espérer l'atteindre avant Ann.

Celle-ci sembla momentanément abasourdie. Un frisson la traversa.

– Ma mère n'a rien à voir dans tout ça.

– Tu la hais, n'est-ce pas, Ann ? Tu ne supportes plus de t'occuper d'elle...

Elle n'attendit pas sa réponse. Ann avait fait quelque chose à Dixie. Il fallait qu'elle sorte d'ici. Alors, elle balança tout son poids contre l'étagère qui vacilla et se renversa ; les dossiers poussiéreux s'effondrèrent. Elle se rua vers la porte.

Ann avait sans doute fait un bond de côté au dernier moment, car elle se retrouva juste derrière elle. Janet franchit la porte, la claqua violemment et essaya de la maintenir fermée. Ann tirait de l'autre côté. Janet ne pouvait résister. Lâchant la poignée, elle s'enfuit dans le couloir du sous-sol. Elle entendit la porte s'ouvrir avec fracas, et le bruit des pas dans son dos. Son souffle était haletant. Droit devant se trouvaient l'ascenseur et l'escalier. Elle prendrait l'escalier. Elle jeta un coup d'œil par-dessus son épaule. Les ciseaux d'Ann semblaient briller dans la pénombre, tandis qu'elle courait à sa poursuite.

Greta enfonçait nerveusement les touches du téléphone. Bon Dieu. Deux infirmières de garde et pas moyen d'en trouver une seule. Pendant ce temps, le vieil Henry cognait contre la grille en hurlant de toutes ses forces, il avait totalement perdu la boule. Un aide soignant et un garçon de salle arrivaient. Bon Dieu, pas besoin de ça. Ç'avait été une grave erreur de diminuer ses médicaments. Elle parcourut le registre, en essayant d'ignorer les bruits venus du couloir, les gémissements, les hurlements et les cris qui s'échappaient de toutes les chambres. Elle passa en revue les anciennes ordonnances. Ah, voilà, une prescription de cinq milligrammes de Haldol en cas de besoin, sans limitation de date. Merci, docteur Bennet. Elle essaya encore de joindre Ann et Janet aux différents étages. Personne ne savait où elles étaient. Tant pis, elle allait se servir elle-même dans le petit stock de médicaments d'urgence. Elle trouva ce qu'elle cherchait et remplit une seringue. Ann la couvrirait. Elle jeta un coup d'œil au bout du couloir. Henry avait arraché le boîtier de code du mur, et il s'énervait dessus, debout derrière le pilier. Les deux aides soignants arrivèrent enfin et... mon Dieu, non, trois autres pensionnaires étaient sortis dans le couloir, M. Barker, nu comme un ver, et Jesse, avec le pantalon de pyjama en bas des chevilles. Sacrée façon de terminer son service de nuit.

Janet s'était trompée pour l'escalier. Il ne se trouvait pas de ce côté-ci du couloir, près de l'ascenseur. Il se trouvait à l'autre bout. Comment faire, maintenant ? Elle appuya sur le bouton d'appel en trépignant. Vite, vite ! Les portes de l'ascenseur s'écartèrent. Il y avait quelque chose sur le sol. Dixie ! Inconsciente, allongée sur le plancher de la cabine. Janet entra et se pencha vers elle, tout en appuyant sur le bouton de fermeture des portes. Ann approchait à toute vitesse. Les portes commencèrent à se refermer. Ann réussit à glisser sa main dans l'entrebâillement. Nom de Dieu. Les portes se rouvrirent. Janet appuya encore une fois sur le bouton. Les portes se refermèrent sur le bras d'Ann, et s'écartèrent de nouveau, en grondant et grinçant.

– Qu'as-tu fait à Dixie, espèce de salope ! hurla Janet.

Appuyée sur le bouton de fermeture des portes, elle se dévissa le cou pour regarder la vieille femme.

Celle-ci était allongée sur le dos, livide, moite, en état de choc, le souffle court. Ann avait glissé tout le bras à l'intérieur de l'ascenseur, ainsi qu'une partie de l'épaule, les ciseaux à la main.

Saloperie de combinaison à chiffres, neuf, quatre, sept quelque chose, merde, je ne sortirai jamais d'ici, je suis prisonnier à vie. Deux types en blouse blanche de l'autre côté de la grille, ils l'ouvrent, ils viennent me chercher, nom de Dieu, ils passent devant moi sans s'arrêter, ils s'avancent vers les vieux mabouls qui font du catch dans la boue au milieu du couloir. C'est le moment de foutre le camp, Henry. De prendre la clé des champs. Il se faufila par la grille entrouverte à l'instant même où les aides soignants tournaient la tête dans sa direction, emportant le boîtier du code, les fils pendant derrière lui. Il tira sur la grille, clic, et il lâcha le boîtier désormais inutile.

De l'autre côté de la grille, les deux types l'appelaient en hurlant, prisonniers dans la section des soins spéciaux.

Bon, où était-il maintenant, et où pouvait-il aller ? La Villa. Quelqu'un dans les étages au-dessus s'intéressait à lui. Elle était bien la seule. La seule personne à savoir qu'il était un être humain et qu'il était encore vivant.

Ou bien il pouvait se diriger vers les grandes portes juste devant, les franchir et rentrer chez lui, avec Marion et le gamin, la chambre qu'il partageait avec son frère, nom de Dieu, c'est si bon de rentrer chez soi, de passer une bonne nuit à dormir.

Ou bien monter, rejoindre cette personne, Dixie. Elle saurait quoi faire. Les ascenseurs. Je ne peux plus marcher, tout tourne autour de moi. Une main contre le mur pour se soutenir, il appuya sur le bouton situé près des ascenseurs.

De la main droite, Janet chercha à tâtons dans ses poches de blouse, trouva ses ciseaux, les ouvrit et en plongea une des lames dans la manche d'Ann. Cette dernière poussa un cri aigu, lâcha ses propres ciseaux et retira son bras. Les portes se refermèrent et l'ascenseur commença enfin à s'élever. Janet se sentait oppressée ; elle ne parvenait pas à reprendre son souffle, ni à fixer son regard. Elle appuya sa tête contre la paroi de la cabine en mouvement. La vision, la sensation des ciseaux s'enfonçant dans la chair envahissaient son cerveau. Mais Dixie gisait là, à ses pieds. Elle se retourna, en s'obligeant à se concentrer. Dixie avait été mise KO par un produit quelconque. Elle n'avait ni hématomes, ni plaies. Sa peau était froide et moite. Etat de choc. Hémorragie. Crise cardiaque. Ou… ce truc dont elle lui avait parlé, pour Henry. L'insuline… Cette salope d'Ann lui avait injecté de l'insuline. L'ascenseur s'arrêta au rez-de-chaussée, et les portes s'écartèrent lentement. Mon Dieu. Ann… Ann devait se trouver de l'autre côté. Janet recula dans un coin de la cabine, en brandissant les ciseaux ensanglantés. Les portes s'ouvrirent en grand et une apparition pénétra dans l'ascenseur, la regardant, puis baissant les yeux vers Dixie. Janet s'entendit pousser un cri strident. Un vieil homme, à moitié nu, la veste de pyjama déchirée, le pantalon à mi-cuisse, pieds nus, ses quelques mèches de cheveux en bataille, le souffle haletant. Henry. Dieu soit loué, Henry Thornton. Mais Ann n'était peut-être pas loin. Janet commanda la fermeture des portes et appuya sur le bouton du cinquième.

L'ascenseur s'élevait avec une lenteur angoissante, sans doute Ann montait-elle aussi vite par l'escalier. Immobile, Henry continuait à observer Dixie, essayant de comprendre. Enfin, il se tourna vers Janet.

– Que lui est-il arrivé ?

– Je pense que quelqu'un lui a injecté de l'insuline. Il faut lui donner du sucre.

Henry s'agenouilla et prit la tête de Dixie dans ses bras. Tout lui revenait brusquement, avec précision, les meurtres à la Villa, les gens qui essayaient de le tuer, sa fuite à Toronto avec cette femme, Dixie, puis le retour ici sans savoir comment, et maintenant quelqu'un voulait tuer Dixie. Sans lever la tête, il dit :

– Vite.

Janet savait que le cerveau de Dixie était peut-être en train de s'éteindre. Avance, avance !

Arrivés au cinquième, elle dut empêcher l'ascenseur de redescendre, une main sur le bouton *arrêt*, tandis que, de l'autre, elle tirait Dixie par le bras, Henry faisant de son mieux pour l'aider en la tirant par l'autre bras. Elle réussit à traîner la moitié du corps inanimé de la vieille femme hors de la cabine, bloquant ainsi les portes. Elle courut ensuite jusqu'au bureau des infirmières. Martha était en train de boire un café, en feuilletant un magazine.

– Du sucre ! Du jus d'orange ! Vite, où est le jus d'orange ?...

Elle passa devant elle, ouvrit frénétiquement tous les placards, l'armoire à pharmacie, inspectant les étagères, les plateaux. Calme-toi et réfléchis. Le réfrigérateur.

– Appelle une ambulance, immédiatement !

Elle ouvrit le réfrigérateur, s'empara d'une petite bouteille en plastique de jus d'orange et retourna auprès de Dixie en courant. Peut-être avait-elle besoin d'une intraveineuse, peut-être ne pourrait-elle rien avaler.

Henry lui tint la tête pendant que Janet versait un peu de jus d'orange dans sa bouche. Aucune réaction. Le jus coula sur son menton. Alors elle lui pinça le nez avec force. Dixie gémit et eut un mouvement de recul. « Dix... Dix... », répétait Henry. Janet la fit boire encore. Un peu de jus d'orange coula dans sa gorge. Dixie déglutit. Martha se pencha par-dessus l'épaule de Janet.

– L'ambulance arrive. Mais que se passe-t-il, enfin ?

– Va me chercher encore du jus d'orange et essaye de trouver du glucose en intraveineuse. (La presque totalité du jus d'orange était répandue sur le sol.) Je pense que c'est une réaction à l'insuline.

Martha se tourna vers Henry, ouvrit la bouche pour dire quelque chose, puis s'éloigna rapidement. Pendant ce temps, Janet essayait de faire couler du jus d'orange dans la gorge de Dixie sans l'étouffer. Encore un peu. Elle lui pinça le nez de nouveau. Cette fois-ci, Dixie renversa la tête et la tourna sur le côté. Vas-y, ma fille.

— Elle va s'en tirer, hein ? murmura Henry.

Janet continua à verser le jus d'orange. Dixie toussa. Allez, Dix, allez. Encore un peu.

Du coin de l'œil, Janet vit revenir l'ombre de Martha, puis ses jambes gainées de bas blancs. Soudain, une goutte de sang s'écrasa sur sa chaussure. Ann ! Janet se retourna brusquement en levant les yeux. Ann avait perdu sa coiffe, ses cheveux étaient ébouriffés. Elle était essoufflée d'avoir monté six étages à pied. Janet tendit la bouteille de jus d'orange à Henry, mais pas assez vite. La main d'Ann s'abattit, et une terrible douleur traversa l'épaule droite de Janet. Elle roula sur le côté, se releva précipitamment et s'enfuit dans le couloir en direction de l'escalier. Elle s'arrêta, juste le temps de voir Henry soulever la tête de Dixie pour lui faire boire du jus d'orange. Ann s'était lancée à sa poursuite, sans se soucier des deux vieillards. Janet poussa la porte de secours. Une traînée de sang avait éclaboussé l'escalier. Le sang d'Ann.

Janet savait qu'elle aurait dû descendre, mais la vue du sang l'arrêta. L'image de Belshaw recroquevillé au pied des marches obscurcit sa vision. Alors, elle se retourna et continua à monter. La porte donnant sur le toit était fermée à clé, mais elle l'ouvrit grâce à son passe-partout fixé à son trousseau, juste au moment où Ann pénétrait à son tour dans la cage d'escalier.

Elle comprit aussitôt son erreur. Elle pouvait refermer la porte à clé derrière elle, mais Ann possédait un passe elle aussi. Du regard, elle balaya le toit noir du bâtiment à la recherche d'une échelle, d'une sortie, un moyen de redescendre, un miracle. D'inquiétants conduits de ventilation se dressaient sur le toit goudronné. Elle claqua la porte et courut jusqu'à la balustrade. Cinq étages plus bas, dans l'obscurité, l'allée s'étirait entre le parking et l'entrée principale. A l'est, le ciel rougeoyait. Sa blouse claquait au vent. Encore une fois, elle regarda en bas, par-dessus le garde-fou d'un mètre de haut. Une ambulance venait de s'arrêter devant l'entrée du bâtiment. Janet se retourna.

Ann avait ouvert la porte et s'avançait vers elle.

– C'est terminé, Ann. Fini.

Ann continua d'avancer, spectre blanc dans la nuit. Janet chercha un moyen de s'échapper, en vain ; elle se plaqua contre la balustrade.

Ann n'avait rien dans les mains. Elle marchait à pas lents.

Tout se déroulait trop vite pour Henry, tenir Dixie, voir Ann frapper Janet, Janet s'enfuir, Ann se lancer à sa poursuite. Tout était donc vrai, ses peurs et sa paranoïa. Quelqu'un assassinait bien les pensionnaires, ce n'était pas Bennet, mais une infirmière. Ann. Dixie gémissait dans ses bras. Martha revint, lui reprit la bouteille de jus d'orange et soutint la tête de Dixie.

Elle regarda Henry.

– Je crois qu'on devrait également appeler la police.

Henry recula. Il pensa au téléphone dans le bureau des infirmières, puis à Janet essayant d'échapper à Ann, Ann qui avait tenté de tuer Dixie.

– Elle va s'en tirer ?

– Oui, je crois. Elle revient à elle.

Henry pivota sur ses talons et s'éloigna en marchant, essayant tant bien que mal de courir jusqu'au bout du couloir ; il franchit la porte de secours, retint son souffle et tendit l'oreille.

Des bruits lui parvenaient, de l'étage au-dessus. Il les suivit en se tenant à la rampe, gravissant une seule marche à la fois, le souffle coupé, les jambes flageolantes, la poitrine en feu.

Ann avançait droit sur elle, lentement, avec détermination. Janet n'avait pas le moindre doute quant à ses intentions. Elle se déplaça vers la gauche en longeant la balustrade, sans quitter sa collègue des yeux.

Derrière Ann, à la porte du toit, quelque chose bougea, une silhouette, quelqu'un s'avançait. Dans la lumière naissante de l'aube, Janet distingua les yeux de Henry, aussi fous que ceux d'Ann. Elle entendait sa respiration saccadée. Bizarrement, Ann semblait n'avoir rien remarqué.

Soudain, Ann se jeta sur elle. Janet recula brusquement, appuyée contre le rebord du garde-fou, ses pied glissant sur les graviers du toit. Ann l'avait saisie par le poignet, elle tirait, lui tordait le bras. Janet la frappa de sa main libre ; le coup ricocha sur le front d'Ann. Redoublant de force, celle-ci plaqua Janet contre la balustrade, leurs visages se touchaient presque. Le rebord de pierre tranchant s'enfonçait dans le dos de Janet. Elle sentait qu'elle allait basculer par-dessus. Saisissant Ann par les cheveux, elle lui tira la tête sur le côté.

Et, tout à coup, une autre paire de mains apparut, pour tirer Ann en arrière. Janet pivota sur elle-même pour se libérer. Mais son pied dérapa et elle tomba à genoux. Elle leva la tête aussitôt, s'attendant à subir une nouvelle attaque, mais, au lieu de cela, elle vit avec horreur Ann basculer vers l'avant, déséquilibrée, et disparaître dans le vide.

Elle se releva, se pencha par-dessus la balustrade et regarda la blouse blanche plonger lentement, comme un papillon de nuit géant cherchant la lumière. Ses tempes se mirent à bourdonner. Elle n'entendit pas le corps de l'infirmière s'écraser dans l'allée avec un bruit sourd. Une Mercedes se gara à côté de l'ambulance. Les premiers rayons de soleil percèrent à l'est, aveuglants. Des vagues successives de vertige, de nausée et de soulagement la submergèrent.

Janet se retourna vers Henry, pétrifié, le souffle haletant, cherchant de l'air, le regard vague, la bouche grande ouverte.

– Mon Dieu, disait-il, mon Dieu. Je suis désolé. Je ne voulais pas…

Elle l'agrippa avant qu'il ne chancelle, fit passer son bras autour de ses épaules et le traîna à moitié jusqu'à la porte, puis, prudemment, en se tenant à la rampe avec sa main libre, elle le descendit jusqu'au palier. Ayant retrouvé son équilibre, Henry refusa de l'attendre comme elle le lui demandait ; il s'accrocha à son bras et, ensemble, ils retournèrent vers l'ascenseur. Martha tenait toujours la tête de Dixie entre ses bras, portant une tasse à ses lèvres. Dixie avait ouvert les yeux, ses mains bougeaient. Elle naviguait entre conscience et inconscience.

Henry s'agenouilla et prit sa main dans la sienne.

– C'était Ann, murmura Dixie entre deux gorgées.

– Oui, je sais. Tu ne crains plus rien maintenant.

Martha se tourna vers Janet.

– Pas moyen de trouver une intraveineuse.

– Peu importe, ça va aller maintenant. L'ambulance est arrivée.

Dixie les coupa :

– Ce jus d'orange serait meilleur avec une goutte de gin.

Henry s'était assis par terre, le dos contre le mur.

– Je t'en apporterai demain, Dix.

Les portes de l'ascenseur s'ouvrirent et deux ambulanciers poussèrent une civière dans le couloir. Le docteur Bennet leur emboîtait le pas. Il s'agenouilla, observa Dixie et demanda :

– Bon sang, que se passe-t-il ici ?

– Elle fait une réaction à l'insuline, répondit Janet.

Bennet se releva.

– Elle n'est pas sous insuline !

– Ann lui en a injecté.

– Quoi ?

– Je t'expliquerai plus tard.

– Et lui, qu'est-ce qu'il fout là ?

Ignorant la remarque de Bennet, Henry resta assis par terre, essayant de maîtriser sa respiration et les battements de son cœur.

– Je t'expliquerai plus tard, répéta Janet.

– Qui est de garde ce soir ?

291

— Moi. On peut l'envoyer à l'hôpital maintenant ?

— C'est à moi de décider si elle doit aller à l'hôpital.

— Alors dépêche-toi.

Il regarda Dixie, hocha la tête.

— C'est bon, emmenez-la.

Les ambulanciers hissèrent Dixie sur la civière et la poussèrent dans l'ascenseur.

Bennet s'adressa à Martha, en désignant Henry :

— Reconduisez-le aux soins spéciaux.

Janet regarda Bennet droit dans les yeux.

— Non.

— Non ? Non quoi ?

Janet appuya sur le bouton pour empêcher la fermeture des portes.

— Martha, va vite chercher des vêtements, une blouse neuve, des pantoufles. Henry vient avec nous.

Henry se releva, en se tenant à l'extrémité de la civière. Martha se tourna vers le docteur Bennet. Celui-ci marmonnait :

— Je n'ai jamais rien entendu d'aussi ridicule.

Il haussa les épaules.

Martha s'éloigna rapidement et revint au bout de quelques secondes avec une blouse et des pantoufles qu'elle tendit à Henry.

Janet pénétra à son tour dans l'ascenseur.

— Je les accompagne.

— Vas-tu enfin m'expliquer ?

— Tu ferais mieux de t'occuper d'Ann.

— Qui ça ? Où ?

— Dehors, dans l'allée.

— Hein ?

Janet se tourna vers Henry.

— Elle est tombée du toit.

Les portes se refermaient. Bennet resta planté dans le couloir, la bouche ouverte.

Une fois dehors, Janet prit Henry par le bras pour l'aider à monter dans l'ambulance. Par-dessus son épaule, elle jeta un coup d'œil au petit groupe rassemblé autour du corps d'Ann, avant de grimper à l'arrière de l'ambulance et de s'asseoir avec Henry et Dixie.

Tandis que l'ambulance s'éloignait, elle commença à frissonner, à trembler ; elle était proche de la crise de nerfs, des images indésirables affluaient dans son esprit, ses jambes étaient aussi flageolantes que devaient l'être celles de Henry lorsqu'il était monté les rejoindre sur le toit.

Henry lui prit la main, comme le ferait un père, et dit :

– C'est fini, Janet.

– Je ne pouvais pas me douter…

– Personne ne le pouvait. Je croyais bien que c'était Bennet qui les tuait tous !…

Janet songea à Adam Bennet et à ses médicaments. Sans doute en avait-il tué quelques-uns par négligence, ou incompétence. Mais pas comme cette chère et adorable Ann. Nom de Dieu.

Puis soudain, tout en elle se libéra, elle avait envie de rire et de pleurer, surtout de rire.

– On fiche le camp d'ici, dit-elle. Tous les trois. Et nous vivrons éternellement, nom de Dieu !

Henry serra sa main dans la sienne.

– Dix ans, au maximum, répondit-il en souriant.

RÉALISATION : ATELIER PAO DU SEUIL
IMPRESSION : IMPRIMERIE SEPC À SAINT-AMAND (CHER)
DÉPÔT LÉGAL : JANVIER 1994. N° 18407 (2965)

Michael Pearce
*Enlèvement au Caire*

Sam Reaves
*Le taxi mène l'enquête*

Edward Sklepowich
*Mort dans une cité sereine*

L. R. Wright
*Le Suspect*
*Mort en hiver*